当代中国文学的宗教维度

丛新强 等 著

中国社会科学出版社

图书在版编目（CIP）数据

当代中国文学的宗教维度／丛新强等著．—北京：中国社会科学出版社，2018.6

ISBN 978－7－5161－9769－1

Ⅰ.①当… Ⅱ.①丛… Ⅲ.①中国文学—当代文学—宗教文学—文学研究 Ⅳ.①I206.7②I207.99

中国版本图书馆 CIP 数据核字（2017）第 013477 号

出 版 人　赵剑英
责任编辑　刘志兵
特约编辑　张翠萍等
责任校对　闫　萃
责任印制　李寡寡

出　　版　中国社会科学出版社
社　　址　北京鼓楼西大街甲 158 号
邮　　编　100720
网　　址　http://www.csspw.cn
发 行 部　010－84083685
门 市 部　010－84029450
经　　销　新华书店及其他书店

印　　刷　北京明恒达印务有限公司
装　　订　廊坊市广阳区广增装订厂
版　　次　2018 年 6 月第 1 版
印　　次　2018 年 6 月第 1 次印刷

开　　本　710×1000　1/16
印　　张　17.25
插　　页　2
字　　数　287 千字
定　　价　65.00 元

目　录

引　言

宗教语境：社会转型与文化转换

宗教和文学作为人类重要文化现象与精神现象，在历史渊源、思维方式、精神作用等方面都有着诸多相似之处。同时，由于各自的特性和关系，它们互为影响，宗教文化成为文学创作的重要源泉。历史的存在与发展总是合力作用的结果，文化史与文学史同样如此。历史进入了新中国的新时期，对于宗教文化的认识与研究同样进入了新的历史时期。宗教文化精神与中国当代文学的关系，便历史地作为问题而日益显现。

新中国的成立，意识形态统一性成为国家建构的首要问题。中华民族摆脱了外国列强的控制，获得了独立与尊严，但随着国民党残余退居台湾，加上国际势力的敌对姿态，意识形态领域内的斗争极为突出。于是，有着“帝国主义的文化侵略工具”之嫌的基督教，理所当然地成为被排斥与打击的对象。与此同时，同样作为世界性宗教的佛教和伊斯兰教亦被作为新型的社会主义关系所批判的封建主义迷信存在而牵连其中。

以基督教来说，传教士在新中国成立初期大批撤离，有的早在1949年以前便已离开。新的政权的建立，“对中国的反共基督教会是大灾难。1950年到1951年所有的外国传教士都被驱逐出境，而且大都受到污辱（共有五千多天主教教士和教徒）。天主教的出版印刷所被封闭，所有的学校、医院、慈善机构和教会产业都被没收。罗马教皇的使节被赶走，所有的中国教士和教徒都得声明反对帝国主义、封建主义和资产阶级思想，并要他们加入所谓的三自运动：自立、自养、自传。即使是在1951年，大部分新教教徒并不认为声明赞同三自原则是强人所难，因为过去的几十年里他们已经基本上摆脱了外国的控制。为此，中国政府公开承认新教的合法存在”。[①] 然而，罗马方面采取了不合作的态度与行动。教皇不仅禁止教友与共产党政府的任何接触，而且在抗美援朝之际任命一位美国人做扬州大主教，同时将梵蒂冈的外交关系彻底转向台湾。“中共和梵蒂冈之间的关系完全破裂。在中国，要做基督徒（至少是天主教徒）又要做中国人似乎再次变成不可能的事。所有的教士不是被驱逐就是被监禁（1958年大约三十位忠于罗马的主教被捕入狱），此后又从未任命新的主教。”1957年，中国的天主教徒由官方组织加入了“天主教爱国协会”。他们选举了自己的主教，并通知了梵蒂冈。虽然这些主教都经过正式的任职仪式，但都受到逐出教会的惩罚。罗马这一完全不尽情理的政策带来的后果是中国天主教会的分裂，出现了正式的“爱国”教会和非法的“地下”教会。到了“文化大革命”时期，“破四旧”同样反对和宗教有关的任何事物。“和佛寺道观清真寺同命运，基督教教堂也被关闭、捣毁或者改作他用。‘爱国’教会、主教、教士和教友也因宗教信仰受到影响和迫害，或者被强制劳动，或者被捕入狱。……和中国社会的其他机构一样，基督教教会以及其他宗教在外表上彻底地瓦解了。”[②]

事实上，鉴于宗教在历史上对社会和文化的巨大影响，毛泽东在20世纪60年代曾指示要开展和加强对宗教的研究。他说，如果不批判神学，就写不好世界史、文学史和哲学史。如果当时能够用辩证法的科学精神来理解作为学术研究方法的“批判”，把对宗教神学的批判理解为对宗教进行理性的探讨，理解为非独断的分析和

---

① ［加］秦家懿、［德］孔汉思：《中国宗教与基督教》，吴华译，北京三联书店1997年版，第213页。

② 同上书，第213—214页。

辩证的扬弃，那么，这本可以成为对我国宗教研究事业的一次有力推动，进而促使社会科学工作者深入研究宗教对学术文化和社会生活的影响，考察宗教与社会、人生、哲学、文化等的关系。但不幸的是，事物的发展走上了相反的方向。不仅导致了用行政手段消灭宗教的运动，而且，学术上对宗教的批判研究变成了政治上的否定和打倒。这样，宗教信仰自由政策、马克思主义的宗教理论体系被破坏。不仅宗教界爱国人士和广大宗教信仰者深受其害，就连马克思主义宗教研究者也没有宁处，个别学者的宗教研究只能凭借个人的意志和毅力艰难地进行。[①] 60年代以后，中国宗教教徒的人数一度减少。特别是在“文化大革命”中，宗教受到迫害，不得不转入地下活动，各种“地下教会”和“家庭聚会处”相继出现，形成了这一时期中国宗教发展的历史特色。

总起来看，20世纪50年代到70年代的中国内地，宗教处于受压抑的状态。相应的，文学与宗教文化之间在此前的联姻关系亦疏远了。

随着“文化大革命”的结束，思想解放运动及改革开放的政治背景为宗教的复苏提供了必要的社会环境。宗教活动逐渐恢复正常，教徒人数也日益增多。更为重要的是，“过去十多年的动乱的确带来了一个精神上的真空，而宗教生活的再现无论如何都是填补这一真空的方法之一。因而在政府支持下，道观、佛寺、清真寺、基督教教堂等纷纷重修和开放。各宗教团体也获准训练新的神职人员。皈依基督教的人也日见踊跃”。[②] 1982年10月，在制定社会科学“六五”规划时，胡乔木率先提出了“宗教与社会主义社会相协调”的命题。在国内宗教界引起强烈反响，人们纷纷发表意见，一致认为宗教与社会主义社会是可以而且应该相协调的。[③] 实际上，

---

① 参见吕大吉主编《宗教学通论》，中国社会科学出版社1989年版，第3页。

② ［加］秦家懿、［德］孔汉思：《中国宗教与基督教》，吴华译，北京三联书店1997年版，第193页。

③ 参见曹维劲、魏承思主编《中国80年代人文思潮》，学林出版社1992年版，第1040—1042页。

新时期以来，文化获得了新的方向性开拓，对宗教采取了现实主义的态度，谈论宗教和信仰宗教也不再是禁区。随着经济改革和对外开放，中国亦逐步开始了与世界宗教的友好交往和互访活动，加强了与世界宗教人士的联系和理解。

而且，国民经济的日益发展促进了物质利益的丰富。与此同时，国民精神原有的价值观念和信仰体系有所松动乃至解体，人们开始摆脱一体化的价值信仰而转向寻找自己的精神家园。这些，无疑为宗教文化的再度发展提供了必要的社会心理土壤。

再者，一个显见的事实是，内地学术界、出版界也有效配合了涌动在社会中的这股精神潮流，一批知识分子开始致力于探讨世界宗教文化的当代意义。世界宗教文化之间的比较，与历史、哲学、文学、艺术诸类关系的考察与研究都有诸多著作出现。知识分子作为社会上最敏感的人群，他们的思想探索在某种程度上反映着民众的一种内心渴求，也能够看出国民对于世界宗教文化的特定理解与精神需求。

所有这些，构成了中国当代文学或显在或潜在的重要文化背景。当代中国文学的宗教文化背景得以发生，从知识界方面考察起来，大致有这样几个原因。首先，出于对中国学术开放性、系统性、未来性的考虑。自20世纪50年代以来，中国内地学术界对于西方学术思想精神有着极大的片面性理解与批判。具体说，就是极为重视唯物主义传统，尤其是近代人文主义理性思潮、启蒙运动以及马克思主义的发展，对于此外的学术思潮，则极为漠视与排斥。而对世界宗教，尤其是基督教文化精神的否定与批评更是有过之而无不及。伴随着改革开放和中国学术的大发展，在研究世界史、中国史、哲学史、艺术史、文学史等领域时，不可避免地要研究世界宗教的基本知识与基本理论问题，宗教文化成为中国学术得以发展与获得开拓所无法跨越的关注对象。其次，出于重建中国文化的考虑。当代中国知识分子在回顾、反省百年中国历史与百年中国文化之时，深刻意识到自“五四”以来的文化激进主义与政治激进主义给中国社会带来的历史动荡、文化失范、价值迷茫、道德沦丧乃至社会解体以及给中国知识分子造成的肉体与精神上的双重灾难。而且在宗教认识上，也存在着极为偏狭的致命性失误，这导致中国文化物性精神强势而灵性精神远远匮乏。况且，中国知识分子的百年梦想——“科学”与“民主”，迄今为止非但未获得有效实现，反而出现了新的问题——“科学”被置换为“技术”，带来一个过分追求功利的时代；而“民主”则基本上还处于形式层面。可以说，百年中国文化的发展极其善于破坏一个旧世界，却非常不善于建设一个新世界。这就促使中国知识分子不断走向成熟与冷静，而开始对世界文明进程中的精神调节支柱——宗教文化进行重新认识并加以严肃思考，进而力求为中国文化找到一条能够实现自我转换并达到更新、超越与发展之路。再者，出于中国知识分子个体对于置身其中的本真世界的探索以及对个体自身灵性需要的追求。曾经深切呼唤思想解放的处于社会转型中坚力量的人文知识分子，随着中国社会转型与文化转换的真正开始，尤其“以经济建设为中心”以及市场化的逐步确立与发展，他们的精英地位逐步淡漠，而让位于掌握科技、重视实利的科技知识分子。这不能不带来人文知识分子的明显失落与对自身价值、角色的重新反思。由此进而认识到自身的依附性，从而选择走向真正的思想独立、学术独立和人格独立。“这一根本变化已促使许多中国人文知识分子真正告别以往批判宗教、抵制基督教的政治御用历史，告别对世俗的眷念和追求，而基于一种全新的认知视野、独立的学术地位和超越现实政治考虑的立场来重新审视基督教，深入、全面、公正、唯实、求真地研究和阐释基督教的精神、价值、意义及知识体系，旨在以其严肃的学术良心和人格自尊来向中国人介绍一个全面而公允的基督教。”[①] 这样，对宗教文化的探究必然成为对本真世界探索的重要内容。而且，在商业化、功利化、实用主义盛行的现实社会中，在思想精神混乱、

---

① 卓新平：《基督宗教论》，社会科学文献出版社2000年版，第359页。

道德水准下降的社会处境下，知识分子如何保持自己的人格，如何寄托自己的灵魂，也成为转向宗教文化寻求出路的精神契机，甚至有的则毅然皈依宗教。[①] 当然，上述几个层面也没有决然界限，而是它们之间具有互补与包容甚至重叠性。

现在看来，20 世纪八九十年代的中国以至今日，事实上已经逐步形成了一股强大的宗教文化思潮。而且不难看出，当代中国知识分子对于宗教文化的主流态度是以国家兴亡、民族命运为观照视角的。就主流来说，在他们看来，中华民族的自强与复兴之路，除了需要器物、制度、文化上的变革之外，精神层面的超越转换也是必需而且迫切的。应当承认的是，中国文化语境中的宗教精神背景得以发生，与中国知识分子对宗教文化的态度有着极为重要的关系。甚至可以说，正是知识分子推动了汉语文化与宗教精神的相遇、对话和发展。

当代中国社会的宗教文化背景，为宗教再次成为可以讨论和写作的文学资源提供了可能，实际上正是为文学提供了一种必不可少的有效的合法性文化价值依托。也正是在此基础上，宗教文化与中国文学的关系才得以恢复并获得重新确立。虽然当代中国文学的宗教维度还远远不及中国现代文学过程的宗教文化资源表现得明显和充分，但它在经过了一个曲折的历程之后，毕竟又有了一个新的开端，而且具有了令人充满希望的良好前景。

---

① 卓新平：《基督宗教论》，社会科学文献出版社 2000 年版，第 333—363 页。

第一章

宗教言说:基于文化观照的视角

文学发展的背后总是伴随着文化的变迁，总是具有文化资源的支撑，当代中国文学与世界三大宗教——佛教、基督教、伊斯兰教——之间存在着曲折的文化联系。作为土生土长的本土宗教，道教的生命力与时俱进，并且延伸到海外，也已经日益发挥世界性的影响力。

第一节　佛教文化言说

佛教文化与中国文学的关系由来已久。辉煌灿烂的古典文学自不待言，从作家作品到文学批评、文艺思想无不浸润佛教文化的影响；新文学兴起以后的中国现代文学中，以佛教文化为题材或者背景的文学作品也足以引人注目，现代作家精神思想构成中的佛教文化因子亦显而易见地存在着。深受弘一法师之影响而皈依佛门的丰子恺，其“文化大革命”后期的《缘缘堂续笔》可以说是这一文学之缘和精神之流的延续。不过总的来说，20 世纪 50—70 年代的中国文学与佛教文化之关系曾受阻隔。其间以文学的形式所呈现出的，至多属于一种出于意识形态考虑的“宗教修辞”。[①] 直到文艺新时期，佛教文化与中国文学的姻缘重又接续。著名作家马丽华的自身经历与话语描述很能够说明问题：“我们是在文革结束后的1976年毕业进藏的。是个典型的无神论者，尤不信神鬼。那时展现在我眼前的，是一派空阔景象，除了高山大河的自然界岿然不动外，凡传统人为的精神遗迹差不多都被那场运动荡涤一空：寺院被毁，神坛拆除，有关仪式和行为中止。正所谓一派空阔。80年代最初几年里，情形大变。寺院修复，神坛重建，经幡飘飘，桑烟袅袅，六字真言不绝于耳，转经人流漫漫而行。田野上，村庄里，一年到头举行着来自古老时代的各种仪式，漫漫风雪长途响起了持续不断的磕头朝圣者手板摩擦大地的声音。世代凝结于心的宗教热情一度被压抑之后超常超量迸发出来，蔚成雪域大地神佛崇拜的热浪翻腾。空阔之中骤然平添内容。不作政治和观念的评判，就文化意义来讲，在20世纪80年代世界的高处，这一派漫浸的古风已足以使人惊奇。”[②] 这里虽然指称的是雪域西藏，也在一定程度上代表着

---

① 参见黄子平《“灰阑”中的叙述》，上海文艺出版社2001年版。其中的第五章——“‘革命历史小说’中的宗教修辞”对此有精彩论述。虽然“并无足够资料证明‘革命历史小说’的作者们对佛道耶诸教有何最基本的认识，然而作品中道观佛堂以及圣地的空间运用，脱胎换骨的身、心、灵隐喻，乃至苦难的赎与救，信仰的罪与罚，在在都显示了宗教无意识或‘民间信仰文化’在当代叙述中的顽强功用。探讨‘革命历史小说’中的宗教修辞，便是从叙述的层面，来考察当代意识形态与传统信仰文化之间的复杂关系。其中最明显的，莫过于政治上的‘革命/反革命’如何借助宗教的‘神/魔’‘正/邪’得到表达，从而创造了在民众中阅读与理解的条件。但更细微之处，却在叙事时空的安排处理，人物救赎的历练设计，人间苦难的政治解决等等，铺展出对‘历史’、‘命运’、‘人生’、‘死亡’等等的一整套讲述规范。”（《“灰阑”中的叙述》“前言”第4页）

② 马丽华：《雪域文化与西藏文学》，湖南教育出版社1998年版，第89页。这段话中的“六字真言”，即“六字大明咒”：唵、嘛、呢、叭、咪、吽，这是藏传佛教使用最多的咒语，几乎到了无处不在、无人不知、无人不念的地步。其大意为，具足佛身、佛智的观世音观照。《嘛呢教言集》中说，六字代表度脱六众生、破除六种烦恼、修六般若行、获得六种佛身、生出六种智慧等。萨迦派大师索南坚赞的《六字明功德颂》中亦云：“唵能消除天界生死苦，嘛能消除非天斗争苦，呢除人间生老病死苦，叭能消除畜生役使苦，咪能消除恶鬼饥渴苦，吽能消除冷热地狱苦。……”在藏传佛教文化中，“六字真言”是能令人脱离苦海的无上密咒，以最终达到成佛的境界。

中国内地的情形。

大致而言，当代中国文学的佛教文化言说，可以分从汉地佛教和藏传佛教两个方面加以考察。前者以汪曾祺、贾平凹的作品为代表，后者则以扎西达娃、马原，尤其是马丽华的作品最为典型。

正当新时期文艺大规模地沉浸在对“文化大革命”灾难的揭露、批判与反思之时，汪曾祺先生的短篇小说《受戒》却以其别致的韵味为文坛吹来了一股清新的风。这篇发表于1980年的小说，以明丽动人的笔调描绘出一段少年男女的纯真爱情，为读者展现出一个独特的似乎已经久违了的“法外之地”——荸荠庵。这里是佛门，却缺少佛门的清规戒律，和尚可以唱情歌、娶媳妇，还可以杀猪吃肉，像常人一样追求人情，追求爱。显然，佛门在这里已经世俗化了。小和尚明海与小英子之间，更由天真无邪的孩提情谊发展为纯洁真挚的爱情。作品着意渲染田园水乡的风物与习俗，蕴含的是浓郁的人情味和健康的人性美。

“受戒”本是佛教中的佛事之一。佛教徒有四众之分，即出家男女二众，在家男女二众。出家男众称“比丘”，女众称“比丘尼”。比丘是梵语，内含有破恶、净命等意。按照佛教戒律规定，佛教信徒要求出家，可以到寺院中请求一位比丘作为自己的“依止师”，这位比丘要向全寺僧说明情由，征求全体意见，取得一致同意后，方可收留此人为弟子。为之剃除须发，并为之授“沙弥”戒，此人便成为“沙弥”，梵语意为勤策男，言其当勤受比丘之策励，又有行慈之意，表示沙弥应当息恶行慈。《受戒》作者声言自己是“写四十三年前的一个梦”，而与本论题相关的问题是，作者并非佛教僧徒，为何却用一个受戒小沙弥的故事来寄托、表达自己的情思？显然，这与作家的生活情境和精神气质有密切关联。在下面将要提及的写于1985年的散文《幽冥钟》一文中，作者透露出小说《受戒》里写的明海受戒的那座寺便是承天寺附近的善因寺。作者童年所上的小学就在承天寺的旁边，学校原来就是佛寺的一部分，并且几乎每天放学都要到佛寺里逛一逛，看看哼哈二将、四大天王、释迦牟尼、迦叶阿难、十八罗汉、南海观音。不难看出，汪曾祺从家乡浓重的佛教文化氛围中受到熏陶，具有熟悉佛教的经历，禀有亲近佛教的精神。而且，当被问及《受戒》的主题时，作者隐约流露出这是出于"一种内在的对生活的欢乐"。[①] 在作者看来，佛徒也是人，一样具有七情六欲，他们也应该享有欢乐生活的权利。正因如此，小说中的明海小和尚能够充满真性情地神往于爱情的欢悦中，同时，对于受戒和将要被选沙弥尾的佛徒生涯也并不反对，而是一切随缘顺性，自然而然。于此，不难体会作者精神意识中深层浸染的禅宗影响。佛教文化中，禅宗讲究的是"净性自悟，顿悟成佛"。佛性是恒常清净而不是污染的，是性善的而不是性恶的，这种净性属于每一个体的本心，是人的内在的真实本质。而且，禅宗强调佛性本有，自性具足一切，又不执着一切，觉悟不假外求，只要以无念为宗，内求于心，自在解脱，就可去迷转悟，见性成佛。

应当说，汪曾祺对于佛教文化，不仅熟悉，而且充满感情。这在他后来的记游式散文《幽冥钟》[②]，能够充分体现出来。这篇散文记叙了作者故乡承天寺的典故来历，目睹了哼哈二将、四大天王、长眉罗汉、地藏菩萨、大雄宝殿、神龛佛案……尤其对其中的幽冥钟进行了声情并茂的描绘，寄托了无限的思绪。

幽冥钟是罗汉堂东南角一口相当高大的钟，钟用铁链吊在很粗壮的木架上，旁边是从房梁上挂下来的撞钟的木杵。因为这钟在半夜里撞，故称"幽冥钟"，是专门为难产血崩而死的妇人而撞的。人们认为血崩而死是不洁的，罪过最深，所以血崩而死的女鬼是居住在最黑最黑的地狱里的，只有这幽冥钟声才会带给她们光明。

佛教文化中，菩萨的意思是"觉有情"。他们立下宏大的誓愿，

---

① 汪曾祺：《社会性·小说技巧》，《人民文学》1987 年第 3 期。

② 参见谭桂林编《菩提心语——二十世纪中国佛教散文》，江苏文艺出版社 1996 年版，第 281—284 页。

要以佛所说的“真理”和“觉悟”去启发与引导世间有情众生，使众生摆脱烦恼，彻底觉悟，渡过生死轮回的此岸，达到涅槃寂静的彼岸世界。按照大乘佛教说法，十方世界有无数佛，同时也有无数的菩萨。他们常住人间，以各种身份在人间随机说法，导引众生脱离苦海，解救苦难。因此菩萨往往比佛更接近众生，更容易为众生接受和亲近。在中国佛教中，对菩萨的崇拜有时比对佛的信仰更盛，如影响最大的四大菩萨——文殊、普贤、观音、地藏，在民间几乎家喻户晓。文殊代表大智，普贤代表大行，观音代表大悲，地藏代表大愿。其中，在中国世俗中的名气和影响，观音和地藏尤为醒目。观音菩萨从高高的莲台走进千家万户，与民众最亲近，是解救百姓于危难的救星，是慈祥的圣母。按照《地藏十轮经》等佛经的说法，地藏菩萨则是受释迦牟尼嘱托，在释迦牟尼入灭后，未来佛弥勒降生之前的无佛时代，自愿度六道众生拯救诸苦，尤其是拯救地狱中的恶鬼。他曾发誓地狱不空，誓不为佛，因此也称其为“幽冥教主”。显然，汪曾祺非常熟悉佛教文化的脉髓。在文章中，他不仅赞赏观音菩萨，更为钟情地藏菩萨——“他像大地一样，含藏无量善根种子。他是地之神，是一位好心的菩萨”。尤其提及，幽冥钟前，是一尊地藏菩萨的一尺多高的金身佛像。地藏菩萨戴着毗卢帽，跏趺而坐，低眉闭目，神色慈祥。地藏菩萨前面点着一盏小油灯，灯光幽微。他对死于血崩的女鬼会格外慈悲，所以幽冥钟前供奉地藏菩萨便极其自然。

除此之外，对于撞钟和尚的描写同样充满敬畏：“相貌清癯，高长瘦削。他已经几十年不出山门了。他就住在罗汉堂里。大钟东侧靠墙，有一张矮矮的禅榻，上面有一床薄薄的蓝布棉被，这就是他的住处。白天，他随堂粥饭，洒扫庭除。半夜，起来，剔亮地藏菩萨前的油灯，就开始撞钟。”而对于幽冥钟声的描绘则富于诗意和想象，“钟声是柔和的、悠远的”。振幅是圆的，一圈一圈地扩散开，就像投石于水，水的圆纹一圈一圈地扩散。钟声撞出一个圆环，一个淡金色的光圈。地狱里受难的女鬼看见光了。她们的脸上现出了欢喜。金色的光环暗了，暗了……又一声，又一个金色的光环。光环扩散着，一圈，又一圈……夜半，子时，幽冥钟的钟声飞出承天寺。幽冥钟的钟声扩散到了千家万户。无疑，作者对佛的慈悲之心满怀礼赞之情，于是结尾点题："承天寺的钟，幽冥钟。女性的钟，母亲的钟……"佛教文化的真精神，已经充溢于作者的思想与情感中。

在当代文坛中，贾平凹其人其文亦充满佛理、佛趣之色彩。贾平凹的此类作品，大多属于性情的外泄与心态的抒写，体现出的是一颗平常心。尤其是其别有意味的美文创作，蕴含的是一种大音稀声、大象无形的境界。由孔明、孙见喜选编的《贾平凹禅思美文》，集中鲜明地体现出这一特色。全书分为三辑：拈花即语，脚下是美，随心说话，可以说篇篇美文，篇篇禅意。其实，贾平凹本人为本书所作的序对此已经有了恰当的注脚，他说："我是个兴趣广泛、但仅仅是兴趣的人，曾交往过一二位僧人，翻阅过一二本佛学小册子，全都是为了对写作有所帮助，对人生有所启示而已。以我的陋见，古今中外，任何宗教、哲学，以及任何学科、行业，其最高境界都是一回事。对于禅，我能知道的就是禅是平常心，是在日常生活之中。从这个角度讲，我并不主张或者同意世上有什么禅乐禅画禅文章的。而禅对我的启示使我明白了我首先是人，其次才是作家，清醒和更正了很长时间来老把自己当作职业写作人对待。这一点启示，对别人或许没什么，对我却十分重要，做平平常常的人，过平平常常的日子，才能以自己的生命体悟这个世界。体悟到了，充满着自己的生命，自然而然，文章就有了真情、激情和个性色彩。"① 贾平凹悟到了禅的真精神，也正如禅宗禅师们所重视的从人的心性方面去探求实现生命自觉、理想人格和精神自由的境界。也正是有学者已经指出的，"他们把实现自我觉悟，开发自己心灵世界，作为人生的主要任务和最大追求。强调要自识本心，自见本

---

① 孔明、孙见喜选编：《贾平凹禅思美文》，广东人民出版社 1998 年版，"序"。

性，实现自我超越，解脱烦恼、痛苦和生死，成就为佛，即在有限、短暂、相对的现实中实现无限、永恒、绝对”。①

在长篇小说《白夜》中，贾平凹则有意识地以佛家智慧来洞察现世人生。祝一鹤由叱咤风云的得意之境瞬间变成瘫痪在床的邋遢老头，其中的人世无常流露无遗；矿山老板宁洪祥的暴死和被分尸，东方副市长的坍台，都暗含着佛教的因果报应观念；甚至宽哥这个唯一只做好事的人却生了无法医治的皮肤病，也只能用报应观念来解释，因为佛教的因果报应观不是现世报，而是三世报，乃至千世、万世报，它强调因果报应体现在生命形态不断轮回转化的过程中。之所以存在积善集殃是、积恶致庆、善人受祸、恶人得福的现象，是所受者前世行为的报应，今世行为所得的报应还没有显现出来。就是吴清朴与邹云、虞白与夜郎之间的悲欢离合，也无不让人生发出命运无常之感慨。这正应了佛教教义所主张的，众生和一切事物无非是由因缘和合而成的，他们本就没有常住不变的实体或规定性。生命体生灭无常，无常给人带来种种痛苦，因此就不应当贪恋人生，而应追求摆脱一切苦恼的涅槃境界。如果说上述所言属于文化深层次内容的话，那么《白夜》中的“再生人”和“目连戏”两个象喻则直接来源于佛教文化意象。前者依托的是佛教的轮回观念，后者则出之于佛教中著名的目连救母的故事。小说《晚雨》讲述了天鉴由匪而官的传奇经历，其间伴随着的“白狼”喻象与王娘形象，以及天鉴的生命结局，实实在在显示了生死轮回与因果报应。小说《白朗》同样充满着神秘的生死轮回与灵魂转世的观念。以“白狼”为代表的匪类的生存状态，让贾平凹无比的心动。他们有的是心性疯狂，一心要潇洒自在，有的是被生活所逼，有的其实是为了正经干一件惊天动地的事，正干不成而反干。他们其中有许多可恨、可笑又可爱之处，有许多真实的、荒诞的、暴力

① 方立天:《中国佛教哲学要义》上卷，中国人民大学出版社2002年版，第368页。

的、艳丽的事，令作者对历史有诸多回味，添诸多生存意味。[①] 由此，从中不难体会出作者面对现世的苍凉与悲悯的佛家心境。其实，这也是作者对人生的理解，对命运的感悟。

除了汉地佛教的充分形成与日益完善，佛教在中国的发展中，藏传佛教构成为另外的重要一系。藏传佛教是藏族人的主要信仰和精神支柱，也是藏族地区占主导地位的宗教。公元 4 世纪时，佛教由印度传到青藏高原，到 7 世纪时，由于松赞干布推崇佛教，开始大规模传播。佛教在雪域与当地群众普遍信奉的原始宗教本教的斗争中，相互影响，相互补充，以佛教教义为基础，吸收本教一些神祇和仪式，逐渐发展形成具有浓郁民族特色、地域特色、高度形象化的佛教重要支派——藏传佛教。藏传佛教的发展经历了“前弘期”和“后弘期”。前者大致从 7 世纪中叶（松赞干布时期）到 9 世纪中叶（朗达玛灭佛），属于藏传佛教的形成时期；后者始于 10 世纪末，至 15 世纪初，属于藏传佛教派别林立的大发展时期。学者普遍认为，综观当今世界佛教，唯有藏传佛教最为完整，其佛学体系完整无缺，而且更多地保持了佛教的原貌和精神。

藏传佛教作为信仰体系的同时，又是兼容并蓄的文化体系。对其信仰者——藏民族来说，文化和宗教难以确立明确的界限。当说到藏族文化时，它的核心价值观念来自佛教，如果离开佛教，藏族文化可以说无从谈起。佛教的气息弥漫于雪域高原，弥漫于人们的内心深处。甚至藏民族的价值观念即是藏传佛教的信念，或者说佛教学说是藏族信徒价值观的核心和基础。考察藏传佛教与中国当代文学的关系，不能离开对上述文化背景的描述和阐释。

基于以上的理解，首先注意到的是扎西达娃及其创作。在扎西达娃的作品里，具有一个双向选择与互动的存在，即躯壳寻找灵魂与灵魂寻找躯壳。而且，他往往能够游刃有余地调动宗教、经籍、神话、传说、史实、神谕、巫语、鬼魂，还善于创造想象、梦幻、

---

① 贾平凹：《妊娠·逛山》，作家出版社 1992 年版，第 424 页。

真假、虚实，甚至无中生有、有中了无……就连莲花生巨大的掌纹也控制在他的手掌中。同时，一切又都在他那里化解消融，成为他的文学生命的滋养质素。其名作《系在皮绳扣上的魂》，具有代表性。这篇小说借鉴拉丁美洲魔幻现实主义艺术形式，象征性地勾画出了充满神秘气氛的西藏及西藏人民的追求。作品采用“元叙事”的手法，有意识地混淆现实与虚构的界限，追求一种亦真亦幻的叙事效果。“我”去看望即将死去的桑杰达普活佛，他为“我”讲述了两个康巴年轻人找寻人间净土的理想国——香巴拉的故事。这个故事与“我”虚构的一篇小说不谋而合，于是人物从“我”的小说中走出：一个叫婛的姑娘接待了从远方来的一个叫塔贝的汉子，并随他离家奔西方而去。一路上，婛用皮绳扣计算着时间。行至一个小村，有人用计算机统计了他们所走的时间与距离，但婛没有数字概念，也没见过计算机。塔贝则被电影弄得头昏脑涨。越往后走，越充满嘈杂与喧嚣，越觉得走迷了路。后来他们又来到一个叫“甲”的村庄，在一位老者的指引下，塔贝准备走出迷宫。传说那是莲花生的右手，沿着其中一条掌纹就能够走出去。临行前，塔贝学开拖拉机而被撞伤。至此，“我”的小说结束。接下来，“我”按照小说中的情节，翻越喀隆雪山，去莲花生的掌纹地寻找“我”的主人公。在那里，“我”见到了他们，他们原来都是被赋予了生命和意志的。塔贝在虔诚的信仰与幻觉中死去，奥运会开幕式的声音把时间拉回到现实中，“我”带着婛开始走上新路。小说在整体上具有宗教寓意的象征性。寻找“香巴拉”的旅程古老而漫长、寂寞而又迷茫，它就像西藏的历史和现实一样，充满了不安和动荡，也充满了转机和选择。在这条路上，交织着宗教追求和尘世生活、古老文化与现代文明的冲突。在种种冲突中，表现出西藏人民生活的艰难、传统的凝重、行进的迟缓以及对未来的无尽追求。塔贝弃绝尘世，寻找宗教天国，临终时听到的“神谕”却是奥运会开幕式的“鼓乐声和千万人的和唱”，他至死不悟，终未获得解脱；追随塔贝的婛，在经历了苦难历程之后，走上了现实的文明之路，那系在皮绳扣上的魂也得到了解脱。此外，神秘的气氛、魔幻的手法加强了象征意味。活佛的死、塔贝的死，象征了封闭乌托邦的幻灭；时间感、距离感的获得，象征了开放世界的现实；婉对塔贝由追随到怀疑，则象征了盲目信仰的破产与走向新生的可能。独特的历史、奇异的地貌、神秘的宗教以及特有的伦理、习俗，构成了藏族独异的民族心态。对此，作者有着深刻的文化自觉。作品正是立足本民族文化气质，用现代意识观照民族的历史文化，以揭示出在古老文化和外来文明的撞击中所形成的本民族所特有的文化心理状态。

马原亦一度将自己的艺术视角注目于西藏这片神奇的土地，前面已经强调指出，西藏文化与佛教达成一种相融而难解难分的境界，因此，谈论藏传佛教与当代文学的关系亦离不开对马原作品的理解。马原的小说中写过不少虔诚的藏族佛教徒，涉及不少的藏传佛教文化现象。《冈底斯的诱惑》中的“阿爸”，“从来到这个世界那天就开始膜拜释迦牟尼”。而且，作品中充满对于观察天葬的神往。《叠纸鹞的三种方法》中的“住在布达拉宫下的老太太也是个虔诚的佛教徒，一辈子独身一人。她从年轻时候就开始，每天围着布达拉宫外墙转经三圈”。而且，“我”在患了恶疮之后直想“绕到药王山南面，看看朝佛的人们在这块圣地留下了什么，小泥佛？有释迦牟尼像的经幡？镂刻着经文的石板？”可以说，马原对于藏传佛教有着自己的理解。其间的人生无常、世事如烟，显然受到了宣扬整个世界和全部人生为无边之苦海的佛教教义“四圣谛”中的“苦谛”的影响，这是对自然环境和社会人生的价值判断，认为世俗世界的一切，本性皆苦。不过，虽然马原在诸如《叠纸鹞的三种方法》中穿插进旁白：“可以推测，刘雨更多着眼于佛教及其内在的影响，浮掠地讲一下这个故事不是他的兴致所在”，然而，由于马原习惯于创作中的“叙事圈套”，过于急切地去挖掘藏地文化的奇风异俗，结果是“着眼于佛教及其内在的影响”这一主旨则淡化甚至被遮蔽了。

对于中国当代文学与藏传佛教文化的关系这一论题而言，最有代表性的是马丽华的融入了自身二十几年“足迹与心迹”的“走过西藏作品系列”。[①] 她独具特色的文本，为研究藏传佛教与新时期文学关系提供了范例，同时亦构成了中国当代文学史的“奇迹”性存在。马丽华的“走过西藏”，在不同层次、从不同侧面，比较全面地呈现出藏传佛教在雪域高原的历史演变、存在状况、表现形式与发展态势。同时，表达出作者的复杂的心态与情感。

藏传佛教千余年来在西藏发扬光大，历久不衰，奥秘正在于它早已进行过本土化的改造，早已适应了藏民族精神传统的土壤与气候。被改造了的佛教在内容和形式上究竟离它的初衷有多远，没有多少西藏人会理会这一问题。对此，马丽华有着明确的意识，她的文本也正是建构于这样的文化语境中。《藏北游历》充满着“泛神”的倾向，洋溢着“泛神”的色彩。念青唐古拉神话、各种护法佛、佛徒的绕圣山与转神湖等行为，以及喇嘛寺的建筑，莫不源于信仰的力量。尤其是那句在西藏随处可见、充耳可闻的“六字真言”，更是存在着无尽的难以言说的含义。短短的音节中包容了佛部心、宝部心、莲花部心、金刚部心，囊括了三千大世界。难怪作者把它幻化成了一首赞美诗——“我被六字真言所深藏的诗美所打动，情不自禁地参与了赞美诗的合唱——好哇！莲花湖的珍宝！好哇！不仅仅是莲花湖的珍宝！”这是一首对已知与未知世界的赞美诗，它“恒久地响彻了西藏高原，震撼天地，摇荡人心，这是信仰与精神意念的巨大力量，它仿佛一个极致，令人仰望而不可企及”。的确，诚如作者进一步所言，“现代人，能够领受这一箴言渺远又美丽的意境的，需要一些清澄，一份空灵，一种机缘”。[②] “这一箴言具有莫可言说的美，是一个飘渺高妙的意境。我终于不会去做佛

---

① 马丽华“走过西藏作品系列”，中国社会科学出版社 2002 年版，包括《藏北游历》《灵魂像风》《西行阿里》《苦难旅程》《十年藏北》《西藏文化旅人》《藏东红山脉》。

② 马丽华：《藏北游历》，解放军文艺出版社 1990 年版，第 7—8 页。

教徒，但我喜爱这个宗教所创造的诸如此类超绝人寰的意境，喜爱它所包容的东方式的若明若暗的思想内涵与表达方式，以及它所指向的时空的其阔无比和长流不息。"[①] 在《灵魂像风》中，作者涉及、描述、体验到藏传佛教文化的种种情形——有对查古村古老的农耕礼仪的探寻，有对前佛教时代乡神系统的追索，有对克珠活佛戏剧性人生的多重剖析，有对藏传佛教诸教派特征的总体把握，有对灵魂、轮回、转世、来世诸观念的深情理解，还有对天葬仪式、灵魂转移仪式、为大地聚脂仪式以及对"朝圣部落"的精彩记述……在《苦难旅程》中，作者则将笔触专门着重于"藏传佛教人生风景"——佛教缘起的自然环境与人文地理及其当代意义；佛祖释迦牟尼的诞生、成长、经历、修行、成佛，在苦难中产生的宗教旨在对于苦难的解脱；藏传佛教苦修的僧人们的行为，纯粹信仰所致；漫漫艰难的朝圣之路，以及"燃指供佛"的壮烈之举；六世达赖喇嘛仓央嘉措的诗化人生；藏传佛教史上的几次灭法事件；藏传佛教的临终关怀，也可称为"终极关怀"："最终的和极致的关切情怀，足令死者安详，克服无助无依之境；对于生者，也可不致为未来不可免的死亡而心怀恐惧"[②]；被称作"二十世纪西藏奇僧"的更敦群培；现代史上的几位高层人物；藏传佛教在今日西藏情形……

藏传佛教文化的立体景观在马丽华的"走过西藏作品系列"中呈现无遗，而尤为让人心绪难宁的则要数"苦修"行为和"朝圣"场面。"苦修"行为难以言传，任何语言的表达都会减轻它的存在重量，还是让我们看看"朝圣"的场面吧：在我们同处的这条山谷里，铅云欲坠，漫野皆白。一行十数人蠕动在旷野雪地上，双手扬起落下，身体此起彼伏，寂静的山谷中响起了木板摩擦冻土的声响，混合着绵绵不绝的诵经声。貌如印第安部落酋长的父亲桑秋多

---

① 马丽华：《藏北游历》，解放军文艺出版社 1990 年版，第 208 页。

② 马丽华：《苦难旅程》，中国社会科学出版社 2002 年版，第 98 页。

吉，面部纵横的每一条纹路都刻画着虔诚；英俊的儿子罗布桑布的眼神总是迷茫，总是穿越了现实世界而专注于遥不可及的未来时空。紧随其后的青年僧人嘎玛洛萨、仁钦罗布、江洋文色、嘎玛西珠他们，尼姑英索、江羊卓玛她们，神情都一样的庄重……这是一群历时一年多、从家乡囊谦磕长头去拉萨朝圣的人。对他们来说，几千里路就是用身体一点点地丈量过去：合掌举过头顶，降至鼻尖、胸口，身体迅速前扑，双臂前伸着地，划一记号，起身，跨两步到记号处，再重复以上动作。这些人里中老年男人居多，皮袄外一般再套一件帆布长围裙，手戴皮套或木板。不论烈日当空还是风雪弥漫，他们都这样一丝不苟、孜孜不倦。由于他们，全世界都将知道，在西藏，还有这样一种信仰表达方式。为什么要选择五体投地这一含有自虐性质的苦行呢？藏族人认为非如此不能表达最虔诚、最深切的情感和愿望。

马丽华对藏传佛教文化有着切身的体验和深刻的理解，在她的笔下，玄奥难懂的藏传佛教已经完全具象化和易于领受把握。“从什么时候开始，藏传佛教对于我来说，已演变成一些熟悉的名字和面孔，一些难以忘怀的生活场面和人生风景，而不再是一般的概念和浅表印象？真是这样。也许在过程中就开始了，我的审美目光开始变质，我的赞美显得迟疑，心绪不再宁静。尤甚者，我还将冒着被诛的风险，很不明智地对许多问题进行质疑追问——虽然还不至于不相宜地追问众佛、神灵、灵魂和来世是否真实存在之类，相反我宁可相信他们真真正正地永存着。我尤其不会也不能对佛教稍有不尊：这是我的理解中最为宽容的一种宗教，我比一般的佛教徒更多地理解这一宗教的原理和教义，激赏这一宗教所拥有的无与伦比的创造性艺术思维，在它所提供的无限宇宙的辽阔时空中神思飞扬。很少有人像我这样频繁地登临佛教圣地，为那些即使是断壁残垣的辉煌建筑、即使是残破褪色的宗教艺术所倾倒、所震撼。很少有人像我这样太经常地与那些穿越千古和清澈如水的目光和心灵相遇，使身心里顿起虔诚敬信之念。也很少有人像我这样能够直接向藏传佛教差不多所有教派的高僧活佛请教交谈，听取来自另一思维国度的智慧哲理并领受他们以多种方式给予的祝福和加持。在神圣马年曾走过的至圣神山冈仁波钦，不仅已洗清此生罪孽，同时也一劳永逸地洗清了一劫数以亿万次轮回中的罪孽；在神圣猴年参加的导引灵魂的仪式，已可确保未来往生佛界乐土；一座小寺院的僧众，转意为我念过佑护平安的祈祷经文……我比一般佛教徒更透彻地浸润了佛光恩泽，此生来生都已受惠，还有什么可说的呢?”[①]

即便如此，作者还是作出了富有人本主义精神的理性追思：“要是来世确凿无疑并不存在呢?”灵魂和来世观念如此深刻地影响了一个地区、一个民族，如此左右着一个社会和世代人生，则令人辗转反侧地忧虑不安。因为，纵然果真有来世，也应该把今生看作仅有的一次。所以，作者在此忍痛强调一种发展进步的观念。然而，即便如此，实则并不矛盾的是，心灵的浪迹天涯依然无处皈依。最终，却还是一个灵魂的问题。作者深深意识到，“灵魂是人类宗教感情之源”。[②]“宗教的终极指向是匆匆人世之后，个体灵魂永恒的无限时空。对于宗教的选择，的确是对于归宿去向的选择。……彻底的无神论者，坦然面向一切包括死亡的人，是真正勇敢的人。说来惭愧，我并不是一个彻底的唯物主义无神论者，对于冥冥之中所指示的崇高和无限从来保持着一份敬畏和向往，对于所有宗教所提示的美好之物保持着一份欣赏甚至激赏。我相信自己的宗教式的情感，那或许比许多信教徒众的宗教感来得更浓烈。”[③]马丽华的“走过西藏作品系列”，无疑是作者寻找归宿的“灵魂”之作。

显然，“走过西藏作品系列”的文本意义已经超越了单纯的文学范畴，而具有了鲜明的人类学色彩。藏文化研究学者、藏民族出

---

① 马丽华：《灵魂像风》，中国社会科学出版社2002年版，第209—210页。

② 同上书，第219页。

③ 马丽华：《苦难旅程》，中国社会科学出版社2002年版，第164页。

身的人类学家格勒博士在为马丽华的《西行阿里》所作的“序”中，称作者为“人类学散文作家”，“在文学与人类学两座高耸的悬崖之间架起了一座桥梁”。[①] 社会学人类学研究学者周星先生在为马丽华的《灵魂像风》所作的“序”中写道，“我相信，无论是职业人类学家，还是只具有初步的人类学知识背景的读者，都可以指望从马丽华女士的这部作品中，像我一样获得人类学方面的不少启迪”。[②] 在瑞士苏黎世的“西藏——喜马拉雅人类学国际学术研讨会”上，马丽华及其作品备受推崇。作者一再感叹：“西藏的土地和人民真好。20 年间一再体味着这片高地施予我的宽阔、宽厚、宽容、宽松，它深刻地影响了我的人生和文笔，我知道自己中庸豁达平和与泛爱的心境由何而来。”[③] 的确，马丽华已经专属于“西藏的马丽华”。

马丽华的“走过西藏作品系列”，属于文学，属于人类学，属于宗教人类学，可以将其表达为“宗教—人类学—文学”。这在中国当代文学史上，应当说是筚路蓝缕者。

第二节　基督教文化言说

新中国成立后的中国文学被赋予了新的历史使命，一度形成了充满欢乐的颂歌基调。而对于基督教文化的言说则保持讳莫如深，它已不再成为作家们文学思考和表现的对象。偶尔出现在文学中的关于基督教文化的语词和意象，则大多带有反对帝国主义的讽刺目的。不过，由于某些作家的特殊时期的特殊遭遇，一些作品也隐约表达了个体自我对于基督教文化的某些感受。比如绿原写于 1970 年的《重读〈圣经〉》，在“重读”中袒露心迹，讽刺时事，从而

---

① 马丽华：《西行阿里》，中国社会科学出版社 2002 年版，“序”第 2 页。

② 马丽华：《灵魂像风》，中国社会科学出版社 2002 年版，第 3 页。

③ 马丽华：《西行阿里》，中国社会科学出版社 2002 年版，第 265 页。

借《圣经》感怀，借耶稣言志。穆旦写于1976年的《诗》《自己》《问》《神的变形》等也是以基督教文化来讽刺现实，从而表现自我精神的痛苦。直到新时期，这种状况才逐步发生了变化。相对于有的作家在思想启蒙与反思潮流中理性地认识神性和在对个体以及人类的苦难中感性地依靠神性，北村则是在个体信仰的层面上彻底皈依了耶稣基督。从而，以其迥异的文本实现了"对神性的信仰性皈依"。

以先锋姿态步入当代文坛的北村，由于与基督教文化的密切关系而发生创作转型。对基督文化"罪感"的理解与体验，使他的创作中充满了苦难与罪孽；对基督文化"爱感"的理解与体验，使他的创作中充满了信仰与救赎。通过自己的心路历程与文学道路，北村明白了应该如何同时做一个作家和一个基督徒。

一　北村的写作转型

北村是以先锋小说家的姿态步入文坛的。从1985年的《黑马群》到1986年的《构思》、1987年的《谐振》、1988年的《猎经》、1989年的《陈守存冗长的一天》，再到他的"者说"系列：《逃亡者说》（1989）、《归乡者说》（1989）、《劫持者说》（1990）、《披甲者说》（1990）、《聒噪者说》（1991），北村走的显然是一条形式的反叛与探索之路。其间虽也有对人的生存状态的隐隐的象征性关注，但无疑，文本的重心在于叙事试验。他力图凭借表象式的物化性语言层层解除故事本身已经不甚明了的"深度"。作品往往不厌其烦地描绘某一风景、某一物体或某一人的方位、顺序、形状、阴影、声响、气味等，物的表象从而具有了某种质感，人淹没于其中。而且，他通常采用一种镜像式的复现结构，实现了对于某种隐隐约约的寓意的切肤的怀疑。这样，仅存的寓意也便若有若无、若即若离了，同时，文本闪烁出的某种暗示也戛然而止，本就模糊的线索在一种互相映射、回环复现之中发生了似是而非的位移。于是，北村的小说似乎成了没有出口的迷津。

众所周知，20 世纪 80 年代中期开始崛起的先锋小说家所进行的形式迷恋式的叙事试验，没过太久即告偃旗息鼓。时至今日，反观“先锋派”，不难发现它所存在的尴尬。它标榜革命性反叛，追求创作境界的绝对自由，却不期然地适得其反，恰恰陷入了写作的不自由状态。形式上，它要采取一些起码在中国前所未有的新策略；内容上，它要处理一些此前小说中绝少出现的经验、感觉与意象。这样的极端化追求不可避免地使他们陷入了不自由的境地。同时，他们观念上的个性化追求又与创作上的模式化倾向构成了一对难堪的矛盾，实质上并没有找到自己的“个人话语”。先锋小说家的不无悲壮性的转型势在必然，北村亦不例外。然而，北村的转型似乎更为决绝。他将叙事革命所带来的一批小说直接形容为“技术主义”，自称是一些徒有其表的空心之物。如同当年实施叙事革命的义无反顾，北村的转型再次表现出义无反顾的革命姿态。

> 1992 年 3 月 10 日晚上 8 时，我蒙神的带领，进入了厦门一个破旧的小阁楼，在那个地方，我见到了一些人，一些活在上界的人。神拣选了我。我在听了不到二十分钟福音后就归入主耶稣基督。三年后的今天我可以见证说，他是宇宙间惟一真活的神，他就是道路、真理和生命。
>
> 这之后我写出了另一批小说《施洗的河》《张生的婚姻》《伤逝》《玛卓的爱情》《孙权的故事》和《水土不服》等作品。我对这些作品没什么好说，我只是在用一个基督徒的目光打量这个堕落的世界而已。[①]

对于自己的创作转型，北村显得很平淡：“我承认自 1992 年以来我的小说创作发生了一个连我自己也始料未及的变化，同时我也承认这种变化跟我得到的一种信仰具有紧密的关系。其实这是很好

---

① 北村:《我与文学的冲突》,《当代作家评论》1995 年第 4 期。

理解的，人心里怎样思量，他的行为便怎样，既然我的价值观发生如此巨大的变化，以至于连我的生活细节都随之改变，我的小说发生改变又有什么奇怪呢？”①

或许可以说这仅仅是一段个人经历，但对于一个作家来说，其意义绝非一个私人事件所能包容的。它已经超越了有限的个体生存和现世关怀，而具有了无限的可能性与终极意义。皈依基督后的北村，他的创作明显疏离了此前的图式，而将目力专注于现实人生与隐秘心灵，从而勘探人的生存意义与存在价值、绝望体验与终极关怀，并进而突出神、基督对于精神绝望之人的灵魂的救赎。事实上，精神之光的烛照使北村得以重新认识这个世界，审视人类的苦难，并为这些苦难的最终消逝寻找、指示出一条绝对拯救之路。

二　“罪感”：苦难与罪孽

基督文化在一定程度上即是一种“罪感”文化。《旧约·创世记》记载了人类始祖亚当、夏娃因偷食善恶树上的禁果而犯罪受罚的故事。受到蛇的诱惑，夏娃自己并劝亚当偷食禁果，于是上帝将二人赶出乐园，并对他们和蛇一并加以诅咒和惩罚：让蛇永世在地上爬行，终生吃土；让女人生儿育女时增多苦楚，一生须受丈夫管辖；而让亚当终生劳作，不得清静，从土而来，归于尘土。这就是基督教文化中的“原罪”观之来源。奥古斯丁对于失乐园之“罪”进行了阐释。他认为，人的罪恶来自人类始祖滥用了人本来具有的“自由意志”。上帝在创造亚当时给了他自由意志，他因而有着选择犯罪或避免犯罪的完全自由。“上帝不仅创造了自由的人，而且恩赐他以超自然的禀赋，即不死、神圣性、正直和超拔顽固欲望的自由。但是，亚当决定背离上帝，从而失掉其神圣的禀赋，又腐蚀了全人类，使之成为‘沉沦的芸芸众生’。”② 这样，真正之罪乃是人

① 林舟：《苦难的书写与意义的探询——对北村的书面访谈》，《花城》1996年第6期。

② ［美］梯利：《西方哲学史》，葛力译，商务印书馆1995年版，第168页。

们意志中的“欲念”或“欲望”。所谓道德即要求意志能对身体加以控制，而“欲”则破坏了这种道德。而且，奥古斯丁强调亚当的罪给所有人类带来了永恒之死的惩罚。由于亚当和夏娃偷吃了禁果，于是道德的败坏侵入了他们的肌体，并以此遗传给所有的后裔，从而失去自制力来避免罪恶。亚当“把犯罪的本性以及同犯罪必然相联系的惩罚，遗传给他的后裔。于是人不可能不犯罪，他有犯罪的自由，没有解脱罪恶的自由。亚当犯罪不单纯是犯罪的开端和先例，还是原罪，有遗传性。其结果是全人类都有罪，除非上帝仁慈，额外施予恩惠，否则人类是不能解除其应得的惩罚的。只有上帝能够拯救堕落了的人”。[①] 如果人类始祖无罪，则没有死亡，但因其犯罪，所以他们及其后裔都必然死亡。吃了禁果，“不仅带来自然的死，而且也带来了永远的死，即永劫的惩罚”。[②] 人生而有罪，人世的磨难乃其罪有应得。这种“原罪”表现为人之本性中对于邪恶本身的爱好，即有意弃善择恶的倾向和本能。人类在罪孽的深渊中已不能自拔，人在本性上即罪人或罪之奴仆，已失去其自由和德性，只有上帝的恩宠才能使人有德、获救。

皈依基督的北村对于基督文化的“原罪”观念深为理解：“人类在伊甸园子里起首犯了一个很清洁的罪，吃了那颗果子，神明明那么绝对和肯定地告诫人不得吃善恶树的果子，‘因为你吃的日子必定死’。……人弃绝了神的爱，起首走上了一条背逆的路。”因此，“一定有一个罪拦阻我们，不承认它，就不会让我们过去。”[③] 他说：“无论男女，只要是人，他们都是有罪的……”[④] 所以“我们必须正视人的罪恶及其在文化中的后果”。[⑤] 因此，“对苦难的揭

---

① ［美］梯利：《西方哲学史》，葛力译，商务印书馆1995年版，第168—169页。

② ［英］罗素：《西方哲学史》上卷，何兆武、马元德译，商务印书馆1976年版，第442页。

③ 北村：《爱能遮掩许多的罪》，《钟山》1993年第6期。标题即来自《新约·彼得前书》第4章“爱能遮罪”——第8节：“最要紧的是彼此切实相爱，因为爱能遮掩许多的罪。”

④ 林舟：《苦难的书写与意义的探询——对北村的书面访谈》，《花城》1996年第6期。

⑤ 北村：《神圣启示与良知的写作》，《钟山》1995年第4期。

示是我的小说承担的责任。圣经说‘在世间有苦难’，所以我不明白小说除了发现这种人类的悲剧之外还能干什么”。[①] 北村明确指出：“所以神对亚当说：‘……地必为你的缘故受咒诅：你必终身劳苦，才能从地里得吃的……你必汗流满面才得糊口。’（《创世记》3章17—19节）这就是在路上的人的命运。我的小说只能描写这种痛苦和它的实质。”[②] 受基督教文化的影响，北村的小说描绘了“有罪”之人“在路上”的命运，写出了人的生存的苦难与生命的罪孽，对人的存在进行了执着的追问。

《伤逝》中的超尘生如其名，渴望超越尘世，从而“诗意的栖居”。而展现在她面前的却是一幅彻底地道的世俗状态：丈夫的无聊与粗俗，情人的潦倒与堕落，姐姐婚姻的名存实亡，父母的陌生与隔膜……这一切将超尘逼向绝望——割腕自杀。如文中所说，“超尘本来是一个视爱情为至上的人，总是把爱情理想化地虚拟成一幅山水画。但她从来没有实际地经历过这种爱情，她遇上的都是平庸到极点、琐碎到极点、具体到极点的事，她觉得自己仿佛是一条挣脱污水上岸太久的鱼，连呼吸也感到困难了”。《情况》中的已经失去写作能力的作家飘萍，名如其人，只是浮萍而已。抛弃了家庭的他萎缩在小阁楼里成为一具行尸走肉，虽然也有“诗意地栖居”的渴望，但生活对于他来说只不过是生命的苟延残喘。他在给友人的信中道出了事情：“我突然变得无事可干，但真正悠闲的日子是不复存在的，我必须得有事可干，至于这件事是否有意义我则不在乎。最后，我终于注意上了两件事，那就是女人和食物。”《玛卓的爱情》中的玛卓更是一心渴望“诗意地栖居”，但因自身的气质（敏感多疑）和外在的条件（生活拮据），婚后陷入了危机，甚至对爱情也失去了信心。于是，玛卓郁郁寡欢，而丈夫刘仁则去国谋生。“这是多么美好的天空呵，一切都那么有秩序，对着这样的

---

① 林舟：《苦难的书写与意义的探询——对北村的书面访谈》，《花城》1996年第6期。

② 北村：《活着与写作》，《大家》1995年第1期。

天空，还有谁会生气呢？但是，一旦我们低下头来，污浊的世界进入眼睛，一切都改变了颜色，没有一个地方让人满意，到处是矛盾、哭号和疼痛，但我们必须在这里生活。这就是苦难。”正是这无边的苦难，导致玛卓的精神崩溃，继而，刘仁也走上绝路。北村笔下的人生苦难够触目惊心的了，它直接导致生命的消逝。

如果说苦难还居于人的生存表层的话，那么罪孽则应该是深层的了，罪孽也是北村小说所着力关注的。他笔下的“罪”不仅是一种外在的“罪行”，而且更是一种内在的“罪性”，其实质就是一种“原罪”。每个人内心里都有一个性质的罪，先有性质的罪再有行为的罪，是罪人犯罪，不是犯罪后成为罪人。《水土不服》中的诗人康生所坚持的美与爱和世俗的势利格格不入。对他来说，寻欢作乐是不可饶恕的堕落。康生的第一次痛苦是因为妻子的不贞，第二次痛苦则是因为自己陷入与妻子同样的罪（犯奸淫）中。这种不是为义而是为罪的痛苦，像永远的污秽印在了他的生命中。于是，悔恨交加，精神和肉体陷入绝境。即使张敏原谅了他，他依然深感不平安。于是他的死亡便成了定局，而且到死前还向人认罪，连骨灰都要写上“这是一把有罪的灰”。《孙权的故事》中的孙权在一个混乱恶浊的世界中挣扎过活，却没有丝毫的成功，在一次醉酒之后将朋友意外杀死而入监狱。我们说，孙权不是因杀人才成为罪犯，而是内里的罪支配他去杀人。行为只是罪的结果，罪的原因则在内部。长篇小说《施洗的河》更加突出了这一点。刘浪经过一番明争暗斗和生死拼杀，获得了立足之地并成为帮主，权势、财富、女人已经应有尽有。然而他却时常表现出焦虑和恐惧。除了贩卖烟土、杀人越货、奸淫妇女等种种罪孽之外，精神空虚、性格冷酷，常常做出怪异之事。他会因心理变态射杀无辜的女人，会在转念之间击毙心爱的猎犬，会让弟弟死于自己手下人的枪口之下，会逼迫喽啰卧在铁轨上饱受惊吓，甚至把侍奉自己几十年的老花匠逐出家门，并将花园践踏殆尽。虽然，他也偶尔行善好施、赏赐下人、爱抚儿子、赈济乡亲、善待老母，但这根本无法消除他内心深处的恶念滋生。令人恐惧的是，这些恶念随时会爆发，好像没有任何思量的余地，甚至他本人也猝不及防。我们根本无法通过樟板和霍童的环境结构来看待刘浪的怪异性格与乖戾行为，就像龙帮帮主马大所说的，刘家人的一个共同特点即是疯狂。这种疯狂不是植根于聚敛财富或者攫取权力的欲望之中，而是似乎植根于性格纵深的幽暗之处，蛰伏于血管与神经里面。实际上，《施洗的河》已经证明，人的内心潜藏着一个罪恶的渊薮，它源于人的本性而无因可循。这是一种无可逃避的罪恶——原罪。作品中传道人的一番话更加突出了基督宗教文化的"原罪"思想："你有一个罪，它缠累你使你不得释放，叫你的心思背叛，叫你的身体犯罪，罪在你必死的身上作王，使你们顺从身体的私欲，你作恶不算什么，世人都犯了罪，是罪性不是罪行，只要有机会，人都要犯罪。"

面对苦难和罪孽，北村笔下的人物展开了自我拯救。他们首先把眼光投向所谓的世俗"事业"。《消失的人类》中的孔丘是一个成功的企业家，却无法从种种业务中获得精神动力，精神危机让他最后在一个简单问题上犯难：吃饭这样上牙打下牙是什么意思呢？自杀是迟早的事。《运动》中的主人公一旦丧失了对于金牌的迷恋，那么，艰苦的短跑训练则无异于酷刑。于是，罪恶发生了——他用接力棒劈死了教练父亲。《玛卓的爱情》中的刘仁，最终事业成功，但自身的问题却日益迫切，终致自杀。《施洗的河》中的刘浪，"事业"可谓飞黄腾达，然而，即使躲进墓穴也难逃焦虑与恐惧的折磨。……北村明确告诉我们：企图通过世俗"事业"来获得拯救，无异于南辕北辙、雪上加霜。那么，转向世俗中最为神圣的东西——爱情和艺术，能否获得拯救呢？超尘试图通过爱情获得自我存在的理由，然而，在丈夫张九模身上她遇到了第一次失败，在情人李东烟身上她遇到了第二次失败。而那个象征爱和艺术的符号——总是在关键时刻出现的手持诗稿、怀抱鲜花的诗人大学生——在超尘临死前却没有出现，这样，似乎超尘获救的最后一根稻草也没有了。玛卓同样是一个艺术和爱情的完美主义者，然而她所依赖的生命理由最终也无法拯救她的困境，阻止她走上绝路。年轻的哲学教授张生，却因爱人小柳的突然变卦而痛不欲生，甚至想同归于尽。而作为诗人和建筑艺术家的孔成，用诗的语言写作毕业论文“无法建筑的国”，然而，艺术幻想与实利主义格格不入，他的尴尬与结局不会出人意料。《最后的艺术家》则勾勒了以音乐家杜林为代表的一批艺术家的堕落，他们的结局非死即疯。……北村坦言：这不是一个爱的世代，也不是一个诗的世代，爱情与艺术根本无力救赎我们。“人总想自己救渡自己，好像瞎子领着瞎子。”[①] 至此，人的自救之路封死了。

即使退一步，通过世俗的功德也的确无法将自己救出深渊。“人对上帝的犯罪从根本上说与道德完全无关，而是纯粹宗教或形而上学意义上的，这不是由人的行为所决定，而是由他作为一个人的存在所决定。哪怕他是一个德高望重的人，只要是人，他自身的存在就有了原罪。我们每个人因存在着而有罪地站在上帝面前，实在并非由于个体对上帝的违抗所致。因此，个人的功德既不能逃避也不能救赎这种罪恶，而只有仁慈的上帝之爱才能拯救人。个人的功德甚而不能奢望向着天恩迈进一步，事实上倒常常成为自身被救渡的障碍。”[②] 那么，最终何以获得救赎呢？北村的答案是：皈依基督。“基督教的十字架记号昭示的是上帝为人类受难牺牲的意义，是上帝拯救世界的大能，为人类承负一切恶的精神。这个十字记号只对信靠上帝的人才有意义。……承负现世恶的路惟有一条，这就是十字架的道路。这意味着，人无法自救，只有上帝能救人，上帝救人走的是一条甘愿受苦的至爱的道路。借助于十字架记号，一息生命才得以与上帝相遇。”[③]

---

① 北村：《爱能遮掩许多的罪》，《钟山》1993 年第 6 期。

② ［德］兰德曼：《人与上帝》，见刘小枫主编《20 世纪西方宗教哲学文选》中卷，上海三联书店 1991 年版，第 1126 页。

③ 刘小枫：《拯救与逍遥》，上海三联书店 2001 年版，第 348—349 页。

三 “爱感”：信仰与救赎

基督文化不仅是一种“罪感”文化，更是一种具有博大意义的“爱感”文化。“爱感”文化的奠立，结束了古代西方世界强调惩罚恶之大威大能的律法性上帝的犹太教文化阶段，而进入推崇舍身忘我、拯救世人之慈悲仁爱的救世主耶稣的基督宗教文化时代。它提倡消除愤怒和仇恨，主张即便对恶人也应以爱心相待、宽大为怀。“你们要从心里彼此相爱；假如有人得罪你，你要心平气和地向他说话，你不可存诡诈的心。如果他忏悔和认错，你就要宽恕他。但如果他不承认错误，你也不要和他动怒，以免他受到你的毒而开始咒骂。这样就要犯双重的罪……如果他竟恬不知耻，坚持作罪，你也要从内心来饶恕他，并要把伸冤之事交给上帝。”[①] 甚至“有人打你的右脸，连左脸也转过来由他打；有人想要告你，要拿你的里衣，连外衣也由他拿去”。[②] 基督文化强调“爱”之律法是最大的律法，视“爱上帝和爱邻人”为信仰的全部真理和核心，呼告人们“要终生爱主并真心彼此相爱”。这种“爱”是一种神圣的恩典，表现为神对人的拳拳之心与眷眷之情；同时又与“信”紧密相连，表现为对耶稣基督的信仰、顺服与皈依。这具有博大精深的永恒价值与绝对意义，唯有凭此，人才有获救的希望与可能。正如耶稣基督所经常提到的，“恨你们的要待他们好，咒诅你们的要为他们祝福，凌辱你们的要为他们祈祷”。而且，“这种爱使人感受到自己是神的儿女，而且不仅囿于家庭、家族或国家的小圈子，而是在整个世界的大范围中”。[③]

对于基督教文化的“爱”及“救赎”，皈依之后的北村有着切

---

① ［英］罗素：《西方哲学史》上卷，何兆武、马元德译，商务印书馆 1976 年版，第 396 页。

② 《新约·马太福音》5：39—40。

③ ［加］秦家懿、［德］孔汉思：《中国宗教与基督教》，吴华译，北京三联书店 1997 年版，第 104 页。

肤的理解与体验。在《爱能遮掩许多的罪》一文中，他说：“爱是具有神圣感和终极性的。神就是爱，爱是神的专利和基本的性情。”[①] 北村认为，“长期以来我们因为没有信心，所以认为拯救是不可能的”。而实际上，“圣经不但说‘在世间有苦难’，又说‘在主里有平安’。这就是我的小说对苦难得以摆脱的途径所作的解答。救赎是惟一的道路”。“我所期待的拯救者只有一位就是主耶稣。我不能否认这个神圣启示。”[②]

“人的生存必须有一个引导，否则人类将面临它的后果。”[③] 这个“引导者”毫无疑问就是神。“无法想象人能没有任何神圣的依靠而活下去，这是不可能的。”[④] 玛卓、超尘、孔丘、杜林、康生这些人就生活在一种没有神眷顾的茫茫黑暗之中，直至发疯或者死亡。比如《伤逝》，小说在超尘自杀之前写道：“这就让超尘没有路了，她已经看出：走到今天这一步完全出于一种安排，她试图等待一种拯救她的声音出现，但她没有和它遭遇。”很明显，这种拯救之音就是神的声音。再比如《玛卓的爱情》，玛卓、刘仁死后，小说在最后写道：“我的天哪，我们不会生活，你看生活被我们弄成这个样子，我们像走迷的羊，都走在自己的路上，我巴望尽快离开经历这条黑暗的河流，一定有一个安慰者，来安慰我们，他要来教我们生活，陪我们生活。我相信一定有的，这就是我不同于他们两个人、能暂时活下去的原因。……我恐惧地望着黑暗的潮水，看来靠我们自己是无法靠岸了，一切都是徒劳。”同样，很明显，这拯救迷途羔羊的仍然只能是神——耶稣基督。《水土不服》中的康生陷入“有罪”的痛苦之中：“有谁能救我？有谁能涂抹我的过错？有谁能将我的罪孽除尽？现在我在深渊，我在地狱边上等死，谁能救我？并解除我的罪？”遗憾的是，赦罪的神没有降临。北村

---

① 北村:《爱能遮掩许多的罪》,《钟山》1993 年第 6 期。

② 林舟:《苦难的书写与意义的探询——对北村的书面访谈》,《花城》1996 年第 6 期。

③ 同上。

④ 北村:《活着与写作》,《大家》1995 年第 1 期。

的诸多作品暗示，离开了神的怀抱与恩典，人的存在就成了问题。

相对于超尘、玛卓们的不幸，孙权、张生、刘浪们则是幸运的，因为他们与神相遇，得到了神的爱与恩典，获得了救赎。《孙权的故事》中，孙权身判死刑而万念俱灰之时，基督徒刘弟兄来到了身边。他不仅热情和蔼地照顾素昧平生的孙权的饮食起居，而且以神的启示从心灵上拯救孙权。他向神祷告，高唱圣歌，以神为快乐的源泉。并且他说："那么那已经安慰我的确凿无疑是我的神，不是我们找他，乃是他找失散的羊，不是我们会爱他，乃是他先爱我们。他要临到你，被你所接受。"在刘弟兄的引导下，孙权读了《圣经》中"约翰福音"第 8 章"耶稣赦免淫妇"一节后，即刻皈依基督。"读完这段圣经时，我已经泪流满面。我几乎清清楚楚地看见主向我走过来。他就是那真光、真爱。他是惟一有权柄定我罪的人，他是惟一圣洁的那一位，但他却对我说：我也不定你的罪，去吧！从此不要再犯罪了。"刘弟兄还说，"死是外邦人的，基督徒的家乡在那边，那边有多少弟兄姐妹像云彩一样围绕着我们，我们的主被钉后三日在阴间，散散步就上来了，轻松地越过了死亡和绝望。"无疑，孙权已经超越了死亡和绝望，他得救了。《张生的婚姻》开篇引了《圣经·罗马书》第 3 章第 23 节中的话："因为世人都犯了罪，亏缺了神的荣耀。"事实上，接下来的《罗马书》第 3 章第 24 节继续写道："如今却蒙神的恩典，因基督耶稣的救赎，就白白地称义。"哲学教授张生由于婚姻受挫而企图自杀并想与女友同归于尽之时，神降临并拯救了他。"张生被一道更强的光射中，这道光刺入更黑暗的隧道，使他彻底暴露在光中。他意识到那就是神——他从高天而来，在时间里突然临到他，把他征服。……张生的泪水打湿了圣经，他开始祷告。一边祷告一边流泪，这些眼泪和光一起清洗着他的身体和灵魂，结束一个人。一身的缠累突然间消失了，周围鸦雀无声，张生被一只温暖的手托住，光芒中的安息笼罩了他。"危机中的张生得到了上帝的爱，他皈依了基督，获得了救赎。

《施洗的河》开篇引了《马太福音》第4章第17节中的话："天国近了，你们应当悔改"。刘浪罪孽深重，生存绝望，精神上始终处于"死不了与活不成"的状态，即使躲进墓穴也无以解脱。于是他发出了"天问"般的呼告："……我作恶太多，你要计算到我身上吗？又为什么不让我死呢？不让我死又从哪里得到安慰呢？你为我预备了坟墓吗？可是它在哪里呢？为什么我看到的我都不相信呢？看不见的又不给我呢？我的日子为什么不结束呢？你拿凭据给我，让我好活下去！"如弗兰克所言，"真正的陷于罪恶的意识，就是人审判自己，承认并感到自己有罪，对罪负有责任"。[①] 精神恍惚、绝望至极的刘浪，受到一个神奇声音的指引顺水漂流，来到杜村，由传道人启迪而皈依基督。"主已经为我们挂在木头上，他的血赦免了我们的罪，只要信他，就白白地得了救恩，归入他的死，并同他一起复活。"泪流满面的刘浪虔诚地向主祷告："主呵！我向你悔改……我是迷羊，走在自己的路上，不想回家，可是你宁可抛下那99只羊，来寻我这一只，主呵！我配得你的恩典么？……你为什么这么爱我？……你竟顾念我，主呵！我厌恶自己！从前我风闻有你，今天我亲见你，你明显在我心里，叫我无可推诿！主呵！"从宗教心理学的视点来看，这样的祈祷"是受一种渴求对话和渴求与万物之源进行个人交往的神秘信仰所支撑……我之所以继续请愿式祈祷，部分地因为这是与我的创物主分享忧虑的一个非常自然的方式"。[②] 这里又不禁让我们想起了奥古斯丁的"忏悔"："你是万古常新的美善，我爱你已经太晚了！你在我身内，我驰骛于身外。我在身外找寻你；丑陋不堪的我，奔向着你所创造的眩目的事物。你和我在一起，我却不和你相偕。……你呼我唤我，你的声音振醒我的聋聩，你发光驱除我的幽暗，你散发着芬芳，我闻到了，我向

① ［俄］弗兰克：《十字架的道路》，见刘小枫主编《20世纪西方宗教哲学文选》上卷，上海三联书店1991年版，第385页。

② ［美］梅多、卡霍：《宗教心理学》，陈麟书等译，四川人民出版社1990年版，第180页。

你呼吸，我尝到你的滋味，我感到饥渴，你抚摸我，我怀着炽热的神火向往你的和平。”[1] 施洗后的刘浪脱胎换骨了：“他常常在聚集中唱歌，又拿了椅子坐在会所前的草地上，望着整齐的田亩，心情像被一双手梳洗过一样清晰。他完全如一只温顺的羔羊，手里抱着一本圣经，让阳光临到身上。”他彻底地变了，他可以将丑老太看作自己的母亲施以仁爱，他可以向仇敌马大传教施以宽恕……这只迷途羔羊获得了基督的救赎。如作者本人所言，这篇小说“放弃了一切浮华的技术装饰”，而着眼于人的“精神分析”，表现人如何从“不信”到“信”，从“绝望”到“盼望”，从“恨”到“爱”的精神历程。[2] 也就是，揭示出了从沉沦到救赎的精神过程。此外，《情况》中的飘萍、《消灭》中的程天麻也凭借着对基督的“爱”与“信”，相遇了神的恩典，获得了灵魂的拯救。

“罪的含义本来是神义性的，既表明人脆弱、欠缺的天性，又表明人背离了神圣天父的庇护。人一旦失去了基督这一中保，罪仍在人身上，却得不到说明，人想靠自己的自由意志抹去自己身负的罪，结果总是因此陷入恶。”[3] 人人都无法逃避的原始罪性，正是转向上帝之爱的契机。同样，也唯有依据神义原则的挚爱，才能使心灵破碎、陷入恶的人重新回到上帝的怀抱。人无法自救，爱的幸福需要上帝的救恩。

可以说，北村笔下的主人公趋向信仰的历程，完全符合 W. 克拉克从心理学角度说明的宗教“皈依”的几个阶段。在他的论述中，第一阶段是不安、精神危机、道德和世界观的探索时期。他认为，“皈依”直接产生于第二阶段，表现在突然“神秘地醒悟”的感觉之中。他觉得，他“见到了神”，神向他指出获得拯救的唯一

---

① ［古罗马］奥古斯丁：《忏悔录》10 卷 27 节，转引自赵林《西方宗教文化》，长江文艺出版社 1997 年版，第 201 页。

② 北村：《我的大腿窝被摸了一下》，参见北村《施洗的河》，花城出版社 1993 年版。涉及的作品参见北村作品集《玛卓的爱情》，长江文艺出版社 1994 年版。

③ 刘小枫：《拯救与逍遥》，上海三联书店 2001 年版，第 318 页。

道路。第三阶段是“皈依”的完成过程。强烈的感情趋于消逝，留下安宁的、平静的感觉。内心冲突已经消失，代之以建立在宗教信仰基础上的和谐。[①]

律法只有审判而没有赦免，但恩典不同，它是爱，它为人担当罪。耶稣就是代人受罪为人担当审判的救主。先知约翰看见耶稣就说：“看哪！神的羔羊，除去世人罪孽的。”[②] 只有为人担罪的，才能赦免人的罪。我们能够得以赦免，就是得福于他的恩典。北村说：“用文学的方式谋杀不必承受任何责任，我也相信这些凶手是无辜的，因为连他们自己在内都是被害者，他们是在不知不觉中使人致命的。……他们扩大（或许恰恰是最真实的描述）了苦难的人生经验，却从不给出一个解决的办法。我相信他们不是不想给出，而是给不出。从这个角度来说，多数的作家都是没有信仰的人，因为他们太聪明，以至于无法相信这宇宙中会有一位神。因为无法相信一个高于自己的存在，他们只好自己作神。”[③] 对于皈依基督的北村，他深信宇宙中有一位主宰之神，并且依靠着他的爱，有罪之人必将获得最终救赎。无疑，北村给出了解决苦难人生的办法。“今天，背逆的路已经到了尽头，到了该结束的地步。至交者要在地上恢复他的道路，你不是做神的抄写员，就是当魔鬼的秘书，没有第三个地位。”[④] 显然，北村选择的是前者。他将自己，连同文学一起交给了心目中的神。

四　北村式写作的意义

对于北村的创作转型及其主人公的结局，很多人表示难以理解：他们的转变与得救过于突兀。显然，这是一种以理性为基础的

---

① 参见［苏］德·莫·乌格里诺维奇《宗教心理学》，沈翼鹏译，社会科学文献出版社1989年版，第193页。

② 《新约·约翰福音》1：29。

③ 北村：《我与文学的冲突》，《当代作家评论》1995年第4期。

④ 北村：《爱能遮掩许多的罪》，《钟山》1993年第6期。

判断，因为理性通常排斥不可解释的神谕。而且还有一个问题：神真的存在，那么奥斯维辛集中营、南京大屠杀、广岛原子弹诸类事件又如何解释呢？在这些罪孽的时刻，神公然不在场，人将如何视之呢？在此，引用北村自己的两段话或许能够作出有效的说明吧：

> 作为一个基督徒作家，我呼吁一个良心的立场，一种良知的写作，无论在中国乃至世界，只有这种写作在末世是有意义的。我们必须正视人的罪恶及其在文化中的后果。如果缺乏神圣背景，人文精神的实践是不负道德责任的……在奥斯维辛死去的是人性，不是神；当人性杀害犹太人时，人性就杀害了自己。①
>
> 我的主人公被“逼”向信仰是一种必然结果。其实在此我必须谈到一点，我不明白为什么人们对我的作品的信仰结局一直耿耿于怀，如果我抽去这种结尾，我可能会省去很多麻烦，他们也许会更赞同我，可我又获得了什么呢？其实我的主人公信主是一个事实，我不过是记录了它而已。我也可以不记录它，这又有什么重要的呢？重要的不是痛苦本身，重要的是为什么痛苦以及是否有摆脱的途径。②

从总体上来看，北村的小说文本不乏模式化，甚至有概念化之嫌。但是，北村的心路与文路历程又的确有其独特性，至少在目前的当代中国文学界是极有代表性的“这一个”。基督教文化在汉语作家那里作出了多种形式的艺术表现，基督思想从信仰资源转化为知识资源和学术资源，体现为个人的审美感知，然而却少有真正意义上的基督徒作家。在这样的意义上，或许可以说，北村的价值已经远远超越了文学领域，而具有了深刻的文化启示意义。北村的文

---

① 北村：《神圣启示与良知的写作》，《钟山》1995 年第 4 期。

② 林舟：《苦难的书写与意义的探询——对北村的书面访谈》，《花城》1996 年第 6 期。

本所呈现的“对神性的信仰性皈依”，或许潜隐着当代中国的真正的“基督教文学”① 得以发生的开端性因素。至少，在某种程度上显示出这样一种方向及其可能。

第三节　伊斯兰文化言说

伊斯兰教同佛教、基督教并称世界三大宗教。“伊斯兰”已经被赋予多层的意义，同时兼指一种社会体系、生活方式、文化形态，甚至时代特征。而贯通于穆斯林生活所有领域并构成其血脉的，或可称为一种所谓的“伊斯兰精神”。

如果从唐永徽二年（651）大食“始遣使来贡”算起的话，伊斯兰教传入华夏大地也已经有1300多年的历史了。中国伊斯兰教早已不再是纯粹异质的外域文化，而成为中华民族传统文化的一部分。新中国成立前，中国各族穆斯林对中国革命作出了积极贡献。新中国成立以来，随着穆斯林政治、经济上的解放，党的宗教信仰自由政策的贯彻，伊斯兰教作为我国十多个民族信仰的宗教之一得到党和国家的尊重，这就为中国伊斯兰教的进一步发

---

① ［德］库舍尔：《再论“基督教文学”的概念》，见刘小枫主编《20世纪西方宗教哲学文选》下卷，上海三联书店1991年版，第1310—1325页。按照库舍尔的观点，“首先，我们从耶稣形象对于创立基督教文学具有何种职能这一问题出发。我们对这一问题的回答是：只有从耶稣其人出发，基督教文学才具有自己的同一性。耶稣基督不仅是基督教文学的一个主题，而且还是它的本质。这一形象对于基督教文学的概念来说，既可使它集中，又可使它具有广度。基督教徒同它一起专心致志于自己的事业。因此，这一形象在确定基督教信仰时，对于基督教徒来说，关系重大。与此同时，该形象能使文学形式具有最大限度的广度，使解释丰富多彩，使大量的变化，即大量的基督容貌变化成今天人与世界的现实。其次，我们也从基督教文学的概念是否能成为在当前讨论神学与文学关系范围内的一个恰如其分的概念这一问题出发。我们对这一问题的回答也是：该概念——在所下定义准确、清楚的情况下——能够成为一个恰如其分的概念。对于我们来说，在这里重要的不是名词术语；就连基督教文学的概念也能履行自己的职能。在这些概念设想中，反映了气氛紧张的挑战，而这种挑战恰恰表明神学与文学今天的关系是：在为尚未赢得人与世界的现实而进行的斗争中相互批评纠正。”（《20世纪西方宗教哲学文选》下卷第1324—1325页。）实际上，耶稣已经是一位世界形象，已经超越基督教界。（［美］帕利坎：《历代耶稣形象》，杨德友译，上海三联书店1999年版。）

展创造了有利条件。1953 年，中国伊斯兰教协会在北京成立，其宗旨是："协助人民政府贯彻宗教信仰自由政策，发扬伊斯兰教优良传统，代表伊斯兰教界人士和穆斯林的合法权益，办好教务；团结各族穆斯林，爱护祖国，积极参加社会主义物质文明和精神文明建设，促进祖国统一大业；发展和加强同各国穆斯林的友好联系和往来，维护世界和平。"1955 年，创办了中国伊斯兰教经学院，专门培养阿訇、毛拉、伊斯兰学研究人员。1956 年 7 月，国务院发出了关于伊斯兰教名称问题的通知，纠正了伊斯兰教在我国的一些不准确、不规范的称名（如回教、回回教等），并澄清了由此带来的某些含混。从 1957 年到"文化大革命"，中国伊斯兰教受到国家政治思想环境方面的不利影响。1979 年以来，随着政治气候的改变和全国宗教学规划会议的召开以及国家宗教政策的进一步落实，中国伊斯兰教进入正常发展时期，各种宗教活动亦陆续步入良性运行的轨道。

我国的回族、维吾尔族、哈萨克族、柯尔克孜族、塔吉克族、乌兹别克族、塔塔尔族、东乡族、撒拉族、保安族等民族几乎全民信仰伊斯兰教。中国伊斯兰教的覆盖面有很强的地域特点，主要在西北地区如甘肃、宁夏、青海、新疆、陕西等省（区）。此外，在云南、河北、山东、河南、安徽、北京等省（市），也有相当数量的穆斯林。至于散居的穆斯林，中国各地几乎都有。

伊斯兰教作为一种文化形态和一种精神存在，它与中国当代文学的关系问题，可以主要从张承志、霍达等回族作家的文本中体现出来。之所以确定这样的选择对象，则是出于众所周知的事实：回族是中华民族大家庭中唯一具有外来血统的民族，是历史上进入中国的伊斯兰教徒在异国娶妻生子、混血相融的后裔。在强大的汉文化语境中，他们不仅失去了故乡，也失去了母语，逐渐成为一类仅凭恪守伊斯兰教而确证该民族独存的信仰的中国人。而且，伊斯兰教文化的确是回民代代承传的民族精神财富，作为一种文化现象的宗教，已经成为一个民族或国家文化传统的有机组成部分。[①]

张承志是以知青作家的身份走上新时期文坛的。对那段记忆深刻的历史，他曾在作品中表现出独特的体认和深深的眷恋，尤其是其间的“额吉——母亲”总让人不能忘怀。此后的几年，他在北方的自然世界里探索，寻找并塑造着一系列的以力量与阳刚为鲜明特征的“父性”形象。到了1984年及其以后，张承志的人生与创作可以说发生了骤然转变。“1984年隆冬，完全是由于冥冥之中造物的主，我因它的安排走进了大西北。”[②]“在1984年冬日的西海固深处，我远远地离开了中国文人的团伙，他们在跳舞，我们在上坟。声威雄壮的上坟，使我快乐地感受着一种强硬之美。追着他们的背影，我也发表了一篇散文，写的是这种与中国文人无干的中国脊背。”[③]他以自己的独特的话语形式，展示出一个特殊地域的生活状态。《残月》中的杨三老汉，生活在贫瘠荒凉的西海固山沟里。“粗砬砬的穷山恶水”，“人活得不像人样。日子是亡人舍下的一半，心是碎了一半的心。连寺上弯月也缺着一块”，在“那眼漏风的破窑里没有灯盏，一夜夜地，心里就剩下个真主能唤上一唤。人受着那样的屈苦，若是心里没有一个念想，谁能熬得住呢”。杨三老汉在极端艰苦的生存环境中，拖着病体虔诚地祈祷、敬主，只靠心里呼唤“真主”打发一个个漫漫长夜，他心里“有个珍珍贵贵的念想”，有了这个“念想”，“日子慢慢地不那么难过了，心也不那么屈得憋堵了”。这里的“念想”就是对真主的信仰，正是真主使他渡过贫穷、灾难、绝望的关口，使他有勇气和力量迎着自己的“余年残月”。《九座宫殿》中的韩三十八，生活在荒滩和大漠中间堆成的一块红土地上，却不嫌弃它的贫瘠，而是顶着烈日暴晒精心翻整。在那副“安稳、平和”的神态里透着“有滋有味”的满足，

① 参见马丽蓉《20世纪中国文学与伊斯兰文化》，安徽教育出版社2000年版，第30页。

② 张承志：《代前言》，《心灵史》，花城出版社1991年版。

③ 张承志：《荒芜英雄路》，知识出版社1994年版，第300页。

对人“要紧的是个心劲”，“人哪怕真的到了绝境，只要心劲不死就有活路”。这里的“心劲”，正是不可或缺的信仰的伟大力量。在《金牧场》中，张承志也曾心存疑惑：“宗教难道真的这样撼人心灵么?”面对杨阿訇的痛哭流涕，“他”感到吃惊和不解，等到听完那悲壮的殉教故事，便理解了其中的含义，“他”终于“跪在杨阿訇身边，愤怒得浑身颤抖”。作品借助人物抒发了对信仰的感受。当主人公喊出“阿拉乎——艾克别尔”时，他感到“瞬时间像冰水分顶而下，像肌肤脱骨重生，他恐怖地感到了一种巨大深沉的庄严，他觉得自己的嘴唇在哆嗦，他被自己这喊惯了‘做共产主义接班人’的嘴里喊出的声音惊呆了，‘真主是唯一的’，他的心咚咚地狂跳起来，‘真主啊，唯你是真实的!’他感到剧烈的痛楚和清晰的快乐，他觉得背叛和忠诚在刹那间撕碎了他。他觉得自己的心连同着一切悲欢感受一起，猛地砰然有声地被掷进了一个归宿的深洞”。……这正如张承志自己所表达出的，“让世人因无信仰而生，我宁愿有信仰而死”。[①] 走向大西北，走进西海固，成全了张承志。他自信地声言，到了 1989 年，他自己已经变成了一名折合忍耶的新战士了。真主以博大的恩惠泽被子民，其精神之光照亮了追随者的人生归宿。

“万物非主，唯有真主。”《古兰经》是所有穆斯林的经典至宝，真主创造了万物，赋予生命，掌管死亡。对于人而言，应当把自己的一切毫无保留地奉献给真主。为了捍卫真主，甚至不惜牺牲自己的生命。张承志所皈依的折合忍耶，与嘎的林耶、虎非耶、库布林耶并立，属于中国伊斯兰四大门宦之一。折合忍耶对信仰的捍卫方式，与《古兰经》对教徒所提倡的精神取向是一致的。它认为“人对真主的态度是衡量人在现实生活、人生追求中的行为的最高标准”，“它提倡人们为真主作出牺牲，为捍卫信仰而杀敌致果、杀

---

① 张承志：《荒芜英雄路》，知识出版社 1994 年版，第 56 页。

身成仁，把为真主牺牲作为人们行为的最高标准”。[1] 信徒们之所以坦然平静地殉教，从容不迫地赴死，其根源支柱则在于此。作为一个用生命实践理想的宗教群体，在数百年间与清朝官方权力体制相对抗的历程中，用鲜血铺就了一条壮美之路。在他们看来，牺牲是最美的事情，是生命表达和体现的最佳方式，牺牲之道是进入天堂的唯一道路。“折合忍耶的宗教情绪和热情，经常是一种企图重演历史的特殊要求。让世界快来屠杀，我举意流尽鲜血。让客观快变成刀斧，帮助我让头颅落下——这种情绪一经大西北性格的烘托，便成为一种可怖的和美丽的精神。”[2]《西省暗杀考》中，17 岁的伊斯儿接了师父复仇的口唤，18 岁的他与师父独女成亲，自此肩负了复仇的大任。在复仇的进程中，前辈竹笔老满拉、喊叫水马夫相继浴血身亡，虽没有杀掉仇家以达到预期的目的，但他们却已经用生命实践了自己的理想。紧接着，伊斯儿的复仇使命却一再受挫。待到时机成熟之时，或者仇人已死，或者革命爆发，不再能够给他提供复仇的机会。于是，一心要做殉教者的念想折磨着他，直到 89 岁归真。即便如此，其灵魂在离开之时仍然在忏悔、祷告：“我罪大。我没有血衣的口唤。悲悯的主啊，惟有你尊大，只有你贵重。”在他看来，这样的无常简直是生命的耻辱。然而，峰回路转——“送的人把他埋入妇人坟穴，见那妇人脸色新鲜、栩栩如生。一件血衣，上面淋漓湿透。众人第一次见到真主的奇迹，惊炸了，纷纷跪倒。号啕的哭声四野并起，众人把老阿訇下了土，使他和夫人睡在一搭，亡人的崭新白布给染红了。”最终，真主的神迹成就了他“带血下葬”的生命企望。一生的煎熬有了结果，一世的念想获得了兑现。这样，也算成就了自己的价值与信念。

张承志视为生命之作的《心灵史》，演化出折合忍耶七代宗师的壮勇故事。其间，作者是怀着无限敬仰之情为这些英雄的心灵立

---

① 杨启辰主编：《〈古兰经〉哲学思想》，宁夏人民出版社 1991 年版，第 178—179 页。

② 张承志：《回民的黄土高原》，青海人民出版社 1993 年版，第 357 页。

传。被清朝刽子手杀害于兰州城的马明心，在后代眼里成为“提着血衣进天堂”的生命楷模，人们羡慕道祖的生命达到了舍西德的高品。于是，“整个教派便永远地被一种强大无形的悲观主义所笼罩。也许这便是折合忍耶的魂。因为这种神秘的东西，饥饿穷苦浑身蓝褛的西海固农民有了一种高贵气质”。因人人心存“崇拜道祖”的潜念，代代便为之浴血奋斗，并以殉教方式表达自己的感情；第二代宗师穆宪章，虽然未能命殉战场，但终因身心备受刽子手摧残而感到欣慰，自己已经具备“有舍西德的色百布”；第三代宗师马达天，遭受流放苦役而客死异乡，却播下了教门的种子；第四代宗师马以德，在血腥恐怖的日子里，使教派获得了全面复兴；第五代宗师马化龙，由于具有身首异处的血泪拱北而英名永存；第六代宗师马进城，遭受极刑并以汉俗入葬，却为自己争得了一块永恒的拱北；第七代宗师马元章，实现了教派的新纪元又以亡命地震再次强调了该派的穷人本质。折合忍耶的历代作家，“从关里爷开始就摒除了过多的伤感倾诉。千里流血，往往换不来他们的一言半句。在他们的不让人读的阿拉伯秘密著作中，实际上省略了一句他们认为是不言而喻的话——我们都要走这样的路，我们都要这样牺牲，我们从真主那里乞讨来的只是这样的命运”。对于《心灵史》，张承志强调：“全部细节都是真实的，全部事实都是不可思议的，全部真理都是离群的。我企图用中文汉语营造一个人所不知的中国。我企图用考古般的真实来虚构一种几十万折合忍耶人的直觉和心情。我总想变沉默为诉说。”然而，作家的“诉说”却并非要强求人们接受折合忍耶——“我只是希望你们相信我的话：在中国，为着一颗心能够有信仰的自由，折合忍耶付出了难以想象的牺牲。”折合忍耶的最终要求只是在于这样：沉默的终点到了。给你口唤——让世界理解我们！

关于张承志与折合忍耶的关系，有研究者曾做过深刻论述：“张承志选择了折合忍耶，折合忍耶也选择了张承志，这是两者之间的相互认同与双向选择。从《心灵史》中可以看出，折合忍耶同样需要张承志，这也是他们历史发展的必然要求。他们在寻找自己的代言人，张承志也在寻找自己的精神归宿，二者之间在某一个时间的相遇便是神圣的前定。以宗教的解释这绝不是偶然的巧合，而是神安排他们在彼此需要的时候才相见，于是两者都以神意相授而接受并珍惜对方的来临。”①

与张承志的执着于伊斯兰教的折合忍耶有所不同，霍达的创作则将视野逐步由伊斯兰而延伸到华夏民族。其长篇小说《穆斯林的葬礼》以独特的视角和真挚的情感，通过两个发生在不同时代、有着不同内容却又交错扭结的爱情悲剧的抒写，揭示了一个穆斯林家族在60年间的兴衰及其三代人命运的沉浮，呈现出撼人心魄的艺术魅力。作品宏观地回顾了中国穆斯林漫长而艰难的足迹，透视出他们在华夏文化与伊斯兰文化的撞击和融合中独特的心理结构，以及在政治、宗教的氛围中对人生真谛的困惑、理解、感悟与追求。同时，亦展现了奇异而古老的民族风情和充满矛盾的现实生活。小说以穆斯林葬礼上的祷辞开篇：“啊，安拉！宽恕我们这些人：活着的和死了的，出席的和缺席的，少年和成人，男人和女人。啊，安拉！在我们当中，你让谁生存，就让他活在伊斯兰之中；你让谁死去，就让他死于信仰之中。啊，安拉！不要为着他的报偿而剥夺我们，并且不要在他之后，把我们来做试验！”接下来，便是人物的出场与落幕。梁亦清从不求发达、但求糊口到知难而进、勇接宝图，图的是为穆斯林争气。为此神圣的“念想”，竟付出了生命的代价。尽管殚精竭虑、鞠躬尽瘁，最终玉殒人亡，但毕竟为心中的理想竭尽了全力，并将超绝的技艺与高尚的艺德一并传给了弟子；韩子奇从继承遗业、忍辱负重，到雄称玉王、挫败仇敌，终于为回民族争气扬眉。而后来的远走异国，学习英文，承办玉展，则已经不仅仅限于为回民族争气，而且实际上已经称得起是中华民族的“脊梁”；梁冰玉，在一次次冷酷的现实和痛苦的选择面前，终于意

---

① 何清：《张承志：残月下的孤旅》，山东文艺出版社1997年版，第148页。

识到："人可以失落一切，惟独不应该失落自己。"最终毅然出走，追寻自我人生；与基督教堂上的十字相应，清真寺顶的"新月"已经成为伊斯兰世界的神性象征物。作品中让作者最为心仪的韩新月，虽然较早地铺就了事业成功之路，但不幸的是死神却过早地降临，面对病魔，她怀着对亲情、爱情、事业的坚定信念，在厄运中愈益成熟，最终带着纯洁的希望而飘然离去；楚雁潮，同样在事业与爱情的双重理想中实现着自我，追求着生命的价值。面对新月之死与恶劣的现实，他的抗争充满了悲愤的力量……人物的命运无一例外是悲剧的，《穆斯林的葬礼》营构了一个悲剧的世界。这是对"中国的回回民族的历史的一次回顾"[①]，也是对华夏之魂的深情礼赞。正如作者在作品的"后记"中所言："我觉得人生在世应该做那样的人，即使一生中全是悲剧，悲剧，也是幸运的，因为他毕竟完成了并非人人都能完成的对自己的心灵的冶炼过程，他毕竟经历了并非人人都能经历的高洁、纯净的意境。"[②] 作者笔下，一颗颗美丽不屈的心灵在追求着，"一代又一代人的死，都不是重复的，不是毫无意义的，民族的希望，正在于不断的追求之中，子孙后代终究会明白：人，应当怎样活着"！[③] 超越了本民族的视域，作家也就自然将目光投向祖国的命运。

对于回民族而言，故乡和语言的相继失落，使得宗教成为确认该民族自存的唯一有效方式。在他们那里，宗教信仰与日常生活已经水乳交融，生活的过程就是信仰的历程。在"大分散、小聚居"的生息、繁衍进程中，与之伴随的伊斯兰文化自身也在不断超越，并日益走向开放。

---

① 霍达：《我为什么而写作》，《文艺报》1991年4月20日第8版。

② 霍达：《穆斯林的葬礼·后记》，北京十月文艺出版社1988年版。

③ 霍达：《我为什么而写作》，《文艺报》1991年4月20日第8版。

第四节　道教文化言说

道教是华夏民族土生土长的传统宗教，不了解道教就无以了解中国社会和汉语文化，更不会理解中国人的生活方式和精神气质。而且，随着中国国力与文化影响力的提升，道教信仰已经逐步走向世界。赵德发的长篇小说《乾道坤道》正是立足于民族性与世界性的语境而展开丰富的文本叙事。

德国神学家库舍尔曾谈到宗教与文学的互为影响，这种影响"一方面可以打开对宗教感兴趣者的眼睛，让他们看到在文学领域实际上可以发现一块独创性的语言练习、创造性的想象和勇于反省的绿洲，这片绿洲将为那些古老的宗教问题注入新的时代活力；另一方面，对于文学感兴趣的人们则可以传递信息，告诉他们，不管是肯定的还是有争议的宗教，都一再成为文学创作的一个永不枯竭的源泉"。[①] 从这个意义上说，赵德发的《乾道坤道》[②] 打开了"宗教感兴趣者"和"文学感兴趣者"的眼睛，为我们描绘出当代中国独具特色的道士群体形象，同时提供出道教思想与文化对于个体生命存在和人类社会发展的参照价值。作品以其文学形象的塑造和文化精神的阐扬，让我们重新思考人生意义、道德伦理与社会承担，乃至于普世价值。这些看似抽象的问题瞬间鲜活起来，它们不仅仅属于形而上的思维，更应该属于形而下的生活和故事。在伴随文本体悟人生境界和灵性修养之时，现世与永恒、经验与超越、世俗与神圣的跨界问题显得尤为醒目。面对无限的偶在的世界，人之有限性的生命，恰恰存在于世俗与神圣"之间"，而这"之间"的

---

① ［德］汉斯·昆、伯尔：《神学与当代文艺思想》，徐菲、刁承俊译，上海三联书店 1995 年版，第 55 页。

② 赵德发：《乾道坤道》，《中国作家》2011 年第 11、12 期；单行本由长江文艺出版社 2012 年 9 月出版。

状态又恰恰表达出人生的过渡和生命的向度。

就文化意义而言，宗教主要有四种基本要素组成。并且，按照各自关系和作用，又分属于一个系统结构的四个层次。外层是宗教的建筑和器物，如教堂、寺庙、道观、雕塑、图画、祭神用具等，以及祈祷、祭祀、礼仪等行为活动。第二层是宗教的组织和教规、戒律、法典、制度。第三层是教义、神谕、训诫、经文典籍等宗教意识。深层是虔诚、庄严、圣洁的宗教感情。可以说，这四个层次的内容在《乾道坤道》中都有鲜明的体现。作品以主人公石高静道长的生命历程为核心，以其海外传教、临危受命、历尽曲折、重振南宗为主线，架构起人物错综、情节缜密的故事讲述。

道教从创始之日起，就具有强烈的生命意识。在对生命的局限不断发出感叹的同时，便不懈地探索生命安顿与养护的方式。道教对此生的重视，对延长生命的追求与实践，在世界宗教之林中独树一帜。在海外传播道教，更是要从“贵生”入手。正是基于“天不假人，徒唤奈何”的不长寿的家族宿命，留学美国的石高静从“基因研究”和“性命双修”两方面寻求突破，以期实现与见证道门“我命在我不在天”的一贯理念。面对科学探秘与宗教修行，即便身在国外，他依然保持勤勉、谦卑、敬畏和希望。他时刻践行紫阳真人的“以事炼心”，把科学工作当作修行，在为人类做功德的同时磨炼心性。此外，毫不松懈地修习丹功，以葆身体康健，把二者圆融结合。石高静每次走到树立在迈阿密大学人类基因研究中心面前的DNA模型旁边时，都会想起老子的话。“两千五百年前的老子，到底长了怎样的慧眼，竟然把宏观宇宙和微观宇宙看得这么透彻，描述得这么传神？是啊，自然大道，从初始化的本一阶段开始，而后成二，成三，产生天地万物的不同级次，形成大道包容下的千差万别，而其中的‘精’、‘精’中的‘信’，大概就体现在这个奇妙的DNA双螺旋结构上。”[1] 在他这里，其实宗教就是生活。

① 赵德发：《乾道坤道》，长江文艺出版社2012年版，第37页。

然而，生活总不会一帆风顺。师兄应高虚赴美相见，拔簪相托，石高静坚决辞请。但师兄的突然羽化和临终嘱托，又使其无法推却而临危受命，放弃海外成就而立即回国，显示其信仰弥坚。可是殊不知，重振南宗祖庭的使命何其艰难与曲折。面对二师兄卢高极的无尽贪欲，石高静秉承道门的顺其自然、与世无争，另辟蹊径、闭关修行而道业日精，最终跨越生死界限；同时，即便面对“鸠占鹊巢”的结局，依然积极作为、顺势利导而重建道观，最终邪不压正，实现承续南宗道统的使命。在生命的超越与使命的达成中，石高静功德圆满。究其根源，则是道门的“去积返虚”。世俗之人被欲望所牵引，形成积压而心意不通，只有去掉“块累”才能返归“心体”，而达到空灵无尘染的状态。这是一个超越世俗而获得玄机进而达致神圣的过程。“虽然道教信仰的出发点是为了延年益寿、得道成仙，然而修道的思想和方式却是以‘天人合一’为核心精神的止恶扬善的伦理诉求。”① “欲修仙道，先修人道”，现世如何为人是生命升华的前提，这样就将神圣信仰与世俗伦理天然结合，对于个体生命与人类生存也就有了全新意旨。

在石高静身上，体现的正是科学理性和宗教精神的合二为一。在整个世界历史进程中，理性与宗教始终是社会发展的两个支柱。这是面对世界和生命、探究本原和终极的两种理路。二者的和谐互补，方能实现相对有限性的生命在这个相对无限性的世界中的存在意义。20 世纪以来的中国文化，对立思维绵延不绝，《乾道坤道》提供出可取的融合思路。时至今日，汉语思想必须超越中西之争、传统与现代之争，因为事实并不以此为依据。人与真实的相遇，应当立足于历史文化语境中对生存论的本己体验和理解，其背后隐藏的是个体安身立命的根据问题。

卢高极是作品塑造的道门中人的反面形象，其最大特点是贪婪。他的生存追求，是人之三欲：权势、金钱、情色。为了获得无

---

① 卿希泰主编:《中国道教思想史》第 1 卷，人民出版社 2009 年版，第 14 页。

限的权力，他不惜违背教规，专设神堂为官场中人祈祷官运，美其名曰“创新”，而且以不惜损害徒弟甚至女儿为代价。在道权结合中，他得到简寥观住持职位，并明枪暗箭、不择手段试图霸占逸仙宫，以实现其统领琼顶山道教的野心；为了攫取更多金钱，他弄虚作假，不惜雇用俗人搞出“七仙女”演出活动，假借宗教外衣举办本命年转运法会以收敛钱财；为了满足情欲，他试图以双修之名诱骗、占有自己的徒弟阿暖。在道家看来，人有本能的欲望，这种欲望如果超出正常范围，就会膨胀为占有欲，就会导致心意不宁、无法解脱。卢高极正是如此。他不但无法修成正道，连伪道士也难以为继：在江道长和众望所归中，他败走逸仙宫；在老睡仙的巧妙计谋中，转运法会被瓦解，以闹剧而收场；进而，被自己的徒弟和同行识破真相而离弃。宁可不相信神圣，也绝不可相信“伪神圣”。“穿了道服也不一定是真道士”，卢高极以神圣之名而行极端世俗乃至庸俗之实，以宗教方式攫取个人私利，彻底偏离道门精神，如此修成的只能是自食恶果。

在卢高极身上，反映出中国文化长久以来争执不休的“正邪之辨”和“神人之辨”。从神到人，再从人到神，人间伪神层出不穷。基于对伪神的怀疑、幻灭与颠覆，兴起人文主义大潮。然而，人文尚未达至理想，便迅速返回到世俗平面。瑞士神学家汉斯·昆提出区分宗教和伪宗教的标准：“宗教不把相对的、有条件的存在或人视为绝对权威，而只把唯一的神视为绝对权威，对这位绝对神的信仰才是真正的信仰。”[①] 他由此得出结论，中国的道教是真正的宗教。人永远不会成为神，人言永远不会成为圣言，在中国文化价值重建过程中，道教提供出富有针砭性的参照向度。

祁高笃是介于石高静和卢高极之间的人物，一方面流连于世俗生活，另一方面又心存神圣因素。从世俗角度，他是商界精英、成功人士；从道门角度，他偏离了生命的本真方向。在欲罢不能、堕

① 刘小枫：《走向十字架上的真》，上海三联书店1995年版，第357页。

落放肆的世俗生活中，他不断反躬自省，“尽贪世上无穷色，忘却人间有限身”，“让后人多送我唾沫”。他留下遗嘱，把世俗遗产献给神圣事业，以重建逸仙宫、重振南宗而实现消业。这一形象在作者笔下被赋予深刻意蕴，发人深省。道教不仅重视有限生命的延续，还极为关注生命形态的转化：可以从低级走向高级，也可以反向回落。如果没有切实的修行，不但不能保持本来形态，而且可能沦为异类。对于有限个体而言，这一精神足以让人警醒。

就中国文化的整体发展而言，道教的神圣性之于生活的世俗性确实呈现出一定程度的边缘化。但是在关于生命价值的思考中，神学的视角越来越显示出无可替代的意义。“因为在世俗的领域里追索价值，我们最终只能发现一切‘价值’都充满了相对性。”[①] 对于面临精神危机的祁高笃们，通过世俗的功德无法将自己救出深渊。最终的“忏悔”“消业”和“救赎”，也必须寻求终极价值作为支点。虽然，本土语境中否定神性存在的声音要比理解和信仰神性存在有着更为强大的文化支撑和现实力量，但问题的关键在于神性因素对个体而言是无意义、有意义还是意义重大。

除了石高静、卢高极、祁高笃，《乾道坤道》还贡献了大量神色各异的人物形象：应高虚的忍辱负重、老睡仙的大彻大悟、江道长的神机妙算、左道长的凛然正气、沈嗣洁的苦行苦修、阿暖的情义感恩、露西的率性自然、麦高的诚实守信、荣安凤的忠贞不渝、老阚的世代道缘、康局长的左右为难、米珍的舍利求爱、阚敢和燕红的迷途知返、任由的见利忘义……作者多次谈到，要让自己的写作“贴近中国文化之根”。其实，从农村写作到宗教题材，都恰恰属于中国文化之根。两个看似不相关的领域，却有着内在的一致性，就是对人的关注。写人生、写人心、写人性，是作者坚守的使命。其间蕴含的是悲悯之情与博爱之心，释放的是善意与良知，让人感受到的是心灵的抚慰和精神的力量。人性之善还是恶的诘问，

---

① 杨慧林:《圣言·人言：神学诠释学》，上海译文出版社2002年版，第240页。

或许永恒存在，但二者的转换对人而言却意义深远且更为本真。

受到延续生命、修道成仙愿望的强烈推动，道门中人对于人的生命存在和外在环境的关系有着非同一般的深刻体认。要实现终极追求，就必须感知环境，他们随时随地密切观察人生和现实，并力图从中判断生存环境的变迁，进而思考环境变迁带给人的生存影响。[①]《乾道坤道》中涉及大量违背自然、破坏自然与违反人性、扼杀人性的情节表达和人本反思。“祖师们讲，人类在世间的一个主要责任，是助天生物，助地养形。可现在，有些人反其道而行之，真是可悲至极啊！”[②] 水土和空气的双重污染导致的铅中毒事件的频繁出现，盲目、过度地修建水库恰恰是“道之反”；“大树进城现象”也是违反自然的事情。“现在几乎所有的城市都大搞绿化，嫌小树苗长得慢，就买山里的大树来栽，掀起了一场轰轰烈烈的‘大树进城运动’。……这些树在山里长大，到城里能够适应吗？”[③]在“血汗工厂”，工人们日夜劳作，“过劳死”、心理疾患成为普遍现象，“天之道，损有余而补不足，人之道，则不然，损不足以奉有余”[④]，“血汗工厂”正属于后者；“金融危机”的发生，与“不知足”之祸也不无关联：“一个社会如果老是千方百计地刺激人的欲望，对穷奢极欲的生活方式给以正面评价，那么这个社会一定不是一个健康的社会。……老子说，祸，莫大于不知足”[⑤]；对于关系到千万孕妇生命和中华民族子孙后代健康的大事麻木不仁，一味追求利润最大化而大肆进行剖腹产手术，如此等等。文学这片“绿洲”，不仅确实为古老的道教注入新的时代活力；而且，以道教为代表的传统文化有效地提供出反思现代性的力量。合乎大道还是违背大道，已经成为关系地球家园存废的根本问题。人类和世界正面

① 参见卿希泰主编《中国道教思想史》第4卷，人民出版社2009年版，第331页。

② 赵德发：《乾道坤道》，长江文艺出版社2012年版，第225页。

③ 同上书，第56页。

④ 同上书，第193页。

⑤ 同上书，第53页。

临中断还是持续的选择，而最佳途径就是石高静所讲的：明乾坤大道，过自然生活，保人类健康，让地球长生！

从主题意旨来看，《乾道坤道》关注的核心是人性和自然；从艺术方式来说，文本呈现出的是朴素和谦卑的叙事情怀。作者坦言，这是经验之外的写作，其间的阅读、观察与访谈是必修的功课。其实，这不仅离不开对于生活的观察，更离不开对于生命的体验。“艺术并不仅仅是反映，更重要的是造就一个有意味的世界，人们可以在其中得到安宁的世界。”[①] 对于当代中国文学而言，如何造就“有意味的世界”和“安宁的世界”理应引起重视。前者是创造，后者是接受，二者构成一个完整文本。可以说，《乾道坤道》在某种程度上提供了这样的双重世界。“一个内心中一无所信的人竟能给世界带来光亮，显然是不可思议的事。我们有理由首先要求诗人进入一个意义世界，否则他不可能展示一个意义世界。”[②] 在此，说作者获得文化意识的自觉和价值信念的转变应该也不为过。

面对人的有限性、语言的局限性和阐释的受限性，必须确认生命和世界“奥秘”存在的真实性。道教是迄今为止对生命最为关注的中国传统宗教，实际是一种具有中国特色的生命伦理。其重要价值和终极追求，就在于能够为实存的人类提供一种超越性的永恒参照。因为，如果失去如此的绝对本源，一切存在就会丧失判断善恶美丑的标准，一切都会成为可能。人的本性倾向神圣，而生活又要立足世俗，介于世俗和神圣之间或者二者的不断转换构成人的本真的存在状态。当代中国文学对人的终极性意义的关注和探索还很不够，道教文化可以更为自然且有效地成为文学创作的思想资源或精神资源。在这个意义上，赵德发的《乾道坤道》在当代中国文学生态场中就显得弥足珍贵，并且以其对人与世界的终极关怀而成为独特文本和经典之作。

---

① 刘小枫：《诗化哲学》，山东文艺出版社 1986 年版，第 181 页。

② 刘小枫：《拯救与逍遥》，上海人民出版社 1988 年版，第 58 页。

第二章

宗教精神:以史铁生为中心

有论者提出，“汉语文化近百年的现代性运动，在某种程度上就是寻找替代宗教的运动。从上世纪初年王国维的审美代宗教，蔡元培的美育代宗教，到梁漱溟的道德代宗教，宗白华、李泽厚的审美宗教化，刘小枫的宗教信仰化，再到世纪末史铁生的‘文学就是宗教精神的文字体现’，近一个世纪以来，汉语思想家、美学家、文学家，不遗余力、代代相承地不懈寻觅着自己的宗教，找寻着汉语精神的价值根基”。[①] 对史铁生而言，其“文学精神”和“宗教精神”与自身遭际密不可分，但身体的残疾又不是他寻找生命精神的起点，只是触因。史铁生由自身出发却超越了个体遭遇，真切地感受到全人类的人本困境。他的写作带着悲天悯人的情怀，在对生的意义与死的后果的质询中发现人类的局限，也找寻到爱的救赎道路。邓晓芒称史铁生为“一位真正的创造者，一位颠覆者”[②]，周国平说他是“中国当代最有灵魂的作家”。[③] 史铁生充分展现与记录了对于形而上问题的思考，却从未流于说教。他的写作源于时代之殇和身体之痛，达致宗教精神而又未止于此，最终获得超越而进

① 唐小林：《看不见的签名：现代汉语诗学与基督教》，中国社会科学出版社、华龄出版社 2005 年版，第 2 页。

② 邓晓芒：《灵魂之旅》，上海文艺出版社 2009 年版，第 167 页。

③ “写作之夜”丛书编委会：《生命：民间记忆史铁生》，中国对外翻译出版公司 2012 年版，第 312 页。

入审美的层面。

第一节　史铁生的“写作之夜”

邵燕祥说：“铁生做形而上的思考，是由自己血肉体悟支撑的。”[1] 这一体悟始于“文化大革命”，而发酵于突如其来的“残疾”。“文化大革命”中人的异化带给他心灵与身体的痛苦触发了他本就敏感的神经，在经过短暂的抱怨、挣扎、彷徨后，他从时代与命运中将自己抽离出来，以旁观者的姿态审视这场时代浩劫与自身无法复原的生理残缺，逐渐摆脱无意义的消极情绪，为日后对生命、哲学、宗教、审美的思考开启了大门。

1966 年，史铁生在清华附中上高二，同学们背景复杂，不乏党政军高级干部子弟。他们对政治敏感，并且与其他学校的高干学生有着千丝万缕的联系。同年 5 月，清华附中创建全国第一支红卫兵组织，成为“文化大革命”的前沿阵地。

对于“文化大革命”，史铁生在日后写作中很少有直观的描述，但在其清华附中同学的回忆中不难显现其中的斗争之惨烈、人性之沦丧。在附中五楼的大教室里，史铁生与同学孙立哲亲历了对时任校长万邦儒、副校长韩家鳌的残酷批斗，而年轻的物理教师刘树华则不堪忍受侮辱选择自杀。当时正值高三的清华附中顶尖人物郑光召（作家郑义），也因为“黑五类”的出身而一次次在光天化日之下遭受毒打。在那“红彤彤”的新时代里，即使不曾主动选择参与斗争，深处斗争中心的青年也不免为时势所煽动；即使未曾抡起拳头，良心的位移与灵魂的挣扎也时刻拷打着位于斗争边缘的人。对于“文化大革命”，亲历者与研究者都会有自己的评说。而对于史铁生，“文化大革命”是他对政治哲学、人之本相、道德冲突、生

---

① “写作之夜”丛书编委会：《生命：民间记忆史铁生》，中国对外翻译出版公司 2012 年版，第 6 页。

命意义、宗教信仰等命题进行形而上思考的起点，纵然绝大多数时候他只是一名观察者。

1977 年，孙立哲刚刚从肝坏死疾病中死里逃生，曾有一年半的时间住在北京雍和宫 26 号史铁生的家中。据他描述，那是他们谈论“文化大革命”最多的一年，“我和铁生在同样的环境下亲历‘文化大革命’，有些记忆一致，但是更多的是不同的精神历程和印象。……当我还抱怨命运不公、整天怨天尤人的时候，铁生已经看到了这社会有着一种极权的病根，一套根本性的思想桎梏。人生最可怕的灾难，是无形的思想中所设立的自我约束和惯性逻辑，人们自动遵守内化于心的陈规，不敢越雷池一步。说到底，都是文化惹的祸。在这时，铁生开始拿起笔，试图拨开行为表象，追问人性和文化的本质，走入他命定的扶轮问路之旅”。[①] 在 1983 年史铁生发表的作品《法学教授及其夫人》中，法学解教授总觉得“自己一辈子不曾欺骗过任何人”，而他的夫人陈谜则认为“自己一辈子不曾被任何人欺骗过”。在 1969 年参加的一次斗争“走资派”大会上，陈谜因看到原来的校党委书记被鲜血染红的白发而落泪，由于害怕，她对“造反派”谎称自己有“见风流泪”的毛病，却又在眼科门诊前晕倒得了脑血栓而偏瘫。在战战兢兢中生活近十年，这位“之死夫人”终于“带着她那胆小而混沌的灵魂死去了”。在这篇小说中，史铁生对“文化大革命”的思考还主要停留在政治性层面，通过对于“文化大革命”中亲身经历（陈谜原型为孙立哲母亲，在“文化大革命”的烧书风潮中落下脸部抽搐、见风流泪的毛病）的再加工，集中呈现的是在“造神”面前律法的苍白、人的懦弱以及真理的不堪一击。

朝夕相处的同学成为微笑着举起皮鞭的恶魔、受人尊敬的老师却要忍受骇人听闻的侮辱、清华发小吴文北的悲剧结局等，这一切

---

① “写作之夜”丛书编委会：《生命：民间记忆史铁生》，中国对外翻译出版公司 2012 年版，第 31 页。

让史铁生认识到“文化大革命”对于整个社会的颠覆，也让他明白历史经验的不可靠与人性的复杂，“史无前例的事太多，听也听不过来，想也想不过来。不断地把人打倒，人倒不断地明白了许多事情。打人也是为革命，骂人也是为革命，光吃不干也是为革命，横行霸道、仗势欺人乃至行凶放火也是为革命。只要说是为革命，干什么就都有理。理随即也就不值钱”[①]。在摆脱了长期以来所谓集体主义、民族主义、二元价值论的藩篱后，史铁生领悟了“立场”与“观点”，“我”与“我们”“你们”“他们”的区别，“我想起‘文化大革命’中的一些惨剧，大半是由立场做着前导；明知某事是假是恶是丑，但立场却能教你违心相随或缄口不言，甚而还要忏悔自己的立场不坚定。不不，立场与观点决然不同，观点是个人思想的自由，立场则是集体对思想的强制。立场说穿了就是派同伐异，顺我派者善，逆我派者恶，不需再问青红皂白”[②]。在回想“文化大革命”之初被“红五类”学生排斥时，他意识到“我不是‘我们’，我又不想是‘他们’，算来我只能是‘你们’。‘你们’是不可以去打的，但也还不至于就去挨。‘你们’是一种候补状态，有希望成为‘我们’，但稍不留神也很容易就变成‘他们’”[③]。对于个体生命缺乏关注与尊重和拉帮结派的狭隘集体主义让人不得不选择自己的“队伍”，在站队的过程中，人自以为是地得到“自我”的确立。史铁生认为这种“自我”不可靠，他开始了“向内转”的自省之旅。

史铁生的爷爷曾是河北涿州乡下远近闻名的地主，后来在战乱中败落。他的姥爷是抗日英雄，日本投降后退伍回乡担任国民党县党部书记，在当地做了许多好事，但解放后的镇反运动中，仍被以“反革命”罪名枪毙。这段身世让史铁生在“文化大革命”，尤其

---

① 史铁生：《命若琴弦》，人民文学出版社 2011 年版，第 192 页。

② 史铁生：《我与地坛》，人民文学出版社 2011 年版，第 350 页。

③ 史铁生：《病隙碎笔》，人民文学出版社 2011 年版，第 12 页。

是“文化大革命”的初期阶段惴惴不安，也是他最终没有成为地地道道的“红五类”的原因。在《奶奶的星星》中，史铁生提到自己也曾想参加红卫兵，“跟着几个红五类的同学去抄过一个老教授的家，只是把几个花瓶给摔碎，没别的可抄。后来有个同学提议给老教授把头发剪成羊头。剪没剪我就不知道了，来了几个高中同学，把非红五类出身的人全从抄家队伍中清除出去了”[①]。在捉蛐蛐儿的时候，他偶然发现疼爱自己的奶奶竟然是地主，并且是“文化大革命”中狡猾的“摘帽地主”，这一度让他和奶奶产生隔阂。后来，母亲将奶奶送回乡下，对于那一瞬间的感受，史铁生写道：“我倒是松了一口气。那些天听说了好几起打死人的事了。不过坦白地说，我松了一口气的原因还有一个：奶奶不在了，别人也许就不会知道我是跟着奶奶长大的了。”[②] 史铁生将此总结为“童年的终结”，“每个人的童年都有一个严肃的结尾，大约都是突然面对了一个严峻的事实，再不能睡一宿觉就把它忘掉，事后你发现，童年不复存在了”[③]。童年之结束又是伴随着忏悔和反思开始的，当大多数人还在控诉暴行的残酷、文化的断层、“四人帮”的卑劣之时，史铁生已经开始了对人之本性的探究。

阎阳生、张晓宾、卜大华等人是当年史铁生的附中同学，也是红卫兵的主要创始人，多年来，他们一直保持密切联系。2005 年和 2007 年，阎阳生为“文化大革命”红卫兵史的调研两次采访史铁生。在采访中，史铁生认为：“人类的历史风风云云积压下来的问题，没有宽容那就全完了。对清华附中也是。”[④] 因此他选择宽容向外，而向内，他选择了“忏悔”。为着已经逝去的奶奶、为着抄钱伟长先生的家、为着成为“集体”一分子参与造反的念头，他毫无

① 史铁生：《命若琴弦》，人民文学出版社 2011 年版，第 190 页。

② 同上书，第 191 页。

③ 同上书，第 192 页。

④ “写作之夜”丛书编委会：《生命：民间记忆史铁生》，中国对外翻译出版公司 2012 年版，第 73 页。

保留地解剖自己，让粉饰太平、掩盖罪行的人无处可逃。“忏悔从来不能用于他人，只能用于自己。……我们的文化里缺失这一块东西，或者我们受的教育中缺少这一块东西，就是善良。这就成为我们一个全民族忏悔的问题，而不是成为一个互相追究放大仇恨的问题。”① 在日后的写作中，他不断提到《约翰福音》中的耶稣赦免行淫妇人的故事，以此确认忏悔的必要性与罪的普遍性。

如果说“文化大革命”是生活在20世纪六七十年代的中国人的集体创伤，那么突如其来的残疾则将史铁生彻底抛入无底的深渊。在“最狂妄的年龄上忽地残废了双腿”②，对于一个怀着无限理想与青春萌动的年轻人来说，如何形容也不为过。1972年1月5日，21岁生日的第二天，史铁生第一次住进友谊医院。在随后的几十年里，他又因种种恶疾不断住院，48岁时罹患尿毒症，靠透析维持生命12年直到去世。

有人说残疾成就了史铁生，也有人说史铁生的信仰之路是命定之路，周国平就认为：“他的哲学慧根深植于他的天性之中，和残疾无关。”③ 但不可否认，命运的无常、疾病的接踵而至、与死亡的一次次擦肩而过，无论从深度还是从力度上都拓展着史铁生的灵魂追问旅程。在“残疾人作家联谊会成立大会”的发言中，他讲到，“我一直相信，残疾与写作是天生有缘的。因为，正是生活或生命的困境，使写作行为诞生。写作，说到底，是对生命意义的询问，对生命困境的思索，也是人们在困境中自励并相互携手的一种最有效的方式。人都不是完美的，而残疾，恰恰是对人的残缺的夸张与强调。因而，残疾人的渴望写作，是容易理解，是应该得到支持

---

① “写作之夜”丛书编委会：《生命：民间记忆史铁生》，中国对外翻译出版公司2012年版，第74页。

② 史铁生：《我与地坛》，人民文学出版社2011年版，第1页。

③ “写作之夜”丛书编委会：《生命：民间记忆史铁生》，中国对外翻译出版公司2012年版，第306页。

的。"[①] 其实，他的这种体悟最早还是从两位清华附中老师身上开始的。史铁生的语文老师董玉英和班主任也是音乐老师的王玉田是一对残疾夫妇，可以说，"残疾"与"死亡"这两个词不仅仅是抽象的概念，它们早就以鲜活而残酷的姿态走进史铁生的人生。在学生们精心准备的专场音乐会上，王老师倒在舞台边上，而那时，史铁生正捧着花准备要献给他，短短几米的距离，死神就从天而降。后来，史铁生在怀念文章中写道："我最终从事文学创作，肯定与我的班主任是个艺术家分不开，与他的夫人我的语文老师分不开。在我双腿瘫痪后，我常常想起我的老师是怎样对待疾病的。"[②]

如果说两位老师的经历为史铁生的文学创作之路提供了一种可能性，而双腿瘫痪的现实遭遇则将这种可能彻底变成现实。每个人的生命总是以个体形式存在的，对于整个世界而言，也许"我"无足轻重，但对于"我自己"而言，此一世的身体又承载着"我"的全部精神与灵魂。生病之后，史铁生便从那"遥远的清平湾"回到北京，此时的中国尚在阴霾之下，而他的"黑夜"又比旁人更深沉了几分。当个人的黑夜遭遇时代的黑夜，"死"似乎成为必然的选择。在妹妹史岚的回忆中，刚得病的时候，史铁生曾"把鸡蛋羹一下扔向屋顶、把床单撕成一条一条"[③]。在早期诸多自传色彩的作品中，他常常借助主人公之口向死亡求解脱。可以说，史铁生对生命的诘问、对无尽苦难的追寻，源头是清华附中，他在这里结识了交往一生的友人、尊敬一生的老师，而且亲历"文化大革命"，从这里出发去农村插队，又在插队时生病回京。他最初的创作从此地出发，多是对这些生活的描绘——追忆插队经历、描摹残疾故事。自1979年创作《爱情的命运》开始，写于20世纪80年代的作品如《山顶上的传说》《没有太阳的角落》《在一个冬天的晚上》《足

---

① 史铁生：《病隙碎笔》，人民文学出版社2011年版，第235页。

② 史铁生：《我与地坛》，人民文学出版社2011年版，第184页。

③ "写作之夜"丛书编委会：《生命：民间记忆史铁生》，中国对外翻译出版公司2012年版，第168页。

球》《来到人间》等，基本体现的都是残疾人对宿命的抗争、对爱情的向往和失落以及来自“健全人”的歧视。

但在探索死亡之可能与意义的过程中，史铁生发现了命运的偶然和苦难的必然。在之后的作品尤其是《命若琴弦》后，他总结了人类的三种根本困境——孤独、痛苦、恐惧，并将目光投向生命的过程，确认了死不必急于求成，进而摆脱了精神上对死亡的纠缠和依赖。他从一己的遭际出发，发现残缺之普遍存在——所谓人之所不能，就是限制，就是残疾。同“爱情”并列，它们是“上帝为人性写下的最本质的两条密码”①，如影随形。这一发现，让史铁生最终克服对茫茫黑夜的恐惧。在后来的创作中，以 1990 年的《我与地坛》为分界线，如《务虚笔记》《病隙碎笔》《我的丁一之旅》《回忆与随想》等开始主动地展现宗教情怀，生理残疾被暂时搁置一旁，精神残缺的永恒与必然吸引着他的思考。史铁生将自己对人生、命运、信仰等一系列形而上问题的认识自觉地转化成写作资源，大大拓展了作品的内涵与外延。

海德格尔认为，人们在思索死亡的过程中，能够摒弃对世俗功利、私人欲念的追逐，从而“立于一个超越生死的至高境界，升华出对人生的艺术性审视”②。史铁生用写作完成了生命的升华，写作对于他不仅仅是一种“职业”、一种“光荣”，更是一种“信仰”、一种“命运”。不管如何否认，残疾与死亡对史铁生的扶轮问路，用笔墨丈量生命的深度、信仰的高度，并最终用一种自发自省的“宗教精神”拷问灵魂、不断靠近精神之彼岸有着极其重要而深远的意义。

这种从生命中“流出来”“挤出来”的文字饱含着悲天悯人的情怀，展露出当代中国文坛极其罕见的精神高度，史铁生用一套独

① 史铁生：《病隙碎笔》，人民文学出版社 2011 年版，第 42 页。

② ［德］海德格尔：《存在与时间》，陈嘉映、王庆节译，北京三联书店 1999 年版，第 268 页。

特的、私人的话语体系创建了自己的文学世界。在他的文字中，不难发现命运的颠沛流离带给人的精神和生理的巨大痛苦，却罕见对苦难的描述与抱怨。他的作品不是赤裸裸地描写现实生活中已经发生的事情，而是时刻在探索一种可能，一种超越日常的却又以日常生活为基础的，一种旨在关注那些事关全人类的，事关精神的、信仰的、宗教的，却又不缥缈、不故弄玄虚，立足此在而时刻面向彼岸的书写。在《病隙碎笔》中，史铁生引用了爱因斯坦的一句话——“凡是涉及实在的数学定律都是不确定的，凡是确定的定律都不涉及实在”[①]，在他看来，文学是涉及实在的学科，它不需要真实，但需要真诚。而写作在文学之上，又在文学之外，它必须从人间困境出发，才能获得意义。在史铁生这里，写作与个人生活经历的紧密联系是任何人都不可否认的。在讲述患病经历的作品《我二十一岁那年》中，他说自己也曾求助于神灵，并将其视作为“最美好的向往”：“多年以后才听一位无名的哲人说过：危卧病榻，难有无神论者。如今来想，有神无神并不值得争论，但在命运的混沌之点，人自然会忽略着科学，向虚暝之中寄托一份虔敬的祈盼。正如迄今人类最美好的向往也都没有实际的验证，但那向往并不因此消灭。”[②] 怀着对命运之路的无限向往，史铁生的扶轮问路之旅也走得越来越远。

虽然在探索的道路上有着太多的坎坷，但最终，史铁生冲破了无处不在的黑暗。当时代的黑夜渐渐走远，命运的不堪越发沉重的时候，他用文字释放思想，让精神的光明冲破民族的、历史的、时代的束缚。这探索改变着他对于生活的态度，“刚得病的那几年，有人嘲笑他的腿，他说恨得想抱着炸药包冲过去，和那些人同归于尽；现在有人嘲笑他的腿，他有的不再是恨，而是怜悯”[③]，也最终

---

① 史铁生：《病隙碎笔》，人民文学出版社 2011 年版，第 126 页。

② 史铁生：《我二十一岁那年》，《我与地坛》，人民文学出版社 2011 年版，第 175 页。

③ 徐晓：《我的朋友史铁生》，见“写作之夜”丛书编委会《生命：民间记忆史铁生》，中国对外翻译出版有限公司 2012 年版，第 119 页。

让史铁生确立了自己的写作观念。写作所面临的和想要解决的是人的存在困境，如死亡、生命、人之欲望、人生之意义等人类与生俱来的问题，这些问题不以制度、阶级、国家为局限，而指向全人类——“文学之一种，是只凭着大脑操作的，为跟随着某种传统，跟随着那些已经被确定为文学的东西。而另一种文学，则是跟随着灵魂，跟随着灵魂与固有的文学之外所遭遇的迷茫——既是于固有的文学之外，那就不如叫写作吧。前者常会在部分的知识中沾沾自喜。后者呢，原是由于那辽阔的神秘之呼唤与折磨，所以用笔、用思、用悟去寻找存在的真相。”①

第二节　与“宗教精神”的相遇

从人生的暗夜出发，史铁生走向独特的“写作之夜”。在这里，“夜”不再可怕，而成为他启灵于精神、“求佛问耶”并与“宗教精神”相遇的重要时刻。

“写作之夜”代表着一种喧嚣背后的宁静，无论外在时间是白昼还是黑夜，只要思绪进入灵魂追问之途，真正的写作也将开始。在“写作之夜”，心魂脱离身体，笔墨流向精神，对“终极问题”的探索只有在这样的“夜”里才能尽情书写，只有这样的书写才有意义，“被意识到的生活才是真正存在的，才被保存下来成为意义的载体”②。而史铁生所向往的、所追求的“写作”正是为了寻找存在的意义。关于时间的问题，史铁生也有自己的表述：“比如说‘现在’是多久？一分钟，一秒钟，还是更长或者更短？我想来想去，什么现在呀，当下呀，瞬间呀，刹那呀……都没有固定的长短，所有这类时间概念都不过是说：构成一种意义所需要的最短时

① 史铁生：《病隙碎笔》，人民文学出版社2011年版，第131页。

② 史铁生：《务虚笔记》，人民文学出版社2011年版，第6页。

间。"[①] 然而"'现在'对于人——对于每一位观察者——却是有意义的，或其实，恰是意义造就了现在、过去和未来，从而造就了时间。……人在一条永恒行进的路途上，意义是其坐标；设若没有这样的坐标，你说'当下'是多久？"（书信《理想的危险》）[②] 他打破了时间延绵不断的线性结构，将感受看作证明时间存在的依据。

既然是意义创造了时间，那又为何执着于"写作之夜"呢？"写作之白昼"有何不妥？显然，"写作之夜"不代表写作一定要发生在夜晚。史铁生认为："难以捉摸，微妙莫测和不肯定性，这便是黑夜。但不是外部世界的黑夜，而是内在心流的黑夜。写作一向都在这样的黑夜中。"[③] 在《身与心》中，他分析两种不同的信仰方式，一种只是将人看作肉身者，另一种则将人视为精神之旅者。"夜"与"白昼"似乎可以分别对应这二者，后者负责"及时行乐"，"把人仅仅视为肉身，余者不过功能种种，当然就会看人生是一场偶然的戏剧"[④]，前者则把人生视为一场精神之旅，"肉身不过一具临时载体"[⑤]。这两种取向各有其存在的必要，在史铁生看来，"早晨一睁眼便相信后一种，晚上一上床，自然而然地也赞成前者。后一种让我满怀热情地走进生活，在寻求意义的过程中享受欢乐，而前者是最好的心理医生，或安眠曲"[⑥]。写作，作为一种极其私人化的行为，自然而然地倾向于发生在"夜"里。

"夜"的意象在自身存在的历史中也确实包含着一些约定俗成的内涵。史铁生曾分析戏剧多在夜晚演出的原因，指明思绪在进入一片宁静后将飞升到更广阔、更深远的地方，在那里，思维之光更容易与存在相遇——"戏剧多在夜晚出演，这事值得玩味。只为凑

---

① 史铁生：《昼信基督夜信佛》，北京十月文艺出版社 2012 年版，第 90 页。

② 同上书，第 91 页。

③ 史铁生：《病隙碎笔》，人民文学出版社 2011 年版，第 65 页。

④ 史铁生：《扶轮问路 妄想电影》，人民文学出版社 2011 年版，第 105 页。

⑤ 同上。

⑥ 同上书，第 106 页。

观众的闲暇吗？莫如说是‘陌生化’，开宗明义的‘间离’：请先寄存起白昼的娇宠或昏迷，进入这夜晚的清醒与诚实吧，进入一向被冷落的另种思绪——但你要听，以孩子的惊奇/或老人一样的从命/以放弃的心情/从夕光听到夜静。/在另外的地方/以不合要求的姿势/听星光全是灯火，遍野行魂/白昼的昏迷在黑夜哭醒。”[①]《我的丁一之旅》中，人们在白昼伪装自己，到了夜晚才能敞开心魂，实现对爱情与自由的追寻。在《空墙之夜》，丁一与秦娥、吕萨的坦诚相见，不仅是肉体的，更是灵魂的。史铁生在“写作之夜”进行着自己的戏剧理想，以期解决白昼所不能实现的对自由、平等爱愿的疑问。他认为，此时在剧场的人们，思绪也早就飘向广袤的远方，“夜”似乎有独特的魅力，白昼之“惑”在这里渐渐明晰，梦想在这里得到实现。进入“写作之夜”，“写作”便不仅仅是谋生手段，而成为价值实现过程与认定过程的一部分，是“笔墨代替香火的修行”[②]。

《务虚笔记》第一章即为“写作之夜”，这部“记忆与印象”之书所探讨的是生存的意义。所谓“务虚”，简单来说，就是一种对精神活动的追求。“写作之夜”是史铁生“写作”真正开始的地方，是他在反复地思索生命和体验之后，用文字的方式连接自己印象的地方。在“写作之夜”，史铁生走向了宗教，文学之于他真正成为追寻意义的手段，成为在陋室之中让心魂放肆驰骋、上天入地、通贯古今的依托。宗教是人类精神的重要方面，而且是最基本、最基础的方面。美国神学家保罗·蒂利希曾说：“宗教是人类精神生活所有机能的基础，它居于人类精神整体中的深层。‘深层’一词是什么意思呢？它的意思是，宗教精神指向人类精神生活中终极的、无限的、无条件的一面。”[③] 宗教根本上是一种“终极眷

① 史铁生：《扶轮问路 妄想电影》，人民文学出版社 2011 年版，第 97—98 页。

② 同上。

③ ［美］蒂利希：《文化神学》，见何光沪编《蒂利希选集》上卷，上海三联书店 1999 年版，第 382 页。

注”，蒂利希认为，这种“终极眷注”，在道德领域、认识领域以及审美机能方面有着不同表现，对道德需求的无条件严肃性、对终极存在的热切盼望、对终极意义的无尽期盼是其中重要的组成部分。在“写作之夜”，命运和梦想的密码对应着残疾与爱情，每一个人都成为残疾人C，都在走向终极的过程中走向一个更完满、更真实的自己。

史铁生认为，“写作”的最终目的是探寻人类存在的真善美——“所有的实际之真，以及所谓的普遍情感，都不是写作应该止步的地方。文学和艺术，都是向着更深处的寻觅，当然是人的心魂深处。”[①] 宗教作为一种超越性存在，关注“终极”，关注存在及其意义，在本质上也有求真、向善、寻美的需求。而“写作之夜”为史铁生的心魂驰骋提供了足够的时间与空间。“黑夜”是真正直面自我、独问苍天的时刻，夜的漫长让人有足够的时间任心魂自由驰骋，有足够的空间拷问自身。当白昼世界的理性法则不复存在，现实世界的等级、身份、地位、秩序变得毫无意义，个体于是进入一个理想中的自由、平等、生命回归的新时空。

此时，真正的写作行为成为可能。一则因为灵魂发出的声音迫使写作者真诚地记录，在心魂入夜时分，思绪异常活跃，被白昼遮蔽的问题一一凸显，在白昼被纵容的行为得到谴责，以写作为信仰的人们不得不记录下这些“没边没沿、混沌不清”的声音——“夜深人静，是个人独对上帝的时候。其他时间也可以，但上帝总是在你心魂的黑夜中降临。忏悔，不单是忏悔白昼的已明之罪，更是看那暗中奔溢着的心流与神的要求有着怎样的背离。”[②] 在黑夜，被白昼遮蔽的丑陋无处遁形，在独自面对上帝的时刻，忏悔自然而然地发生，心门全部敞开，所以“你不能不对自己坦白，不能不对黑夜坦白，不能不直视你的黑夜：迷茫、曲折、绝途、丑陋和恶

---

① 史铁生：《病隙碎笔》，人民文学出版社2011年版，第85页。

② 同上书，第88页。

念……一切你的心流你都不能回避”[①]。二则是由于在黑夜中，用“另一只眼睛看这世界”提供了不同于白昼的独特视角——“当白昼的一切明智与迷障都消散了以后，黑夜要你用另一种眼睛看这世界。……他是对生命意义不肯放松的累人的眼睛。如果还有什么别的眼睛，尽可都排在他前面，总之这是最后的眼睛，是对白昼表示怀疑而对黑夜秉有期盼的眼睛。”[②] 只有这只眼睛能看清“我是谁”，它所看重的不是所展现的成品，而是关于“我”的“一缕消息”，那是“我”之为“我”，“史铁生”之于“史铁生”的本质特征。写作在黑夜与其说是一种行为，不如说是宿命，更是一种向往、一种需求，“如何写”与“写什么”早就无暇去想。如是这般，史铁生的写作也就超越了“个体情结”与“个人苦难”，以哲学家的深沉、宗教学家的博大，热切地关心着人类的前途与命运，书写着可能世界的真善美。

同虔诚的教徒不同，史铁生走上的是一条自我发掘的信仰之路，是自我救赎之路，也是他为人类寻求的灵魂归宿之路。史铁生既非教徒，又非宗教学家，但他所思考的问题却事关宗教根本，具体说来，就是信仰问题。他不接受任何一套完整的宗教理论体系，而是在各个教派——主要是佛教与基督教——中选择有益的方面，炼就自己的宗教。为了将这一套个人化的宗教观念与传统宗教和迷信区别，史铁生将其命名为“宗教精神”。他将苦难视为原罪、视为必然，在不断走向真善美的过程中，史铁生逐渐确认“自我”的价值，确认“有无”“虚实”的概念，最终超越性别、族群、国家、历史，用“爱”构筑起人生之路。

比起简单的现实主义描摹和并不可靠的历史经验，史铁生更热衷于记录那些经过心灵筛选过的、在印象中被记忆的、有关于人类根本性的问题。

---

① 史铁生：《病隙碎笔》，人民文学出版社 2011 年版，第 88 页。

② 同上书，第 62 页。

史铁生的“宗教精神”有其自身特点。首先，他是从个体生命出发，走上一条自觉、自愿、自发的信仰之路，对于东、西方宗教中的一些基本思路作了批判性继承。“由于流行，也由于确实曾想求得一点解脱，我看了一些佛、禅、道之类。我发现它们在世界观方面确有高明之处。但不知怎么回事，这些妙论一触及人生观便似乎走入了歧途。”[①] 他说自己是“昼信基督夜信佛”，白天在基督教中获益，用基督教“爱的哲学”点燃生活的希望与理想，晚上则相信佛说，以此来参悟生死大事，明确生之困境、死之必然。史铁生借助传统宗教中的有益因素，发展自己的哲学和自己的宗教，以此来引导自己的前行之路。

其次，史铁生用“宗教精神”定义自己的信仰特点，不断强调要区分宗教与“宗教精神”。他选择用“宗教精神”一词与传统的基督教、佛教或伊斯兰教等分离，既有个人的原因，也有历史的原因。从个人来说，史铁生是完全从自身的生存体验出发，走向形而上的超越之路，如唐小林所说，他是从“经验的生存，走向先验的生存，并朝着超验的神在跳跃”[②]，在切实的生命感受中，把握存在的意义，用写作将此在与彼岸联结起来，使作品闪现出独特的信仰之光。史铁生在写作中多是传递自己对抽象的如关于灵魂、存在、困境问题的见解，但他又总是将目光投向世俗，认为“神圣并不蔑视凡俗，更不与凡俗敌对，神圣不期消灭也不可能消灭凡俗，任何圣徒都凡俗地需要衣食住行，也都凡俗地难免心魄的歧途，唯此神圣才要驾临俗世”[③]。而从历史的角度来说，中国传统文化似乎天然地包含着一种多元主义因素，儒释道在中国的三教合流就是显著的表现。以基督教为例，它以上帝为唯一的神，上帝之外无救恩，同时坚持信仰的纯粹性，信仰与终极真理之间存在着绝对关系，讲究

---

① 史铁生:《病隙碎笔》，人民文学出版社 2011 年版，第 293 页。

② 唐小林:《极限情境：史铁生存在诗学的逻辑起点》，《文学评论》2005 年第 5 期。

③ 史铁生:《我与地坛》，人民文学出版社 2011 年版，第 351 页。

"看不见而信""因信称义"。而在中国传统中，宗教信仰与日常生活并没有什么必然的联系，人们对待信仰的态度总是含混不清的，所谓"敬鬼神而远之"。中国文化传统中有明显"拼凑"痕迹的信仰架构体系，以及以"实用理性"为特点的价值评价体系在某种程度上影响了人们的信仰选择与建构。

那么，史铁生又是如何理解"宗教精神"的呢？他认为，"宗教精神"与智性、科学、哲学不是对立关系。在《自言自语》中，史铁生回答了关于文学应该写什么、怎样写，应该如何面对人的根本困境与"宗教精神"，应怎样引导文学创作以及文学批评等问题。他定义真正的"宗教精神"是"人们在'知不知'时依然葆有的坚定信念，是人类大军落入重围时宁愿赴死而求也不甘惧退而失的壮烈理想"[①]，是"自然之神的佳作"。在史铁生看来，科学、哲学、智性最终都将指向"宗教精神"。无论在东方还是在西方，"宗教精神"皆可以引导人们坚持理想、保存信念，在生存苦难的必然面前也不丧失热情、信心与勇气，是在"真和善的绝望处产生的一种感动"[②]，也是人类不断发展进步的动力之源。

史铁生所说的"宗教精神"有其自己的特点。首先，他对各教派的专有名词有自己的理解。宗教作为一种文化资源，教义、教派之间的区别并不是障碍。在史铁生的作品里，"上帝"一词虽频繁出现，但是同作为基督教中唯一的救世主的上帝不同。在他看来，"上帝"类似于中国人所说的"天"，它代表着一种敬畏之心，也代表着一种知难而上的精神，无论佛还是基督，讲究的是一个"信"字，即"基督，并不等于基督教。故在基督教外，却完全可以是在基督之中"[③]。因此，"神"只是标志着一种超越于客观存在的精神向度，无论是救赎还是解脱，基督教或是佛教的上帝、菩萨

① 史铁生：《病隙碎笔》，人民文学出版社2011年版，第198页。

② 张专、史铁生：《一个作家的生命体验——史铁生访谈录》，《现代传播》1994年第3期。

③ 史铁生：《扶轮问路 妄想电影》，人民文学出版社2011年版，第66页。

所关注的都是人间的苦难，他们都怀着一颗悲天悯人之心，关注全人类、赞美全人类，而人们又在其中得到不断克服困难、勇往直前的精神慰藉，至于如何命名的问题倒是其次——“‘名可名，非常名’，姑且称之为‘神’吧；当然也可另赋其名，比如‘道’。但无论何名，意思还是那个意思，即存在的最初之因，道德最高判断。”[①] 所以，史铁生将“神”理解为一种祈祷，“在人面临困境的时候从根本上讲没有人能救助我们，而这种状态可以使我们的心境得到改变，对世界对生命有一种新的态度，这时候，上帝就显露了”[②]。作为实体的“神”也许永远不会显现，但在对“神性”的向往中，人类获得存在的意义。

其次，史铁生将“神”区分为“造物主”与“救世主”，从某种层面上说，人类的“救世主”就是“自己”。“造物主”不由分说地给人以困阻与苦难；“救世主”不容置疑地教人以不屈与互爱。在面对严酷的生活考验之时，人类所迸发出的力量、理性、意志才是最值得肯定的。史铁生“宗教精神”中的神就是人类的“精神”：“有一天我认识了神，他有一个更为具体的名字——精神。在科学的迷茫之处，在命运的混沌之点，人唯有乞灵于自己的精神。不管我们信仰什么，都是我们自己的精神的描述和引导。”[③] 史铁生虽然承认“原罪”之不可脱，苦难之必然，但他既不将救赎的唯一希望寄托于上帝，也不甘在六道轮回中生生不息。他坚信纵然目的地难以到达，但通向目的地的过程却可能多种多样，这取决于人的精神信念，取决于人类自己的选择。

史铁生认为，“宗教精神”不是死的教条，而是不断发展的，“宗教的生命力之强是一个事实。因为人类面对未知和对未来怀着美好希望与幻想，是永恒的事实。只要人不能尽知穷望，宗教就不

---

① 史铁生：《扶轮问路 妄想电影》，人民文学出版社 2011 年版，第 60 页。

② 张专、史铁生：《一个作家的生命体验——史铁生访谈录》，《现代传播》1994 年第 3 期。

③ 史铁生：《我与地坛》，人民文学出版社 2011 年版，第 183 页。

会消失。不如说宗教精神吧，以区别于死教条的坏的宗教”①。这种“宗教精神”是实践中的血肉体悟，在逼仄的现实空间中带给人精神的慰藉与生活的勇气，就像《命若琴弦》中的说书人一样。

究其根本，“宗教精神”的根本意蕴是终极关怀。“终极问题”也就是在人类的生命中所面临的一系列根本问题，它不按照民族、地域划分界限，“宗教精神天生不属于哪个阶级，哪个政治派别，那些被神化了的个人，它必属于全人类，必关怀全人类，必赞美全人类的团结，必因明了物质目的的局限而崇尚美之精神的历程”②。史铁生在追求终极价值的道路上走向“宗教精神”，他将对苦难的经历与思考汇聚成文字，将“宗教精神”灌注其中。因为在他看来，“文学就是宗教精神的文字体现”③。

史铁生的写作源于生存的困境，这种困境让他必须为活着找一个理由，残疾的不期而至曾使他不解，但在事实面前，一遍遍追问“为什么”毫无意义。他用偶然解释苦难，如《宿命》中的“我”，因为一只狗放了个屁引发了学生的大笑，“我”在教育学生的时候偶然得到了一张歌剧票，又因为买包子、与熟人打招呼耽误了一下、轧到了一只茄子而与车相撞等一系列事件，最终瘫痪在床，仅仅几秒钟，意气风发的莫非教授发生了人生的逆转。狗放屁这个偶然事件看似可笑，但其发生又包含着必然，如小说结尾所述，这不过是上帝所要的“一声闷响”，并无缘由。《山顶上的传说》中患有腿疾的小伙子在经历了无望的挣扎后，发现自己的倒霉无法憎恨任何人，也不知自己所受到的损害应向谁报复，唯一能做的是忘记死亡，选择乐观而坚强地活。苦难因为无缘无故，无从解释，也就无须抱怨，就像《创世记》中那接连受难的约伯，上帝对他说：“我立大地根基的时候，你在哪里呢？”④ 人们不能抱怨上帝的创

① 史铁生：《扶轮问路　妄想电影》，人民文学出版社 2011 年版，第 169 页。

② 史铁生：《病隙碎笔》，人民文学出版社 2011 年版，第 199 页。

③ 同上书，第 197 页。

④ 《圣经·约伯记》38：4。

造，因为命运的安排是没有缘由的，无处声讨、无冤可鸣。史铁生说早年他觉得这样的安排荒唐透顶，但后来意识到“这正是上帝的启示：无缘无故地受苦，才是人的根本处境”[①]。唯有接受命运的安排，才能找到活着的更好方式，所以约伯回答上帝：“从前风闻有你，现在亲眼看见你。因此我厌恶自己，在尘土和炉灰中懊悔。”[②]信仰因苦难而得以明确彰显。无论是苦难的现实还是罪的降临，都是必然发生的偶然事件。在接受了命运的安排后，史铁生认清了苦难的普遍性以及人类的局限性，并试图说明无视这一事实的可怕后果。前者指向残缺的无处不在（从生理的残疾到精神的残缺），后者指向人类对不可靠的“自我”的执着，如果扩大到整个人类群体，则往往会导致集体的悲剧。

最终，史铁生认为人类生存困境的存在是绝对必要的。在《好运设计》中，他试图构建一个看似完美的人生蓝图，但最后发现这一切并不可能存在。纵然人的本性倾向福音，渴望涅槃，但人类却不得不处在永恒不变的苦难中为洗脱原罪而忙碌。基督教许诺的天堂、佛教徒向往的乐土固然令人神往，但在此岸，苦难是人类世界存在的必然。倘若没有残缺，完满也就没有意义，倘若没有恶劣，高尚又何以成为美德？史铁生发现，这个世界因为苦难而有了差别，“看来就只好接受苦难——人类的全部剧目需要它，存在的自身需要它”[③]。

史铁生用写作超越困境。在给李健鸣的信中，他提到刘小枫谈论卡夫卡的文章：“受苦是私人形而上学意义上的，不是现世社会意义上的，所以根本不干正义的事。为这私人的受苦寻求社会或人类的正义，不仅荒唐，而且会制造出更多的恶。”[④] 在这个层面上，残疾带给了史铁生最直接的生存经验，以直面人类困境的根本。这

① 史铁生：《病隙碎笔》，人民文学出版社 2011 年版，第 338 页。

② 《圣经 · 约伯记》42：5。

③ 史铁生：《我与地坛》，人民文学出版社 2011 年版，第 13 页。

④ 史铁生：《病隙碎笔》，人民文学出版社 2011 年版，第 338 页。

种并非由社会、历史原因带来的经验让他能够更好地面对“存在”的问题。这问题是不可避免、与生俱来的，唯有写作可以试图解脱存在的困境，帮助个体寻找在困境中生存的方法与意义。于是，史铁生的写作在经历过“生命之夜”的洗礼后，进入了有关精神的、灵魂的阶段。他说：“很多人写作是因为社会上经历很多，有感慨、有想法，写的是社会上的一些事和关系。我直接面对的是人的根本困境，生命存在以来它就有了这个问题，自打一出生，问题就存在了，所以我关注的也就是这些。你说它是个人的，但它实际上是人的，只不过较少是社会的。”①

苦难的体验是私人化的，然而一旦触及终极问题，又具有普遍的形而上意义。苦难的方式多种多样，赎罪的路径千差万别，但从根本上来说都是从残缺通向完满，以有限对抗无限的过程。在“写作之夜”的“写作”有别于传统意义上的文学。史铁生说：“我只是写作（有时甚至不能写，只是想）。我不知道写作可以归到怎样的‘学’里去。写作就像自语，就像冥思、梦想、祈祷、忏悔……是人的现实之外的一份自由和期盼，是面对根本性苦难的必要练习。”② 文学的内容可以多种多样，可以按照题材、体裁将其分类，甚至可以按照地域、年代、语言风格使之归于不同的思潮流派。史铁生对评论家说的“小说还是得好看！”的论断表示了怀疑，“写作”从一开始就试图说明人类存在的根本问题。生与死、存在的意义、我们将用怎样的方式走向何处，时间将那些仅仅致力于讲故事、秀技巧的作品淘汰，留下的部分必定闪耀着思维与灵魂的光芒。“执迷于无苦无忧”与“妄想着全知全能”在史铁生看来是信仰的两条歧路，无论选择何种宗教，都需要用一颗向善、向美的心重塑对生活的信念与理想，写作也是如此。他“不信佛能灭一切苦

---

① 张专、史铁生：《一个作家的生命体验——史铁生访谈录》，《现代传播》1994 年第 3 期。

② 史铁生：《病隙碎笔》，人民文学出版社 2011 年版，第 339 页。

难，佛因苦难而产生，佛因苦难而成立，佛是苦难不尽中的一种信心，抽去苦难佛便不在了”[①]，但“信心不指向现实的酬报，信心也不依据他人的证词，信心仅仅是自己的信心，是属于自己的面对苦难的心态和思路”[②]。写作之路就是发现与承认自己的不完满，并在心魂自由驰骋的时刻直面内心，艰难却执着地确认前进的方向和道路，不失信念地实践一条人生美路。

史铁生在超越人生困境的过程中与“宗教精神”相遇，他未曾皈依任何教派：“我信什么，仅仅是因为什么让我信，至于哪门哪派实在只是增加我的糊涂”[③]。但在他的写作中，又有着深刻的宗教尤其是基督教与佛教的印痕。在史铁生看来，信仰的目的就是解除心中的迷惑，以突破“全人类共通的理性局限，以及由之而来的终极性迷茫”[④]。人生中最根本的迷惑无非生与死。对于生，史铁生“从基督精神中受益”，对于死，他选择“相信佛说”。他说自己是白天信基督，夜晚则选择信佛法，因为“白天（以及生）充满了及他之事，故而强调爱。黑夜（以及死）则完全属于个人，所以更要强调智慧。白天把万事万物区分得清晰，黑夜却使一颗孤弱的心连接起浩瀚的寂静与神秘，连接起存在的无限与永恒”[⑤]。生的意义与死的后果都连接着一条不断超越、追求完美之路。白天，史铁生用“爱”的理想消解苦难，他曾经分析“人人皆可成佛”和“人与上帝有着永恒的距离”两种说法，认为这是两种不同的生命态度，前者重果，后者重行，前者“为超凡的酬报描述最终的希望”，后者“为神圣的拯救构筑永恒的路途”[⑥]。其实所谓“超凡的酬报”不过是急功近利的“教徒”歪曲了信仰的方向，但“永恒的距离”

① 史铁生：《我与地坛》，人民文学出版社 2011 年版，第 314 页。

② 同上。

③ 史铁生：《昼信基督夜信佛》，北京十月文艺出版社 2012 年版，第 66 页。

④ 同上书，第 4 页。

⑤ 同上书，第 8 页。

⑥ 史铁生：《我与地坛》，人民文学出版社 2011 年版，第 316 页。

的确可以坚定前行的信心，让人勇气百倍地度过白天。夜晚，史铁生卸掉武装，郑重其事地思考死的问题，“死，绝不等于消极，而是要根本地看看生命是怎么一回事，全面地看看生前与死后都是怎么一回事，以及换一个白天所不及的角度看看我们曾经信以为真或无误以为假的很多事都是怎么一回事”[①]，这个角度要求放弃那个虚空的“自我”，那些真与假、你死我活、无名烦恼不过是因为一个“我执”，摒弃“我执”，不是让心如死灰，而是为了更好地面对这个充满差别的世界，在了悟了人间苦难的绝对之后仍心系众生，佛的伟大，恰在于“有一人未度他便不能安枕的博爱胸怀”[②]。

“昼信基督夜信佛”，是史铁生在经历了生理的痛苦、精神的困顿，接受了苦难之无始无终后，为身体力行自己的“宗教精神”所寻找到的信仰基点。永存爱愿，断灭“我执”，人生的审美之路方有实现希望。

基督教爱的诫命是史铁生度过苦难充斥的白昼的护身符，夜晚，他用佛菩萨的教导郑重思考死的问题。史铁生也曾求死，但他很快发现死亡并不意味着结束。在 1986 年的小说《我之舞》中，破旧的院子、死去的老人，以及同样残疾的朋友营造出萧索的气氛，在这样的环境与生理状况之下，他借主人公之思试图厘清死的问题。在同年作品《毒药》中，养不出好鱼的养鱼人曾向死求解脱，于是从老大夫那里偷拿了两颗河豚毒制成的药。但是，当他得到毒药后，却渐渐对死亡的需求不再那么迫切。最终，这两颗药带给他活下去的勇气，也终于使他摆脱对死亡的渴望。死亡并不能解决任何事，如果死意味着一切不复存在，那么死也就没有了，而只有“有”才是绝对的。死亡既然不代表无，也就不代表结束，因此在普遍意义上，死后并不能获得解脱，死后也不会进入虚无。

值得注意的是，死在史铁生看来并不等同于怯弱，而更接近勇

---

① 史铁生：《昼信基督夜信佛》，北京十月文艺出版社 2012 年版，第 10—11 页。

② 史铁生：《我与地坛》，人民文学出版社 2011 年版，第 320 页。

气。在《务虚笔记》中，女教师O的自杀是作品中所有人物出场的序幕，并且O作为小说的灵魂人物贯穿始终。爱的梦想与死的困惑一直纠缠着F、Z、WR等人，而O的自杀，让她成为整部小说唯一得到拯救的人物，并且有了颇为悲壮的殉道色彩，而她在作品中确实是某种无视功利价值、追求绝对平等、摒弃世俗眼光的精神化身。

从很早开始，史铁生就进入对于生死问题的思考，并由此拓展到对“虚”“空”“有”“无”等概念的把握，这条线索的发展从必然中透露出偶然性因素，也展示着命运的不可把握性。

史铁生说自己夜晚信佛法，在心魂独处的夜晚，白昼之魅渐渐消散，面对逃不脱的存在困境，人的孤独、恐惧、无助之感越发明晰。这是静心面对“死”的时刻，在这样的时刻，史铁生得出结论：“死是一件不必急于求成的事，死是一个必然会降临的节日。”[①] 在史铁生从寻死到不急于求死的过程中，佛教的“空性”理念起到重要作用。佛法并不虚无，相反，它将“真”和“有”推向无限。佛法认为各种不理智、不正确的思维实际上是欲望的不能满足，希望通过对欲望的斩断来达到心的安定。史铁生不同意“脱离一己之苦可由灭断一己之欲来达成”[②]，他认为“空”里有大“势”，而“势”是一种想要成为“有”的趋势，也可以称为“欲望”。所以，“万法皆空”不如理解成万法归一，“欲望”只要不落在那虚幻的名望、实利、职权之上，就能成为人类不辞辛苦、艰难行愿的动力。

佛教讲断灭我执，“我执”是执着于有个真实存在的“我”，它会蒙蔽我们的双眼，使我们自以为看到了事物的真相。史铁生在写作中一直试图展示一个悖论——“我是我的印象的一部分，而我

① 史铁生：《我与地坛》，人民文学出版社2011年版，第2页。

② 史铁生：《病隙碎笔》，人民文学出版社2011年版，第93页。

的全部印象才是我”[①]。当代作家中少有兴趣探讨“我是谁”的问题，就像大多数人无暇顾及谁是上帝，而史铁生将“我”的问题推向极致。在许多作品中，史铁生分析了史铁生、我、“我”与生的关系，如《说死说活》里他罗列了几个公式：史铁生≠我，因此“要是史铁生死了，并不等于我死了”[②]；生=我，所以“死是生之消息的一种”[③]，而生“是‘我’之角度的确在”[④]；浪与水=我与“我”，许多个“我”死去，但是“我”并没有消失。在《我与史铁生》中，他说“我是我，史铁生是史铁生”[⑤]。或者如《所谓轮回，或永恒复返》中提到的，“记忆=心魂=我或者‘我’，DNA=肉身=种种姓名所标分的一具具心魂的载体。又所以，我≠史铁生；最多是，我≈史铁生”。[⑥] 在《我的丁一之旅》中，史铁生选择了几个不同的视角——“我”、史铁生、丁一。小说中的“我”，自称“永远的行魂”，代表了一种精神性存在，而丁一不过是“我”到过的生命之一。丁一在得了癌症之后想自杀，他与自己的灵魂有一场对话。丁一的灵魂告诉丁一，自杀并非解脱，也不能阻止“永远的行魂”，自杀无法消解痛苦，因为杀死的只能是身体而非灵魂，“我”永远在路上，“或不如说我从某丁之梦，醒进了某史之实。——所谓‘丁一’不过是一种可能；一种可能，于‘写作之夜’的实现。所谓‘丁一之旅’不过是一种话语；一种可能的话语在黑夜中徜徉吟唱，又在拘谨的白昼中惊醒”[⑦]。这也解释了本篇小说的题目，此处的“我”可以是丁一，也可以是史铁生，任何一个你、我、他都可以自称为“我”。

史铁生认为肉体、精神、灵魂三者截然不同。肉体并不直接构

① 史铁生：《务虚笔记》，人民文学出版社2011年版，第8页。

② 史铁生：《我与地坛》，人民文学出版社2011年版，第373页。

③ 同上。

④ 同上书，第374页。

⑤ 史铁生：《昼信基督夜信佛》，北京十月文艺出版社2012年版，第76页。

⑥ 同上书，第39—40页。

⑦ 史铁生：《我的丁一之旅》，人民文学出版社2011年版，第405页。

成“我”，肉身新陈代谢几十年早就不知道更换了多少回，所以史铁生的存在并不在于他所栖身的某个身体。并且，灵魂与精神也处在绝对不同的维度，史铁生分析这样一句话——“我看我这个人也并不怎么样”。“‘不怎么样’绝不是指身体不好，而‘我这个人’则明显就是精神而言”[①]，但是那个不满意“我的精神”的又是谁呢？答案只能是灵魂，灵魂高于肉身的“我”也高于精神的“我”。所以，“精神只是一种能力。而灵魂，是指这能力或有或没有的一种方向，一种辽阔无边的牵挂，一种并不限于一己的由衷的祈祷”[②]。进一步，那个观察灵魂的存在，只能是绝对真善美的“神”。

在“写作之夜”，史铁生不仅看透了死之不可能，还找到了度过被种种幻境遮蔽的白天的方法，他将爱的理想看作“宗教精神”的根本。对灵魂的解构、对存在的发问，让史铁生的精神探索之旅充满“爱”的救赎，他在人本立场上带着“爱”的信仰关注人类的生存，权力、主义、立场在“爱”的笼罩下烟消云散。在“爱”的实践中，史铁生走向上帝，突破了生理的局限，也超越了国族、信仰的藩篱。“叛徒”是史铁生一直思考的一个问题，他认为成为叛徒是一个极其偶然的事件，叛徒是英雄的对立面，又是成就英雄的牺牲品，立场是划分叛徒与英雄的标准。《务虚笔记》中“葵林故事”的女主角L，人们不管她有怎样的经历，她终于屈服，也就终于成了叛徒。与《务虚笔记》中的其他主人公一样，L和葵花林里的那个男人的故事代表着世间任何一个可能的有关于叛徒的事件，不论事业、信仰、缘故，这是一个被迫被带进秘密的人成为叛徒的故事。这个故事看起来没什么特别之处，因为它在此之前发生过千万次，在此之后还要继续发生。但史铁生看到的不是一个抽象模糊的背叛，而是某个具体的“人”走向“背叛”的过程。这里

① 史铁生：《病隙碎笔》，人民文学出版社2011年版，第101页。

② 同上书，第102页。

没有革命浪漫主义，任何浪漫的想象最终与代表正义的审讯、严刑拷打画上等号，“暴行千篇一律。罪恶的想象力在其极端，必定千篇一律”[①]，“历史不重过程，而重结果。结果是，她终于屈服，终于说出她（L）并不愿意说的秘密，说出了别人让她知道但不让她说的那些秘密。她原以为她会英勇不屈到底，她确实有过那么一段颇富诗情画意的暂短历史，但酷刑并不浪漫，无尽无休的生理折磨会把诗情画意消灭干净”[②]。被归类为叛徒后的被歧视感、孤独感、耻辱感是比严刑拷打更为残忍的折磨，这又是一个安提戈涅式的悲剧。成为叛徒与活着是生存的悖论，“如果她高尚她就必须去死，如果她活着她就不再高尚，如果她死了她就不能享受幸福，如果她没死她就只能受到惩罚——自从她被敌人抓去，这样的命运，在她，就已经注定了”[③]。耶稣将基督教从律法宗教改革为伦理宗教，希望用“爱”约束人的行为。史铁生在“罪人”问题上的看法有基督教教会法的影子，可以说，在爱的对象中，对“罪人”的爱是最难实现的。从现实角度来看，罪人受罚是天经地义的，但从人本立场出发，惩罚永远是历史的、阶段的、人为的、与神无关的，这种人定的惩罚由于远离了神性而不可避免地带有人的局限。

“爱”作为基督教伦理的核心，将人与神连接在一起，它不仅是神的价值使命，更是人的生存本质。史铁生的爱的内容包含两个层次，一个指向广泛的人类之爱，另一个特指爱情。如果残缺是人的原罪，那么爱情就是救赎之道。爱情与残疾是史铁生反复强调的两个生命密码，在其写作中，爱情与残疾曾相互背离，如《没有太阳的角落》中的克俭与铁子、《足球》中的山子与小刚就是因残疾被爱情抛弃。但后来，爱情进入了残疾。这首先表现在史铁生本人的生活中，夫人陈希米的相伴在极大程度上给他带来生活的信心与

① 史铁生：《务虚笔记》，人民文学出版社2011年版，第261页。

② 同上书，第262页。

③ 同上书，第324页。

希望。随后，爱情也进入史铁生的写作中。

史铁生的深刻之处在于，他在现实生活中抱着爱人之心艰难前行，但又不盲目寄希望于获得完美的可能，人生的困境即在于此。那么，在承认人生的根本困境后应当以怎样的心态才能保证乐观的活，史铁生的答案是“爱命运”——“尼采说‘要爱命运’。爱命运才是至爱的境界。”[①]“爱命运”是“爱上帝”，也是“爱众生”，如果说喜欢表明着欲占有，那么爱则意味着愿意付出，爱不一定喜欢，而是代表着一种希望。我们爱人是希望他们好，我们爱命运是怀有对完美人生的希望，并为了这希望而不断努力。在《放下与执着》中，史铁生说先哲有言，“愿意的，命运领着你走；不愿意的，命运拖着你走”[②]，他就是被“拖着走”的。在被拖着走了二十几年后他突然发现：“那二十一岁的遭遇以及其后三十几年的被拖，未必不是神恩——此一铁生并未经受多少选择之苦，便被放在了‘不得不放一放’的地位，真是何等幸运的事！”[③] 最终他得出结论：“尼采那一句‘爱命运’真是对人生态度之最英明的指引。”[④] 史铁生的写作是真正用自己的遭遇与痛苦作为支撑，因此在谈论抽象的哲学问题时，他从不给人以故弄玄虚、卖弄技巧之感。他记录自己的思维经验，对命运带给他的经历不作无谓的抗争也不作痛哭流涕的申诉，而是坦然接受宿命的安排，“放下占有的欲望”，却“执着于行走的努力”。放下抱怨，欣然接受，站在爱的高度，方能真正进入形而上的思考，以有局限的人类之身探索那无限的生存奥秘。不屈从、不怨恨，命定之路才能走得精彩纷呈、妙趣横生。《山顶上的传说》中的残疾小伙便是在经历了爱情与残疾的双重打击后，由恨走向了爱，最终明白摆脱人生困境的从来都是爱而不是恨，意识到只有不求回报的爱，才有不通向捆绑他人与捆绑自己的

① 史铁生：《扶轮问路 妄想电影》，人民文学出版社 2011 年版，第 9 页。

② 同上书，第 18 页。

③ 同上。

④ 同上。

地狱的可能。爱因此而具有神性色彩。

“爱命运”是一种比“爱人如己”更高的对于爱的要求，是史铁生关于爱的终极理想，是他在写作与生存中一直遵循的原则，也是他为文学寻找的那个不变的终极意义。无论这个意义是什么，“爱”一定是实现它的最好的也是唯一的途径。古往今来，多少艺术家在品尝了人生艰辛后，却创作出带给世人爱的理想的作品，能突破时间流变而沉淀下来，罕见对命运不公的抱怨与不可一世的炫耀。他们站在人类的立场上解剖苦难，传播爱愿，在趋向完美的道路上记录痛苦，也记录了人类不断冲破局限、追寻完美的勇气和努力。困境不可能彻底消灭，理想、英雄、爱情、勇气的对立面将一直存在，人们如果互相扶持、互相交流，如上帝爱人一般爱人如己，那么就可能拥有一种新的处世态度，进而迈向人生新境界。这一新境界由爱启发，用爱建筑，并通过爱来维护：“爱愿，并不只是物质的捐赠，重要的是心灵的相互沟通、了解，相互精神的支持、信任，一同探讨我们的问题。”①

基督教爱的理想是克服白昼局限，以积极的姿态认识到人之困境的必然，并且不畏艰难险阻、勇往直前的精神支撑与实践原则。如果以原罪之身降临在世的人们注定一生在苦难中挣扎，那么“爱”就是黑暗中的烛火，倘若人人都能点亮爱的火种，那么日头必定从地平线升起。所以史铁生说：“基督信仰并不是以弄清世界的真相为要点，而是要把一条困苦频仍的人生（真）路，转变成一条爱愿常存的人生（善）路；把一条无尽无休、颇具荒诞的人生（实）路，转变成热情浪漫，可歌可泣的人生（美）路。”②

① 史铁生：《我与地坛》，人民文学出版社2011年版，第387页。

② 史铁生：《扶轮问路 妄想电影》，人民文学出版社2011年版，第64页。

第三节　“宗教精神”的审美超越

刘小枫在《诗化哲学》中分析了早期德国浪漫派诗哲们关于“人生向诗转化”的思想，将其概括为“诗的本体论”，认为早期浪漫派的创作在诗中表现了作家对超验性自由的向往，在诗中彰显人类的灵性，为没有意义的世界创造意义，“于是，审美、诗，就成了设定这个世界的根据，或者说，审美的世界成为现实世界的样板。审美、诗被摆到最高的地方，具有一种统摄的作用”[①]。审美是世界从无意义到有意义的依据，而在这一过程中，人的作用被凸显。尼采说：“存在和世界只有作为审美现象才是永远合理的。”[②]如果现实是此岸的，那么审美就是彼岸的。人生不断向诗意化和审美化生成的过程，也就是人类靠近无限和绝对的过程。审美、诗与“宗教精神”有着天然的联系，它们都是从“具有超验精神的人的自我出发”[③]，在对现实世界的把握中走向精神的高地。信仰的发生无须也无法在物质世界中得到证明，但是这无法得到证明的精神一维却能经受住时间的洗涤与冲刷，对于蹒跚于苦难世界的人们来说是可以坚守的解脱良药。“宗教精神”的获得不仅使史铁生在精神上走出夜的迷障，摆脱死亡的纠缠，更实现了他对个体有限性的超越，进入无限的审美境界。史铁生认为，“成为美，进入了欣赏的维度，一切才有了价值和意义”[④]。而写作作为艺术门类的一种，“不是发生在空间和时间，而是发生在更高的一维”[⑤]，这一维是精

---

① 刘小枫：《诗化哲学——德国浪漫美学传统》，山东文艺出版社 1986 年版，第 35 页。

② 朱光潜：《悲剧心理学——各种悲剧快感理论的批判研究》，人民文学出版社 1983 年版，第 152 页。

③ 刘小枫：《诗化哲学——德国浪漫美学传统》，山东文艺出版社 1986 年版，第 36 页。

④ 史铁生：《我与地坛》，人民文学出版社 2011 年版，第 276 页。

⑤ 同上书，第 277 页。

神之维，宗教情怀保证了作家对生命的怜悯与同情、对终极意义的永恒发问与永恒追求，也使其作品从内容到形式都充满了丰富的美学意蕴。

在写作之夜，史铁生不仅与爱情坦诚相见，还构建了自己的以宗教超越为核心的美学理想，从人的困境之路走向审美之路。参透“生”的真谛后，原本令人窒息的黑夜、无法释怀的苦难、不可解开的心魔幻化成在不断克服困难中获得意义的“过程美学”。宗教精神对生命恒久价值的肯定让死成为无须强求也无须害怕的存在，死在史铁生笔下展现出罕见的宁静、诗意与壮美。如史铁生所述，“人类在绝境或迷途上，爱而悲，悲而爱，互相牵着手在眼见无路的地方为了活而舍死地朝前走，这便是佛及一切神灵的诞生，这便是宗教精神的引出，也便是艺术之根吧（所以艺术总是讲美，不总是讲理）”[①]。如果说，史铁生最开始选择写作是为了活着，为了活着找一点事做，那么后来对生命意义与存在价值的探索将他带向了精神的更高层次——美。在他看来，宗教与艺术总是难分难解的，“好的宗教必进入艺术境界，好的艺术必源于宗教精神”[②]。史铁生认为宗教与审美都是人类精神生活的高级层次，当人意识到自身局限后，突破存在的束缚，实现灵魂的超越，自然就会与宗教和美相遇。

首先，“宗教精神”与“审美”的出发点都是克服存在的有限性，进而认清虚无的深渊，为生命的完美不断努力。无论是宗教还是审美，二者都是对人的生存状态与生命价值的关切，它们都要突破生命的狭隘，为寻找无限存在和永恒意义而努力探索。对人生困境的反思与对自我超越的追求，实际上已经进入审美境界。史铁生在写作中几次提到西西弗斯，他千万年的劳顿正象征着人的存在困境，如尼采所说，西西弗斯正是“以自己的劳顿为一件艺术品，以

---

① 史铁生：《病隙碎笔》，人民文学出版社 2011 年版，第 295 页。

② 同上书，第 296 页。

劳顿的自己为一个艺术欣赏家，把这个无穷的过程全盘接受下来再把它点化成艺术，其身影如日神一般地作美的形式，其心魂如酒神一般地常常醉出躯壳，在一旁作着美的欣赏”①。在西西弗斯这里，人生境界与审美境界实现了融会贯通。

其次，“宗教精神”同“审美”一样，它们的价值尺度都是神性的，都要求用爱与勇气、同情与善良、正义与良心来度量存在的价值，都在为人的终极关怀，为将人从原罪中拯救出来而不断努力。如刘小枫所说：“当人人感到处身于其中的世界与自己离异时，有两条道路可能让人在肯定价值真实的前提下重新聚合分离了的世界。一条是审美之路，它将有限的生命领入一个在沉醉中歌唱的世界……另一条是救赎之路，这条道路的终极是：人、历史和世界的欠然在一个超上帝的神性怀抱中得到爱的救护”②。审美在明知世界的谎言与虚无时，仍用爱的胸怀去实现生命的价值、度量生命的深度，甚至可以断定，伟大的艺术品都散发着神性的光芒。史铁生说，“当人把一切坦途和困境、乐观和悲观，变作艺术，来观照、来感受、来沉思，人便在审美意义中获得了精神的超越，他不再计较坦途还是困境、乐观还是悲观，他谛听着人的脚步和心声，他只关心这一切美还是不美”③。宗教精神使人在这个充斥苦难的世界永葆活着的热情与信心，以有限的努力创造无限的可能，而艺术将这种勇气与探索塑造成可以欣赏、给人以希望的作品，为现实人生灌注了审美内涵。

最后，写作将“宗教精神”与“美”结合。史铁生说“宗教精神”是“美的层面的。这样它就能使人在知道自己生存的困境与局限之后，依然不言弃这个存在，依然不失信心和热情、敬畏与骄

---

① 史铁生：《病隙碎笔》，人民文学出版社 2011 年版，第 296 页。

② 刘小枫：《拯救与逍遥》，上海三联书店 2001 年版，第 78 页。

③ 史铁生：《病隙碎笔》，人民文学出版社 2011 年版，第 209 页。

傲”[①]。他也正是用自己的创作实践着一种审美行为，对宇宙、存在、神性、生死的认识，最终落实到写作中来，“我们活着，本不需要诗。我们活着，忽然觉悟到活出了问题，所以才有了‘诗性地栖居’那样一句名言”[②]。在写作之夜，史铁生记录下自己的所思、所惑、所感、所知，将“宗教精神”注入文学创作，使写作成为沟通“宗教精神”与美的桥梁。他自觉地对人类的一系列终极问题进行着坚持不懈的思索，在与“宗教精神”的对话中，他收获的不仅是生存的意义，更是如何让生存有意义——用美装点生命，用美贯穿生命，用美浇筑生命，这是一种既尊重命运又不屈于命运，既承认人之有限性又不放弃人的创造力的行为模式。在史铁生这里，总是可以看到命运的不可知、人生困境的无处不在，看到人时时刻刻处在被撕扯的环境中，在生存的悖论中挣扎沉浮，看到他们明知目的地的虚无而努力活出一个样子。在荒诞中，有人的懦弱也有人的强大，在怀疑中走向信仰，又在怀疑中坚定信仰，于是写作行为在这里发生。史铁生的“写作”和“宗教精神”从根本上都出于对人的生存的关注，这正是审美与宗教的沟通点，“文学的根，也当是人类与生俱来的困境”，“只有在模糊不清的忧郁和不幸之中，艺术才显示其不屈的美”[③]。

按照佛教关于正见的解释，任何事物都不是按照人们所标示的样子存在的。“自我”的无明特性，让人误认为自己看到事物的实相，但其实人们所看到的一切都经过了情绪、见识、习惯、二元对立等“自我”意识的过滤与遮蔽，只能看到自己的见解。人们既看不到事物的全部，也无法真正掌握事物的本性。不仅如此，人们还总是自以为掌握了事物的特性，却不知道，这种认知只是仅对“自己”而言的。这一方面说明世间万物皆为幻象，无须过分执着；另

① 张专、史铁生：《一个作家的生命体验——史铁生访谈录》，《现代传播》1994 年第 3 期。

② 史铁生：《我与地坛》，人民文学出版社 2011 年版，第 381 页。

③ 史铁生：《病隙碎笔》，人民文学出版社 2011 年版，第 162 页。

一方面也可以理解为事物虽然不具有某种特质，但也不是不具有某种特质，事物有成为任何东西的可能，我们对事物的认识取决于我们自己的看法。史铁生说美是主观的，“它是不同主体的不同赋予，是不同感悟的不同要求”[①]，所以他才能把西西弗斯的患难之路看作一条通向救赎的人生美路。

史铁生区分了“漂亮”与“美”，就像喜欢与爱一样，漂亮是生理感官的愉悦与和谐，而美则“牵涉着对生命意义的感悟”[②]。所以，“美是主观的，是人敬畏于宇宙的无穷又看到自己不屈的创造和升华时的骄傲与自赏”[③]。美总是牵涉人们对存在价值的主观感受，尽管人是带着原罪之身来到这个苦难充斥的世界，但是人类的前途却不乏光明。“宗教精神”看重人的灵魂价值，相信在上帝许诺的天堂到来之前，人类可以凭借血肉之躯开拓一条无畏无惧的不断靠近彼岸的道路。因此，文学无须对人类命运感到悲观，而是在对存在状态的体察中充满爱的救赎与美的理想。

美不代表无苦无忧，相反，美总是在对苦难的质询中得到确认。但对苦难的不同心态却将人带往不同的旅途。在《务虚笔记》中，女教师O、葵林里的女人、医生F走向信仰和爱愿，而画家Z、政客WR则走向虚荣、孤独与怨恨。比如医生F，在人生岔路放弃了爱情，这让他几乎一生在沉默中度日，但在那本*love story*出现后，F医生心底尘封已久的爱被唤醒，最终他出现在女导演N的那部关于寻找爱的电影中。又比如WR，年轻时因父亲身份问题而被取消大学资格，但他后来在权力的追逐中却放弃了梦想与希望。而画家Z是由于九岁时的心理创伤造成深深的自卑，以至于日后不敢向外国人承认自己形象邋遢的母亲，说那是家里的女仆。人存在于世本身就是一个偶然事件，人类要面对生活中种种不可预知的苦

① 史铁生：《病隙碎笔》，人民文学出版社2011年版，第184页。

② 同上。

③ 同上。

难，而这些苦难又是人的根本困境。史铁生从自己的遭遇出发，看到美是生命的终极价值，他在现实的铜墙铁壁之中开辟了一处自由时空，“说生命的终极价值和意义是美，仿佛有点无可奈何。我们可以把社会的价值和意义发现得很清晰，很具体，很实在或很实用，可生命呢？如果一切清晰、具体、实在和实用的东西都必然要毁灭，生命的意义难道还可以系之于此吗？如果毁灭一向都在潜伏着一向都在瞄准着生命，那么，生命原本就是无用的热情，就是无目的的过程，就是无法求其真只可求其美的游戏”①。

将人生之旅看作一场审美游戏，看似荒诞，实则肯定了人的精神价值。在生理的痛苦与思维的局限之外，人的精神超越人的肉体，无限接近理想中的终极，死去的只能是身体，而心识却有不断延续的可能，“就好比是说：史铁生嘛，不过一具偶然所乘之器物，而游心一事非我莫属。所以又要谈到‘超越自我’，‘超越自我’就是说你完全可以弃车而游！无论是车子报废了，还是存心弃之于路边，你都可以继续你的心游”②。只要精神不死，灵魂不灭，美必将弥漫，因此处处皆有美，就如同“人人皆可成佛”。

史铁生早期的作品如《我的遥远的清平湾》等，大多采用现实主义手法，展现出一种比较乐观、明快的情绪，但很快他就转变了写作方向，从对生命的苦难的书写到对精神困境的描摹，一步步远离了传统的、写实的创作思路。他曾在一次采访中解释道：“某种东西确实没有延续下去，因为我觉得那时候还有一种比较虚假的乐观主义。我并不认为悲观是一个贬义词，在比较深层的意义上。但如果以自己的悲哀为坐标的悲观主义是不好的，以自己的某种温馨为出发点的乐观主义也是虚假的、浅薄的。真正的乐观和悲观都是在一个更深的层面，它是人的处境的根本状态，从这个意义上讲，

---

① 史铁生:《我与地坛》，人民文学出版社 2011 年版，第 277 页。

② 史铁生:《昼信基督夜信佛》，北京十月文艺出版社 2012 年版，第 73 页。

悲观和乐观没有高低优劣之分。”[①]

史铁生认为悲剧是与灵魂有关的，是关于生命本身的悲哀。他说中国人所感受到的永远都是有惨剧，而没有悲剧，真正的诗人的天才都是出于绝望的。在对存在的发问中，诗人开始写作：“他（诗人）只有永远看到更深的困苦，他才总能比别人创造得更为精彩；他来不及想当大师，恶浪一直在他脑际咆哮，他才最终求助于审美的力量，在艺术中实现人生。”[②] 史铁生不仅将人类的悲剧审美化，而且将生命过程赋予意义，在悲壮美中体现了自我拯救的“宗教精神”。在《好运设计》中，在各种完美的设计都宣告失败后，希望却并未落空，因为在创造过程的时候，生命的意义已然彰显，在欣赏这过程的精彩和无畏的时刻，生命的价值得到确认，也即“从不屈获得骄傲，从苦难提取幸福，从虚无中创造意义”[③]。

值得注意的是，在史铁生的笔下，死亡叙述有时也具有审美性。他笔下的主人公从最初的由于苦难的困境而选择死亡，最终走向对死亡的超越。在《我与地坛》中，绝望的母亲、老年夫妻、长跑者、漂亮的弱智小姑娘，在这座废弃的古园里，苦难是如此真切，又是如此必不可少，倘若一切差别都消失，“怕是人间的剧目就全要收场了，一个失去差别的世界将是一潭死水，是一块没有感觉没有肥力的沙漠”[④]，于是死亡在这里达到前所未有的哲学与现实的和谐，死亡从个体的消失拓展到了宇宙、人生层面。从想去死到不怕死，显示着史铁生灵魂向度的飞升。而《一个谜语的几种简单猜法》中的女医生之死、《务虚笔记》中雄鹿之死与女教师O的自杀也都成为生命的礼赞，展现出苍凉神圣而又淡然的美学意蕴。

从苦难中发现美，将悲剧变成美之一种，是史铁生在漫长的写

---

① 张专、史铁生：《一个作家的生命体验——史铁生访谈录》，《现代传播》1994年第3期。

② 史铁生：《病隙碎笔》，人民文学出版社2011年版，第176—177页。

③ 史铁生：《我与地坛》，人民文学出版社2011年版，第171页。

④ 同上书，第13页。

作之夜经过重重精神磨难而获得的关于存在、关于如何更好地活的灵魂救赎密码。在地坛，他说自己思考了三个问题："要不要死""为什么活""我干吗要写作"。最终史铁生得出结论，既然死是人类必然的结局，那何不试试活着的感受，写作就是为了活着，要想活得更好一点，"宗教精神"便降临了。在与宗教的邂逅中，人性展现出不屈而又神秘的光辉，"面对悲剧的背景，必死的归宿，如果从此就灰溜溜地不思振作，除了抱怨和哀叹再无其他作为，这样的人真是惨透了。有悟性的人会想：既然只能走在这条路上，为什么不在这条路上纵情歌舞一番呢？于是一路上他不羁不绊，挥洒自如，把上帝赐予他的高山和深渊都笑着接过来玩了一回，玩得兴致盎然且回味无穷，那他就算活出来了"[①]。在苦难丛生的人生旅途一路高歌，史铁生从生命过程中实现了美学层面的永恒。

美，同"宗教精神"一样，说到底是人对世界的一种态度，是精神自我完善的过程，它不是终点，而始终在路上。信仰不是求福乐，天堂也好，西方极乐世界也罢，人们永远可以无限接近它，但又和它保持着永恒的距离。史铁生肯定基督教用爱指引救赎之道、应对生之苦难，但他也对基督教对死的回避提出质疑，"基督信仰的弱项，在于黑夜的匮乏。……无论多么成功的生，最终都要撞见死，何以应对呢？莫非人类一切美好情怀、伟大创造、和谐社会以及一切辉煌的文明，都要在死亡面前沦为一场荒诞不成？这是最大的也是最终的问题"[②]。其实解决的方法史铁生已经提出来，那就是不要把死亡当作终点，而是把通向它的路途作为意义。天堂无法到达，但去往天堂的道路却永远通畅。

死亡因为心魂的延续而不再是虚无的，目的地的不可把握并不意味着过程变成幻影，人类在对逃不脱的命运的抗争中披上灵性的

---

① 张专、史铁生：《一个作家的生命体验——史铁生访谈录》，《现代传播》1994 年第 3 期。

② 史铁生：《昼信基督夜信佛》，北京十月文艺出版社 2012 年版，第 9—10 页。

光辉。所以，史铁生相信信仰的真谛在追求信仰的过程中，“佛的本义是觉悟，是一个动词，是行为，而不是绝顶的一处宝座。这样，‘人人皆可成佛’就可以理解了，‘成’不再是一个终点，理想中那个完美的状态与人有着永恒的距离，人即可朝向神圣无止地开步了”[①]，而天堂同佛教的乐土一样，也并非一处确定的终点。史铁生所理解的“宗教精神”永远都不是僵死的，他将“宗教精神”置于一个永恒的、不断趋近终点而又与终点始终保持距离的过程中。《病隙碎笔》记录了史铁生患病以来对人生、存在、宗教、哲学的思考，在与疾病纠缠的日子，他发现皈依永远在路上，这种永远在路上的宗教才是好的宗教，也就是史铁生所说的“宗教精神”。

既然人与传说中福乐的终点有着永恒的距离，那么历经艰苦悲剧前行的意义又在哪里？史铁生说，“过程就是目的”，《命若琴弦》是“过程即意义”的集中体现。70 岁的老瞎子 50 年来虔诚地弹琴只为能睁眼看一次世界，他尽心尽力地弹断了 1000 根琴弦，最终却发现精心保存的药方不过是一张无字的白纸。回望这几十年的艰难困苦，他顿悟“以往那些奔奔忙忙兴致勃勃的翻山、赶路、弹琴，乃至心焦、忧虑都是多么欢乐！那时有个东西把心弦扯紧，虽然那东西原是虚设”[②]。目的本来没有，过程就是全部，1000 根琴弦不够，于是他告诉 17 岁的小瞎子要弹断 1200 根琴弦。从老瞎子的师傅到老瞎子，再到小瞎子，仿佛生命的轮回。既然目的不可能实现，那么为何又要设一个满是希望的局？因为苦难无处不在，寻死无益于解脱，消极将消解意义，唯有带着希望前行才能发现生命的美丽。上帝为终点设了一个死局，人类却可以选择到达终点的不同方式，目的地在哪里，只有依靠自己丈量。在小说的结尾，一切又回到了最初，“苍苍茫茫的群山之中走着两个瞎子，一老一少，一前一后，两顶发了黑的草帽起伏攒动，匆匆忙忙，像是随着一条

---

① 史铁生：《我与地坛》，人民文学出版社 2011 年版，第 316—317 页。

② 史铁生：《命若琴弦》，人民文学出版社 2011 年版，第 245 页。

不安静的河水在漂流。无所谓从哪儿来、到哪儿去，也无所谓谁是谁”[①]。正是在人类无限接近完美却永无终点的道路上，神性显现出来。

王安忆说史铁生“并不提供给人们神话，只提供真实”[②]，他的全部玄思都是有着血肉体悟做根基，而又早早突破了生理的局限，他的心智与感官在理性与非理性的冲撞中发现一条无限真实的救赎之路。因此，史铁生的写作从来不是建造空中楼阁，他从解脱自己出发，最终却影响了围绕他身边的许多人。史铁生将自己逐美的努力实践在日常生活中，他不仅摆脱了最初患病时消极、厌世的情绪，而且广泛交友，积极参与社会活动，笔耕不辍创作了发人深思的文学作品，去世后又捐献脊椎、肝脏、遗体用于救助他人与医学研究。史铁生认为生命过程并不在时间长短，他非贪生，亦不怕死，只是想在有限的生命长度洞悉更多的生命意义。

瘫痪的双腿把史铁生限制在一把轮椅之上，但是朋友们抬着他的轮椅走遍了世界。在《扶轮问路》中，史铁生回忆了那些坐在轮椅上游世界的日子。除了游历国内外的大好山河，在雍和宫 26 号的家中，他还与来自各界的朋友不定期举行沙龙式的聚会。正如友人所说，“与其说铁生需要友情滋润，莫如说他的很多朋友和我一样，需要铁生的精神照耀”[③]。王安忆与周国平也是史铁生家中的客人，他们不约而同地在回忆文章中提到去史铁生家里对他们来说是件大事，以至于每次去之前都要做好各种准备，珍惜每一次去的机会。几乎所有史铁生身边的人在回忆与他的交往时，都感谢史铁生的谈话带给自己的精神慰藉。这个坐在轮椅上丈量灵魂深度的思考者，显然比许多健全人走得更远，也想得更深。

信仰的皈依在过程，人生的价值在过程。在史铁生看来，历史

---

① 史铁生：《命若琴弦》，人民文学出版社 2011 年版，第 247 页。

② “写作之夜”丛书编委会：《生命：民间记忆史铁生》，中国对外翻译出版公司 2012 年版，第 303 页。

③ 同上书，第 362 页。

的意义也在过程。倘若时间流转，人类只是向着那虚无的终点前赴后继，而看不到希望与美，努力永远都是泡影，未来永远朦胧，总有一天，人类会厌倦这个死局，进而厌倦这无始、无终、无止、无休的轮回。在《人间智慧必在某处汇合》中，史铁生分析了尼采“永恒回归”的概念，说尼采的“永恒回归”的证明，也许可作这样理解：“生命的前赴后继是无穷无尽的，但生命的内容，或生命中的时间，无论怎样繁杂多变也是有限的；有限对峙于无限，致使回归（复返、再现）必定发生。”[①] 因此，生命的路途也许重复，但是个体并非必然复返，在艰难的跋涉中，心魂超越生理性存在，因其对苦难的探索而变得不同，变得有意义。在重复的剧目中，不同的人却能赋予其不同的内涵，“太阳底下无新事”，想象力让心魂自由驰骋，突破阻碍、挣脱束缚，永葆生命的激情与活力。在前世今生的纠缠中，世世代代的变迁延续才有了意义，历史的价值随即浮出水面——“历史的意义又是什么呢？进步、繁荣、公正？那只能是阶段性的安慰，其后，同样的问题并不稍有减轻。只有追求完美，才可能有一条永无止境又永富激情的路。或者说，一条无始无终的路，惟以审美标准来评价，才不至陷于荒诞。”[②]

在人类以有限对抗无限的过程中，人性与神性的伟大同时显现。在这条朝圣之路上，人类必将获得精神愉悦，在趋近永恒的道路上，人的精神不断实现着自我完善，实际上也就实践着一个审美过程。这个过程一定不是一帆风顺的，但倘若人真的能够用审美方式体验生命，那么在享受快慰的同时也能享受哀伤，也就能够看见美。在生命艰难的跋涉中，即使是悲剧的过程也可以变成美。不仅生的过程富有美的内涵，死亡也同样可以成为精彩的过程，“死神也无法将一个精彩的过程变成不精彩的过程，因为坏运也无法阻挡你去创造一个精彩的过程，相反你可以把死亡也变成一个精彩的过

① 史铁生：《扶轮问路 妄想电影》，人民文学出版社 2011 年版，第 38 页。

② 史铁生：《昼信基督夜信佛》，北京十月文艺出版社 2012 年版，第 9 页。

程，相反坏运更利于你去创造精彩的过程”[①]。说到底，过程就是人的心路历程，就是人的精神。“生的意义”与“死的后果”，纠缠史铁生整个写作生涯的两个问题，最终被他与“美”牢牢结合在一起。

史铁生将人类的精神与身体看作相互依存又截然不同的两维，肉体的抗争固然重要，但精神可以超越肉体，并且在精神这一维安放了“宗教精神”。他的“宗教精神”更贴近现实人生，他不相信任何的许诺，只是用写作建筑起自己的王国。这里没有天堂也没有西方乐土，到处充斥着苦难、罪恶，但也不乏信心、理想和希望。史铁生的“宗教精神”从不向往消解人生困境，但在对“生的意义”与“死的后果”的追问中，他用“美”装点了救赎之路。这条道路现在不是，将来也不会无苦无忧，不过美将常驻于此，精神将永远欢愉。这就是“史铁生式的写作”——“以自己的才华，智慧地创造出既弘扬普世价值又不易被非普世价值的权势阻扼的、独特的、非他莫属而不可复制的文学，成就了他的辉煌。”[②]

为了在“人生之夜”给活着找一个理由，史铁生开启了自己的“写作之夜”，那些关乎灵魂、关乎存在、关乎生存与死亡的事情让他最终与“宗教精神”相遇。与“宗教精神”的邂逅让史铁生的灵魂得到了暂时安置，也得到了长久安慰，但他并未就此停止过追问的脚步，而是看到了比“宗教精神”更高一维的“美”。于是，史铁生的写作不仅达到了当代中国文学创作罕见的精神高度，而且进一步完善了自己的文艺美学思想——美在主观、美在过程、美在悲剧。他摒弃了通俗的、娱乐的、简单粗暴的文学创作观念，远离了狂欢的、拥有大批拥簇的、廉价乐观的当代作家生存模式，孤独地面对着他用整个生命回答的“纯文学”应当面临的问题——人本

① 史铁生：《病隙碎笔》，人民文学出版社2011年版，第170页。

② “写作之夜”丛书编委会：《生命：民间记忆史铁生》，中国对外翻译出版公司2012年版，第300页。

的困境、死亡的默想、对生命的沉思、人的欲望和人实现欲望的能力之间的永恒差距、人的挣扎奋斗意义何在等，探索出一条属于全人类的路。[1]

①　参见史铁生《病隙碎笔》，人民文学出版社2011年版，第178页。

第三章

宗教景观：以赵德发为中心

“农民三部曲”之后，赵德发开启了宗教题材的小说创作，全方位地展现出佛、道两教的名物、仪式、教义等元素。他说，儒释道文化是中国文化的要义，是中国文化的根，所以要让“写作回到根上”[①]。“宗教姊妹篇”讲的是中国传统文化，而“农民三部曲”中的《君子梦》实际上又是儒家文化的深度书写。除了儒释道三教文化，赵德发小说中还多次浓墨重彩地描写到基督教状况。其多方位的宗教书写，为当代中国文学贡献了别样的宗教景观。

第一节　宗教书写的新视野

赵德发宗教题材创作的特色在于用长篇小说的艺术形式有深度、有广度地书写了佛、道两教，从而创造了当代中国宗教题材小说写作的新高度。赵德发不是为了写宗教而写宗教，因此书写的对象尽管是宗教，但社会百态、芸芸众生都成为其宗教书写的重要内容。因此，可以说，赵德发一方面从宗教的角度诠释了世界，另一方面又从世界的角度反观了宗教。为了写好宗教小说，赵德发翻山越岭拜访大大小小的寺庙、道观，与和尚、道士同吃同住，并且阅

① 赵德发、王晓梦：《世心与史心的守望——赵德发访谈录》，《百家评论》2013年第5期。

读了大量典籍，因此小说中的细节真实可信。他用最简单、质朴的文字讲述了佛、道两教形形色色的寺庙、道观、雕塑、图画、祭神用具等，以及世代相传的仪式和制度习俗，并在故事中巧妙地描述了教规、教义、戒律、法典、制度，而且在刻画当代宗教人士的经典群像的同时也穿插着宗教历史趣闻，表现了长久以来被认为神秘莫测、别有洞天的宗教世界。

赵德发宗教题材小说的显著特色，首先表现在成功刻画了栩栩如生、令人难忘的宗教人物群像。第一种是宗教高士形象，以《双手合十》中的慧昱法师和《乾道坤道》中的石高静道长为代表。他们往往历经磨难，最终在求佛悟道之路上有所成就，成为真正令人仰慕的一代高士。

《双手合十》中的慧昱法师出身农村，年轻时在种种不期而遇的打击下万念俱灰，对人生没有了任何期望，从此遁入空门，潜心修行。他严于律己，不杀生、不饮酒、不近女色、坚韧慈悲。无论对师父休宁，还是对于母亲以及广大民众，他都表现出大慈大悲的情怀。在追求佛法的大道上，尽管也会受到外界的干扰，受到七情六欲的驱使，受到"狮虫"富二代花花公子觉通的欺侮，受到自私自利的雨灵和尚的排挤，但是他能在最危险、最容易沉沦的时候幡然醒悟，然后斩断欲魔。他是一个与时俱进的高僧：一方面有着佛学院的求学经历，另一方面还曾到海外探讨佛法。他有着自己的深入思考，不盲从师父。他认为佛法并非虚无缥缈不可言说的存在，不能"抱定话头枯坐"[①]，而是实实在在、俯仰即是的境界。他在身体力行着用出世的情怀做入世的事业，终于悟出真谛，那就是回归平常方是禅，最终真正地成为德高望重、修成正果的佛教高僧。

相应的，《乾道坤道》中也塑造了一个有血有肉、高风亮节、忍辱负重、空明澄净的乾道高士形象。石高静道长患有家族遗传心

① 赵德发：《双手合十》，江苏文艺出版社2008年版，第304页。

脏病，这使他的父辈都难逃50岁的大劫，构成了他一生的隐痛。为了躲避这场劫难，他一面从事着基因科学的研究，另一面又研习博大精深的道法，并在美国建立道院，和众海外弟子一同修行。然而，师兄的猝然长逝使得他不得不担负起振兴南宗的艰巨使命。他放弃美国优越的生活环境和如火如荼的道教事业，回到国内简陋不堪的道观修行。同门师兄弟卢高极夺走他的住持之位，坤道沈嗣洁又盗走南宗祖传典籍《悟真篇》。无奈之下，他选择在深山老林闭关修炼，风餐露宿、历尽劫难、无怨无悔，最终在成为“九指道人”之后的机缘成熟之时重建道教古观逸仙宫。他所信赖的“我命在我不在天”[①] 也得以印证，并度过一生的最大噩梦——50岁的魔鬼关卡。经过无数的金钱、权势以及情欲的重重考验，灵魂得到洗涤，人性得到磨砺，石高静修炼成为秉有仙风道骨、返璞归真气质的高士。

第二种形象是未能成为真正意义上的高士。他们在追求宗教终极意义的道途中不懈追求、苦心孤诣、无比虔诚却终未能真正领会宗教本质要义。代表人物是《双手合十》中的休宁法师和《乾道坤道》中的应高虚道长。

在《双手合十》中，作为慧昱法师一生最重要的精神导师和求佛之路的引路人，休宁法师和慧昱法师尽管师徒情谊深厚，但是两人之间存在着严重的分歧，那就是度人还是度己。休宁法师信奉小乘佛教，断绝了和两个女儿的联系，忘却了亲情，斩断了情欲，不问世事，独善其身，唯求自了。早年出家，后被迫还俗，十年以后终于再次回归佛门。他一生都是在青灯黄卷中度过的，皓首穷经。甚至到了日薄西山垂垂老矣的时候，他也跋山涉水远赴五台山去顶礼膜拜。可以说，休宁法师追求佛法之虔诚毫不亚于慧昱法师，但无论是到深山老林去闭关修炼，还是到五台山去顶礼膜拜，都没有使他真正地领会到禅宗的奥妙、佛法的真谛。这种对于佛法的追寻

---

① 赵德发：《乾道坤道》，长江文艺出版社2012年版，第258页。

的方式过于理想主义，脱离了佛法普度众生的真正意义，因此至死也未能实现夙愿。《乾道坤道》中的应高虚道长和休宁法师在某种程度上类似，尽管她并不是只求度己。她心地善良，收养小暖，遭到猜疑，却并没有改变初衷，而是清心寡欲，过着最朴素的生活。作为"末法时代"[①]的简廖观的掌门人、南宗传人，她的道观不但极其简陋，而且只有四五个人，十分寂寥。半路出家的她不但没有振兴南宗，而且竟然在美国迈阿密演示屏气凝神即可让心率消失的功夫失败以后一直不能释怀，最终"坐脱立亡"。显然，她并没有振兴南宗的才华和魄力，甚至没有泰然面对生命中的荣辱悲欢的定力。无疑，休宁法师和应高虚道长都是令人敬佩却又让人悲叹唏嘘的人物形象。

第三种是沉沦的宗教徒形象。这类形象在赵德发的宗教题材小说中随处可见，比如《双手合十》中的荒淫无度的觉通和名利之徒雨灵以及《乾道坤道》中的贪婪成性的卢高极。

在《双手合十》中，富家子弟觉通在父亲的主张下求学佛学院，只为通过宗教的方式结交权贵。他在佛学院不学无术，贪图享乐，扰乱佛学院的清静之地。毕业之后又在富豪父亲的帮助下把持了飞云寺，成为住持，是佛教"狮虫"的代表，最终死于非命；来自台湾的僧人雨灵依仗手握贝叶经，而且资格老、年纪大，无所不用其极地打击、排挤慧昱法师。他已经完全泯灭了佛家弟子慈悲为怀、普度众生的精神；明心更把法事变成了牟利的重要手段，大肆敛财。《乾道坤道》中的卢高极同样是欲望的化身，他依附权贵毫无廉耻，又在清静之地大搞美女法事活动，还对单纯无邪的女弟子阿暖怀有不轨之心。道士在他这里并不是一种身份，倒像是一种职业。这类形象源于滚滚红尘对宗教净土的强烈冲击，是宗教世界面临的严重内部危机，是宗教发展式微的形象化表现。

第四种是平凡的宗教徒形象。比如为接近所爱而遁入佛门的情

① 赵德发：《双手合十》，江苏文艺出版社 2008 年版，第 326 页。

深女子孟悔，她在佛门几经挣扎，终于成为真正的佛教徒；再如自小无父无母的阿暖一直跟在师父身边，没有任何选择，做一个坤道在她看来是理所应当的事。她就像一个来自穷乡僻壤的孩子进入了繁华大都市之后，被城市的种种所诱惑，深陷苦闷之中。好在她有着较为深厚的道学修养，因此不致沉沦；柳秀婷皈依佛教，成为在家弟子，就是为了保佑丈夫生意兴隆、全家健康。

此外，赵德发还刻画了一出场就超然世外、看破红尘、不以物喜不以己悲的宗教人物形象，如《双手合十》中永远都在沉睡、不知今夕是何夕的老睡仙，《乾道坤道》中神机妙算、料事如神的江道长。至于其他极其普通的宗教人物形象，因为不同的原因来到清静之地，也在磨难中不断得到境界的升华。

除了人物塑造，赵德发还就佛道的发展历程进行文化的描述。《双手合十》中的“文化大革命”时期，寺庙被视为“四旧”，作为文化糟粕，遭到毁灭性的打击。许多和尚因此还俗，甚至于被组织强行分配妻子。僧人休宁就是在这种情况下“被结婚”，成为一生难以言说的痛。而通篇呈现的秦老诌的人物设定及其讲述，则加深了对于佛教灿烂文化和光辉历史的了解，使小说增添几许神秘、苍茫、遥远的文化语境色彩。作为一种正史的补充，秦老诌讲述的民间故事和传说与正史相得益彰，更加立体、多元地展现了佛教深厚、悠远的文化传统。《乾道坤道》中不仅简述了道家南宗近几十年的变迁，更通过道家典籍《悟真篇》和南宗圣物木簪的传承道出南宗的历史发展，体现出道教文化的神圣、与众不同和源远流长。

宗教的当代际遇也是作品探讨的重要方面。在《双手合十》中，秦老诌所津津乐道的佛教故事展现了佛教在历史上的无限辉煌，但是佛教在当代的发展却与之形成了鲜明的对比。寺院建设简陋，数量少，僧人少，发展捉襟见肘。而在《乾道坤道》一开始，作者就向我们描述了道教在海外的蓬勃发展。美国人把道教看作一种神奇的文化，但在国内，道教的发展令人尴尬。南宗传人应高虚道长所在的道观只有四五个人，内设简陋，冷冷清清，毫无生气，甚至于“有时候连锅都揭不开”[①]。由于中国特色的国情，佛、道两教的发展受到干预，难以实现自主。慧昱法师尽管是德才兼备、众望所归的住持人选，但是由于觉通的父亲、后来皈依佛教的财富大亨郗化章重建飞云寺，住持之位便不再按照惯例选举，而是管理局直接任命，落到荒淫无度、不学无术的觉通身上，弄得飞云寺乌烟瘴气，不再清静。同样的，《乾道坤道》中宗教局康局长也干预道教住持的选举。宗教生态的发展举步维艰，常常为了重建寺庙或者道观而捉襟见肘，以至于不得不向商人低头。佛门清静之地被云舒曼开发成旅游景点，其目的不是宣扬佛法，而是带动经济效益，商业化的运作模式扰乱了佛门的清静。卢高极招来青春美女扮作坤道表演节目，借做法事敛财，道观乌烟瘴气，欲望盛行。当代宗教最大的敌人还是滚滚红尘的无穷欲望，无论是佛门清静之地还是玄门修行之所，问题的根源都在于社会的庸俗之风，更在于人类欲望的无限膨胀。

性欲表现也是赵德发着力书写的方面，其目的不是夺人眼球，不是低俗下流，而是旨在社会批判，直抵人性深处。在《双手合十》中，觉通身为佛门中人竟然常常在网上视频裸聊；方建勋借腹生子，脚踏两只船，又给贵宾提供性招待。《乾道坤道》中，燕红怀孕之后，当事人郇民经理却翻脸不认账；周市长道貌岸然，带着情妇去找情妇，谎称认作干女儿，伪君子形象昭然若揭；卢高极身为玄门中人，却多次勾引天真无邪的坤道阿暖；逸仙宫酒店一派淫乱景象，到处悬挂着春宫图；大街上醒目张贴着修复处女膜的广告……各种拜金主义的思想侵袭着（本来圣洁的）宗教。

赵德发的宗教题材书写还展现了作者的形而上学思考。他在小说中将宗教哲思融入故事情节中，无论是对生命意义的探寻，还是对天人思想的阐述，以及对宗教和科学之间关系的探讨都充满新意。这是一次以长篇小说的艺术形式直接将焦点对准宗教世界的现

---

① 赵德发：《乾道坤道》，长江文艺出版社2012年版，第55页。

实主义写作。不仅写出了宗教的神圣纯洁，也写出了宗教界的藏污纳垢，同时还写出宗教发展所面临的种种问题和际遇，将神圣宗教放在世俗时代进行拷问，不仅展现了宗教的式微和无奈，更展现了宗教的生生不息。

第二节　宗教书写的“文化寻根”

赵德发的宗教题材创作可以看作对文化问题的探讨，他在多种场合和文章中都提到自己对中国传统文化的看重和思考。“我想用长篇小说表现中华文化基因的存在形态。中华民族有一套独特的文化基因，它体现了文化积累，彰显着文明印记，绵长而复杂。”[①]《君子梦》《双手合十》和《乾道坤道》这三部小说就是分别从儒家、佛教、道家三个角度来探讨三教文化之于中华民族以及当代社会与人的意义。赵德发不是单纯地去为宗教而写宗教，而是试图打通宗教之间的隔阂，试图寻找一种共通的文化，并从儒释道三教中寻找对于社会文明进步与有益于人类和谐发展的有效资源。

“儒家思想对我影响很大。这除了作为孔孟之乡的子民，在潜意识中受到的影响之外。还在于我创作《天理暨人欲》的时候，对儒家文化的系统学习。譬如说，中庸之道，甚至成了我个人的处世之道。”[②]“君子梦”就是赵德发对于儒家文化的理解，在他看来，儒家文化归根到底是要人们做君子，是一种君子文化。《君子梦》通过许氏家族的延续和变迁，围绕着许瀚义、许正芝、许景行教导全族人做君子的故事而展开。老族长许瀚义亲定族规八条，声称要严执家法，把本族子孙全部调教成君子。然而事与愿违。在“蚂蚱

---

① 张晓媛、赵德发：《赵德发：传统文化的文学书写》，《山东商报》2014 年 3 月 18 日第 B2 版。

② 李波、赵德发：《回顾与展望——赵德发访谈录》，《当代小说》2008 年第 4 期。注：《天理暨人欲》原名为《君子梦》。

事件”丑闻东窗事发之后，许瀚义主持对其施以全族践踏的酷刑，致使蚂蚱死于非命。处死蚂蚱，又发生蝗灾，老族长猝死于所谓的“蚂蚱世”。自幼饱读圣贤之书的许正芝一心要金榜题名，从而进入仕途，但是他的美梦由于废科举而终未能实现。上任族长之后，为了正风气而实行严厉的族规，对于族中的各种伤风败俗毫不心慈手软。为了震慑族中那些见利忘义、趁火打劫的小人，许正芝不惜以烙铁烙脸；日军入侵，全族人遭凌辱，许正芝毫无惧色，大义凛然，最终在鬼子侵犯下践行君子之“义”，在雹子树下舍身成仁。嗣子许景行成为继任者之后，秉承父辈传统，在律条村建立“公字庄”，更希望把律条村建成一个家家路不拾遗、人人大公无私的“桃花源”……但是，“君子梦”终究是一个梦，正如作品中所说的：天上星多月亮少，地上人多君子稀。君子问题说到底是道德问题，赵德发对于君子问题有着近乎理想主义的追求，他曾说理想主义“永远是指引作家的神灯，也永远是衡量小说品位之高下的标尺。阅读中外文学的经典作品，其中最让我们感到激奋的，恰恰就是那些理想主义的东西。我是匍匐在大师脚下努力爬行的一个。所以，就有了《天理暨人欲》中许景行对于儒家修身齐家主张的艰难实践”[①]。

《君子梦》中的许正芝将《呻吟语》看作绝代经典。在其作者吕坤看来，世间一切东西总结起来只有两样：天理和人欲。治心才是根本，正如谚语所言：“东海有底，人心没底。”因此对于欲望的态度也就归属于对于君子的判断。然而在律条村，伦理失序现象层出不穷，乃至乱伦事件也时有发生。许多人为了金钱不顾一切，利令智昏。在南方靠卖身发财的朱军英回到镇上组织女孩从事卖淫活动，村里的小艾、小菊沦为不顾礼义廉耻的三陪，律条村有人趁火打劫更是财欲作祟的体现，为了赚钱而大量排放有毒污水更是触目惊心。如此世事之变迁，最终也让作为继任者的许景行幡然醒悟：

---

① 李波、赵德发：《回顾与展望——赵德发访谈录》，《当代小说》2008 年第 4 期。

“只想着把全村人都往君子行列里撵。叫人人都当君子，这是谁也办不到的事情，大多数人其实只能做众人，极个别的最终只能做小人。……想让人人都当君子，在培养君子的同时也会培养伪君子!”① 即便不能叫人人都做君子，但君子仍然永远是做人的方向。否则，不但做不成“众人”，甚至会沦落为“小人”。

老族长许瀚义的“君子梦”主要体现于其“八不得”的族规:“一不得辱祖玷宗；二不得对抗官府；三不得忤逆父母；四不得兄弟争斗；五不得为匪为盗；六不得欺凌孤贫；七不得淫邪犯奸；八不得酗酒滋事。”② 继任者许正芝的“君子梦”主要体现于其“修身齐家治国平天下”的宏伟抱负，而且不光自己做君子，还要让众人都做君子。“独善其身是不够的，引人向善才是一件至关重要的事情。……使一族皆善，那才是了不起的‘齐家’。眼下世风颓坏，如有一族一村成中流砥柱，给社会做个典范，功莫大焉!”③ 与上代族长通过施加“耻辱”而实现惩罚的方式不同，许正芝是通过自我反省并践行耻辱而实现“责人之心责己”的古训，不是将惩罚加诸他人而是施加于自身。面对“小人”行为，他选择自烙“标记”以不忘耻辱，事出之后拿自己是问——“大伙记着，不唯今日如此，往后倘若族内再出丑恶之事，不必往别处寻，只需看我这张老脸!”④ 再任者许景行把“君子梦”与“革命”和“斗私批修”相结合，总结出新时代的“君子”标准。“君子”就是“五个人”加到一起:“一个高尚的人，一个纯粹的人，一个有道德的人，一个脱离了低级趣味的人，一个有益于人民的人。”⑤ 许景行仍然从“治心”入手，从毛主席像和“老三篇”开始，首先反思自己和刘二妮的暧昧感情，将自身置于监督之下，进而发展到每个家庭的

---

① 赵德发:《君子梦》，安徽文艺出版社 2014 年版，第 394 页。

② 同上书，第 10 页。

③ 同上书，第 40 页。

④ 同上书，第 61 页。

⑤ 同上书，第 256 页。

"斗私批修"，建设"公字庄"。一方面是"君子之道"和仁义之风范，另一方面是"人心不古"和利字最当先，"君子"不断面临"小人"的考验。最终，"公字庄"也以全村利益的付出为代价。"君子"之路何其艰难，即便《律条村村规民约》和《律条村村民违犯村规民约处罚条例》起草并通过，也无济于事。许景行终其一生都在探究人的内心，探究天理和人欲的关系，最后找到了"和谐"的理念——人与人之间的和谐，人与自然的和谐，人们内心的和谐。[①] 这种"和谐"关系的建构，虽说依然是儒家精神的根本，但无疑也是对单向度"君子梦"的超越。

面对许氏家族的诸多问题，许正芝力图从圣贤先哲那里寻求答案。天地间只有两样东西：一是天理，二是人欲。人生在世，只有一件大事：存天理，灭人欲。"人如果稍稍懈怠，那就要远天理而近人欲。这如何使得？因此，面对这天地间两样东西、人生中一件事情，人就明明白白分成了三类：君子、众人、小人。你往天理这边靠，你往善里走，你就是君子；你放纵贪欲，不禁恶行，你就是个小人。而处于这二者之间的则为众人。做众人对不对？也不对。人往高处走，水往低处流，为何生而为人却不求上进？人生在世，就要努力做君子不做小人。做君子者人人敬，做小人者人人嫌。……大伙要明白，天理与人欲交战之际，便是君子与小人分野之时。……当然，做君子不是一件容易的事情，这要时时刻刻兢兢业业。你即使一时做不成，也应该在众人中先站住脚跟，避免自己滑向小人那边。"[②] 追求"君子梦"，达到的或许只是"众人"的层次，如果继续后退，那么就离"小人"不远了。"君子梦"本应是理念性的，而非行动性的，但中国文化的"实用理性"又要求其不断转化为"现实"。"理论有其本身的价值，为什么要联系实际？"[③]

---

① 赵德发：《君子梦》，安徽文艺出版社 2014 年版，第 520 页。

② 同上书，第 59 页。

③ 李泽厚：《李泽厚对话集：八十年代》，中华书局 2014 年版，第 34 页。

“君子梦”虽然不一定培养出“君子”，但在一定程度上能够制衡“小人”，从而使众人能够成为“众人”而不至于成为“小人”。反过来，如果想让人人都当君子，结果就会在培养出君子的同时也培养出大量的伪君子。“而一个充斥着大量伪君子的社会，甚至比一个充斥着大量小人的社会更难收拾！”[①] 所以，“君子梦”并不为成就“君子”，而是为还原“众人”。毕竟，“众人”构成日常社会，保持“众人”的面目是社会的常态。或许，这恰恰是“君子梦”的最大意义。

如果说《君子梦》是从儒家文化中“寻根”，那么《双手合十》则转向探索佛家文化的精义。精深奥妙的佛教文化精神对于塑造中华民族性格有着巨大的意义，赵德发以大智若愚的笔法、质朴无华的文字，将汉传佛教的文化景观和在家、出家僧人的生活以及心理进行了全面呈现。作品着力塑造的是禅师慧昱这个形象。他是佛学院毕业的高才生，博学广闻、才华横溢。在飞云寺的住持之位被不无学术、道貌岸然的觉通凭借其父亿万家财夺走以后，他也曾怨天尤人，因此做过喝酒、进网吧、打架，并以“讲道理”名义去接近愿意以出家方式喜欢自己的女人孟悔的事。但是慧昱终究还是走上了求佛的大道，他苦心孤诣、笃志修行、隐忍谦和，即使被排挤出寺院也毫无怨怒。不像师父休宁云游四海、隐居深山，终日枯坐、闭关修炼，只求度一己之身，慧昱的目标是普度众生。在苦心研修之中，在艰苦的种茶环境下，他提出“回归平常方是禅”[②] 的思想，没有入世和出世的界限，主张不修而修，使人人皆可学佛，皆可在黄花翠竹等日常生活中感受佛理的妙境，从而普度众生。小说的最后，千百年来一直未被解开的“藏宝偈”被禅师慧昱解开，也暗示出慧昱的真正悟道和修成正果。随着市场经济的不断发展，社会上产生各种自私自利的现象。许多商人唯利是图，生产大批假

---

① 赵德发：《君子梦》，安徽文艺出版社 2014 年版，第 2 页。

② 赵德发：《双手合十》，江苏文艺出版社 2008 年版，第 305 页。

冒伪劣商品，甚至夹杂对人体有毒的化学物品；许多人企图通过坑蒙拐骗的方式不劳而获。这些人都是极其自私自利的，视他人的生命财产安全而不见。这些人只顾及眼前利益，并且眼里只有利益，根本体会不到“色即是空，空即是色”的哲学智慧。佛教的普度众生的思想、“我不下地狱谁下地狱”的精神理应得到更大发扬。

鲁迅曾指出：“中国的根柢全在道教。”道家思想和道教文化也深刻地影响着中国社会的方方面面。赵德发在《乾道坤道》的“后记”中说：“道家文化真的是博大精深，玄妙无穷。当今有些学者一直在呼吁中华文化的重建，那么道家学说与道教文化应该是必不可少的建筑构件。”[①] 而写作《乾道坤道》的初衷就是“探讨道家文化在新世纪人类文明进程中应该有的作用”[②]。小说主要探讨的便是道家的顺其自然、天人合一、清心寡欲以及尊重生命等思想及其价值。《老子》有言，人法地，地法天，天法道，道法自然。《乾道坤道》中揭示出许多违背自然的事件，并作出相应的批判。比如为了获得更高奖金和地位而片面追求高剖腹产率，然而这种手术是“关系到中华民族子孙后代健康的大事”[③]。顺产才是女人生产的最佳方式，也是顺乎自然的方式，而剖腹产既是违反天道的行为，也是不尊重生命的表现；大街小巷张贴的“修复处女膜”[④] 的广告更是违反自然的行为，一方面体现了当代人在性问题上的不良倾向，另一方面也呈现了当代社会的不良风气。“天人合一”是中国哲学的重要思想，人与自然的辩证统一关系是天人合一思想的重要表现。自然界是人类赖以生存、发展的源泉，人应当懂得与自然的和谐相处。在《乾道坤道》中，为了金钱而大肆破坏自然环境的事件屡见不鲜。比如，工厂毫无顾忌地排放滚滚浓烟致使附近青山变黄，而当地官员为了追求政绩却对此遮遮掩掩。石高静的态度正

---

① 赵德发：《乾道坤道》，长江文艺出版社 2012 年版，第 323 页。

② 同上书，第 324 页。

③ 同上书，第 96 页。

④ 同上书，第 205 页。

是作家本人的批判。而“石高静们”力求还原、竭力发展和宣扬道家文化，也正是希望精深玄妙的道家思想能够在当代得以传承并发挥作用。

通过“宗教三部曲”，赵德发实现了他的“宗教寻根”之旅。他用长篇小说的方式重新梳理了中国传统文化，寻找其中有益于当代社会发展和人性健全的精神资源，同时批判、摒弃那些违反人性、与时代脱节的负面选择。赵德发从当代生活出发，在传统文化的世界中寻找并挖掘儒家的“君子”思想、佛教的“普度众生”和“色空”观念以及道家的“天人合一”“重生”的思想，希望凭借传统文化的精髓对当代生活产生影响，并对其中的种种丑陋现象、不良心理以及愚昧行为进行纠偏和补救。这与文学史上的“寻根文学”之风气并无二致，在此意义上可以把赵德发的宗教题材小说创作看作宗教寻根文学，或者称为宗教书写的“文化寻根”。

第三节　宗教书写的伦理显现

赵德发的宗教题材小说显然不是为劝人信教而作的，而是探讨宗教文化对于当今人类文明应有的伦理意义。宗教与伦理在深层次上有着许多共通的价值观念，譬如不杀人、不邪淫等。对于这些共通价值观的追求，又在客观上使赵德发的创作走向对于普世伦理的呼唤。

1993 年，来自全球各地的宗教领袖和专家学者齐聚芝加哥，探讨宗教问题，最后大会发表了著名的《全球伦理普世宣言》。呼吁建立全球伦理，其依据在于，世界处于苦难之中，人类面临着恐怖主义、污染、宗教冲突、能源危机、失业、经济危机、战争、瘟疫以及精神苦闷等各种各样的问题，而各种苦难的根源在于人类的道德危机。在全球联系日益加强的今天，人们越来越意识到人类道德危机之严重，因此大会呼吁全球伦理的出现。此外，在全球多元文化和多种价值观相互交流、碰撞的时候，也亟须一种全球伦理。没有全球伦理，就没有全球秩序。而在各种宗教中，都具有一套共通的核心价值观念，这是世界伦理的基础。这里的世界伦理“指的是对一些有约束性的价值观、一些不可取消的标准和人格态度的一种基本共识”①，它是由所有宗教所肯定的，无论是宗教徒，还是非宗教徒都应该共同遵守的伦理规范。可以说，宗教伦理是全球伦理的哲学基础。全球伦理侧重于从全球视域来探讨伦理问题，普世伦理着眼于从人类的角度来探讨伦理问题。全球伦理与普世伦理，在内在价值层面殊途同归。赵德发的宗教题材小说注重对人类精神问题的思考，深切呼吁道德伦理的重建，在宗教书写中显现出浓厚的普世伦理色彩。在其宗教题材小说中只有两种人，即宗教徒和非宗教徒，用慧昱法师的话来说就是：“只有僧俗，没有男女。”②

赵德发写作伦理观的形成并非一蹴而就，而是随其创作进程不断地完善。在20世纪90年代的《君子梦》写作中，扉页就标示着“东海有底，人心没底”，实际上是表现人在种种欲望的驱使下所引发的种种伦理问题。小说对伦理道德进行深入思考，显现出理想主义式的道德追求，作者也甚至于被称为“道德理想主义作家”。在“天理”与“人欲”的探究中，主人公明确提出“和谐”的思想理念，实现了对于“君子”“众人”和“小人”三者伦理界限的超越。而普世伦理，其实意在通过一些有约束性的价值观、一些不可取消的标准来建立一种新的全球秩序，如反对暴力、反对战争、反对种族歧视、反对宗教冲突等，其实正是对于“和谐”世界的追求。

到了《双手合十》中，作者就更加明确地谈及普世伦理思想，并对中国佛教在构建普世伦理过程中所应该起到的作用进行有意识

① ［德］孔汉思、库舍尔：《全球伦理——世界宗教议会宣言》，何光沪译，四川人民出版社1997年版，第2页。

② 赵德发：《双手合十》，江苏文艺出版社2008年版，第215页。

的思考。赵德发说:“在全球化大旗的今天,一个作家……首先是应该具备‘全球眼光’,多关注那些人类共同面对的问题。”[①] 因此,小说主人公慧昱完成了一篇《中国佛教与世界伦理》的学术论文,并在汉城的广佛寺看到了“佛教现代化、全球化迹象”[②],对于普世伦理产生进一步的认识。随着对佛法和禅宗体悟的不断深入,慧昱又进一步提出“平常禅”,让禅以平常的姿态走向社会、走进民间。它主张打通出世与入世的界限,以出世的情怀做入世的事业,每一个人都可以在“黄花翠竹间领悟禅学的玄妙”[③],以般若智慧构建人间净土。既能实现对人的终极关怀,又要适应现代人的需要,并最终与“当今世界的发展和变革相契合”[④]。

在《乾道坤道》中,目睹环境污染巨大危害的石高静道长终于领悟到:要想改变当代人类和自然的紧张关系,有效保护地球家园,只有全真弟子出家修行是完全不够的,还需要大力宣传道教的天人合一、顺其自然、抱朴见素、柔弱不争、自然无为等伟大思想,使这些思想真正地被非道教徒所接受,这样才能真正有助于社会发展和生态保护。

赵德发的小说是一个伦理的世界,处处充满着伦理问题,时时流露着伦理观念。在“宗教三部曲”中,性伦理、环境伦理与经济伦理以及生命伦理与科技伦理几个方面格外重要,正因此才可以明白赵德发为何要“建立一套在现代理念指导下的伦理关系”[⑤]。

第一,性伦理问题。在赵德发宗教题材小说中,性是一个极其重要的话题和内容,它往往成为故事向前发展的动力,同时也寄寓了作者对于性伦理的思考和见解。在《君子梦》中,尽管儒教文化

---

① 赵德发:《写作是一种修行》,安徽文艺出版社 2014 年版,第 22 页。

② 赵德发:《双手合十》,江苏文艺出版社 2008 年版,第 113 页。

③ 同上书,第 304 页。

④ 同上书,第 113 页。

⑤ 赵德发、王晓梦:《世心与史心的守望——赵德发访谈录》,《百家评论》2013 年第 5 期。

思想主导着律条村，族法严明，但还是发生许多性丑事。相对于许景行的“君子风范”，其兄许景言则是无耻之徒，他通奸岳母，调戏儿媳，猥亵女童，一生臭名昭著，为乡人、家人所不齿。利索的堂嫂引诱利索发生关系；利索开了饭店之后，又先后跟多个女员工发生男女之情；饭店员工大单也同时和多个男人发生性行为；在南方卖身发了财的朱军英回到镇上组织女孩从事卖淫活动；村里的小艾、小菊也沦为“三陪”；有壮阳作用的雹子树叶每天都“无缘无故”地减少；律条村举办丧事，到了晚上竟然在露天场所大跳脱衣舞，农村青年争先恐后，眉来眼去。如此境况，令人震惊。主张节欲、注重伦理的儒家传统文化在律条村的影响力日渐消失甚至荡然无存，或许对于深受浸染的“许正芝和许景行们”影响巨大，但是对于一般民众来说已经失去其应有的约束力。

佛教并非一概禁欲，中国汉传大乘佛教有“不邪淫戒”。出家僧人必须戒绝性行为，称戒淫。但对于一般的居士和信众来说，允许夫妻之间存在不违背佛教规定的性关系，但是要戒邪淫。邪淫是指私通、通奸、乱伦、嫖娼卖淫、强奸、群交等非婚性关系。《双手合十》中热衷于“瞎谄”故事的秦老谄说，旧社会的时候和尚帮一些娶不起老婆的穷苦人盖房，因此新娘子入门之后，和尚也可以随意和新娘子发生关系。对慧昱爱得死心塌地的女尼孟悔竟然在不知不觉中跟慧昱的同学，也是一名僧人的觉通开了房。此外，许多和尚有妻、有子、有情人。“邪淫戒”对于这些佛教徒都日渐失去约束力，更不要说对于社会上一般人的伦理影响了。

道教的全真派认为情欲伤身，为保全“真性”，必须“除情去欲”，拒绝房事可以长生，因而不近女色，严格实行禁欲主义。在《乾道坤道》中，道貌岸然的乾道卢高极不但有妻子、女儿，还企图以“双修”的名义觊觎阿暖，害得阿暖“前功尽弃，让斩断的‘赤龙’再度复活”[①]。在教外，淫乱之风也是不绝。从美国远道而

① 赵德发：《乾道坤道》，长江文艺出版社2012年版，第133页。

来修道的露西对于逸仙宫酒店的第一印象就是“淫荡”，虽着墨不多，但是社会风气却昭然若揭。

在“宗教姊妹篇”中，作者批判了放纵性欲和无视伦理的现象，表达了深深的鄙夷和忧虑，呼吁建立一种健康、和谐的社会风气，期望形成一种大多数人都能够遵守的性伦理观。

第二，环境伦理与经济伦理问题。在赵德发的宗教题材小说中，环境问题占有非常重要的位置，体现了作者对于环境伦理以及与此密切相关的经济伦理问题的特别关注。

在《乾道坤道》中，作为苏北某乡镇的乡长，杨存林面临着巨大的政绩压力，因为县里只注重 GDP，对于招商引资不力的干部甚至会勒令其主动辞职。然而他引进的炼铅厂浓烟滚滚，污染严重，附近的青山都被熏黄，河水铅指标严重超标，许多儿童已经深受其害。更为普遍的是，为了绿化城市，大搞违反自然的“大树进城运动”[①]。在《君子梦》中，也早就写过水污染的问题：许合意的造纸厂对河水的污染非常严重，人从河里走过腿就会无端发痒，日益稀少的鳖也不能忍受毒水而爬上河岸。在《双手合十》中，奸商慕天利勾结贪官污吏，打井挖煤，整个村子简直就像被掏空了一样，弄得人心惶惶，最终煤窑出了事故，伤亡惨重。为追求经济利益扩大化，造成了严重的环境恶化，甚至发展成为严重的社会问题。片面追求工业化和经济的高速发展，资源枯竭、植被破坏、环境污染、气候变暖等环境问题日益突出，已经直接影响、威胁着人类社会的生存和发展。在《乾道坤道》中，主人公石高静认识到环境污染的巨大危害，意识到保护环境绝非一己之力可以完成，绝非道教一家之责任，而是需要每一个人共同努力，需要用道家的天人合一、顺其自然的伟大思想来和自然界相处，需要建立一种可以共同遵守的、不可取消的环境伦理观。人类共同存在于一个地球，自然界是人类社会赖以生存的基础，也是人类物质交换的对象，所以无

---

① 赵德发：《乾道坤道》，长江文艺出版社 2012 年版，第 56 页。

论是宗教徒还是非宗教徒，无论是政府还是民众，都有保护自然环境的义务和权利，因此人类必须重视人、社会与环境的和谐发展，绝不能一味地追求经济发展和科技进步。“三部曲”中的环境问题几乎都是由于片面追求经济利益而导致的，对此批判的鲜明立场实际上与普世伦理思想暗合。《全球伦理普世宣言》明确提及人类“关于环境保护的权利/责任”：假如环境被严重破坏，则人类就不能作为人类充分发展甚至生存下去，所以，一切个人和社会都应该尊重在其中“我们大家生活、活动并拥有我们的存在”的生存圈，并且应该这样行动。与此同时，一切人和社团都应该不断地保持警戒，以保护我们脆弱的宇宙，尤其是保护它遭受正在爆炸的人口和正在增加的技术可能性日益扩大的威胁。所以赵德发说：“人类的行为如果合乎大道，这个世界就会和谐；如果违背大道，这个世界就会变得十分糟糕。”①

第三，生命伦理与科技伦理问题。基因技术是生命伦理学的热点问题之一，也是赵德发格外关注的伦理问题。在《乾道坤道》中，主人公石高静的父辈由于家族基因问题都难逃50岁大劫。为了逃过这一劫，石高静一方面刻苦读书、费尽周折成为人类基因组计划的一员；另一方面苦心孤诣、潜心道术。但是几十年后，人类基因组测序的完成，非但没有解开他的基因奥秘，反而引起许多人的愤怒。因为基因是DNA的组成部分，虽然它在DNA中质量比例极小，但是它主宰着人的生老病死；不同个体基因序列差异更加细微，却因此区分了芸芸众生。人类对于基因奥秘了解得越深入，就会产生越多的伦理问题，如基因决定论、基因歧视论等。对于这些伦理问题，石高静的导师托兰德教授认为是必然的，但是他不会为此而“停下脚步”，而石高静则认为当“生命受到威胁”的时候，应该停下脚步，仔细思考，怎样才能使“脚步变稳”②。可见，科

① 参见赵德发《乾道坤道》，长江文艺出版社2012年版，第265页。

② 同上书，第257页。

学研究有必要考虑其可能对伦理、社会产生的影响，不能进行有损于人类尊严的活动，也不能破坏人类的平等。对于和谐的生命伦理观的呼唤，正是普世伦理的重要原则。

赵德发的宗教题材小说展示了当今社会的种种伦理问题，进而试图探寻三教伦理观之于当下社会的积极意义。即便当代社会不需要一种统一的宗教和思想，但仍然需要一些相互关联的、有约束力的价值理念和伦理准则，否则，社会共同体的生活基础会极其脆弱。瑞士神学家汉斯·昆提出世界伦理的构想，没有世界伦理，则没有世界和平。[①] 显然，在汉斯·昆看来，宗教伦理恰恰是世界伦理的基础。从这个意义上说，赵德发的宗教题材小说创作无疑提供了极为重要的伦理资源，也为当代中国文学中“宗教伦理”的建构提供了范本。

---

① 参见［瑞士］汉斯·昆《世界伦理构想》，周艺译，生活·读书·新知三联书店2002年版，第2页。

第四章

信仰空间:基于汉语基督徒的写作

新时期以来，作家开启了在变化的社会、文化、思想语境中对于可以信赖和依靠的精神空间的探寻。其中的部分作家通过对基督教的个体性认信投入了神的怀抱，并选择以文学的方式为神的救恩与福音做见证，成为真正意义上的汉语基督徒作家。他们从各自所致力的文体出发，创作出多样化的基督徒文学作品，丰富了当代中国文学的种类和形态。

第一节 汉语基督徒作家的写作形态

“每个作家都要以一种身份出场。身份是作家对自己与某种文化关系的确认，是由作家的人生际遇、行为方式、文化认同以及艺术追求等诸多因素铸成的标识。”[①] 新时期以来的汉语基督徒作家群体，与传统意义上的、以共同的创作风格为纽带联系起来的作家群落相比，有一定的特殊性。从整体上说，呈现出相当松散的存在与分布方式：在作家分布地域上，新时期汉语基督徒作家的足迹遍布全国乃至全世界，有相当一部分旅居海外，成为所谓的华裔作家；在作家所从事的职业上，除了专职从事写作的传统作家外，汉语基

① 季玢：《野地里的百合花——论新时期以来的基督教文学》，中国社会科学出版社 2010 年版，第 20 页。

督徒作家具有多样化的职业背景，如新闻记者、出版编辑、画家甚至家庭主妇。多数汉语基督徒作家都以相对独立的写作姿态从事写作事业，没有固定的或指导性的参考范式，也没有某个作家成为这一写作群体的楷模。因此，要对这一作家群落的整体写作状态进行分类式的描述，主要也是从作家创作的文体与作品传播方式两个维度来进行的。

在新时期汉语基督徒作家中，小说家占有着相当大的比例。代表性作家，如第一个公开基督徒身份，并以此身份在主流文学刊物上发表基督教文学作品的北村；提出“灵性文学”的概念并进行创作，呼唤以“爱感”的复归寻回俗世中失去的灵性的华裔基督徒女作家施玮；“禀受着北村信仰经验和生命体验的馈赠”[①] 而皈依基督教的女基督徒作家丹羽；儿童文学作家、以“让孩子体会到主的爱，体会到真善美”为写作宗旨的女基督徒作家李秋沅；通过对中国早期基督教传播历史和中西宗教文化交流过程的探寻，为基督教在中国文化环境中的传播历程进行史传性书写的范稳以及将创作放置于历史发展的整体过程中、通过家族兴衰写个人信仰与皈依历史的吴尔芬，等等。新时期汉语基督徒小说家们，多通过小说特有的塑造人物形象的方式，将基督教信仰生动而恰当地化入推动小说发展的情节中，通过丰富而多变的情节和塑造的具有复杂个性的人物形象的双重书写，完成对小说艺术性的追求和传播福音的终极目的。

与小说家相类似，新时期汉语基督徒作家中诗人的数量同样较多。这与基督教文化自身的特点有着极大的联系：在基督教经典《圣经》中，同样充满着大量的诗歌，如《雅歌》《诗篇》等篇章，均是通过诗歌的方式传达对于神性的赞美与虔敬。在神性缺乏之时，基督徒诗人歌唱生命的痛苦，使得诗性的灵魂游走于贫瘠的土

① 季玢：《野地里的百合花——论新时期以来的基督教文学》，中国社会科学出版社 2010 年版，第 23 页。

地之上，使人的灵魂颤抖而产生敬畏之感。其中的代表性作家如于贞志、沙光、空夏、鲁西西、樊松坪、杨俊宇、匙河、阿吾、原甸、李浩、殷龙龙等。基督徒诗人从神性的维度出发，坚持关注人类的精神世界与精神体验，将笔触指向诗歌的本源，坚持以诗的方式赞美神的恩典、呼唤神圣在世间的降临。从内容来看，一部分作品将视角聚焦在个人的灵修层次，抒发自身对信仰的理解、对神性的追寻与渴望；另一部分作品则转向对史诗性品格的追求，为《圣经》中的人物或故事作诗性的描述。总体而言，新时期汉语基督徒诗人的创作，以诗性的语言抒发对神性的认识、对个人灵性修养过程的感悟，将对神性与灵性的探索上升为信仰，具有独特的审美品格与艺术价值。

还有部分汉语基督徒作家致力于基督教文化的散文创作和思想文化评论，代表作家如朱必圣、傅翔、余杰等。这部分基督徒作家的创作多兼具理论思考的深度和来源于信仰的虔敬感，讨论的问题也多具有着深刻的理性意义与信仰意义。例如在傅翔的创作中，多次探讨中国传统伦理文化与个体信仰缺失间的关系，并通过对个体信仰缺失的慨叹，呼唤神性的降临。相对于小说家和诗人以感性、形象的方式表达对信仰的认识与呼唤，这部分汉语基督徒作家更多地从理论的层次探索诸如信仰的失落与再次寻回、基督教文化与文学艺术的关系等命题。他们的创作从理性的角度对信仰进行解释与探索，给予信仰者知性层面上的启示，也正是因为这种视角与态度，作品兼有理性的深度与信仰的美感相交融的艺术特征。

从作品传播方式上看，新时期汉语基督徒作家可以划分为通过传统传播方式如报纸、杂志和图书出版传播其作品的作家与通过互联网从事写作、传播的作家。后者又可以称为网络汉语基督徒作家。相对于传统意义上的纸质传媒，网络写作具有新的特点：首先在于创作者的身份限制被消解，任何能够接触互联网的写作者都可以通过自媒体（如现在相对流行的博客、微博乃至朋友圈）完成写作和传播的过程，传统的以审查为前提的发表制度在网络写作中被淡化，无论写作者的写作水平处于何种程度都可以在一定的范围内获得发表与传播的自由；其次在于写作内容的自由性。诸如作家施玮在谈及其作品《放逐伊甸》时说：“写作过程和出版过程，因宗教因素都极其曲折、坎坷，最终几经更改终于面世，心中的梦想是有一天可以原文（不经删改）在中国面世。”[①] 这种情况，在网络传播空间中几乎很少出现。也正是基于这两点特征，在网络快速发展的21世纪以来，大量的网络汉语基督徒作家开始进行自己的写作。参与这一过程的有传统意义上的汉语基督徒作家，施玮、于贞志、鲁西西等均开辟了专属的网络写作平台，如施玮的“施玮工作室”、鲁西西及其子刘尔威的“鲁西西、刘尔威母子工作室”等。此外，还有如“信仰网刊”“福音之门”等综合性的基督徒写作交流平台。这些平台带有着一定的综合性，由不同作者创作的小说、诗歌、散文随笔乃至信仰见证、信仰感悟等，均可在这些平台上找到。同时，还有大量的网络基督徒作者从事创作，这些作品多发布于其个人的博客、微博等自媒体平台。这些作者的真实身份多不可考，所完成的作品也多具有着民间性、通俗性的特征，而文学性则略显不足。但在自媒体传播的时代中，这部分作品的价值也同样不能被忽视：相对于接受过专业创作训练的作家，这些作品在文学技巧方面存在着缺陷与不足。但从信仰的层面上看，这些作品同样充满着源于信仰的虔敬与激情，具有着独特的美学意味与文化品格。同时，在充斥着各种浮躁和低俗信息的网络世界中，网络汉语基督徒作家以对神性的呼唤和对自身道德的坚守，并以其充满宗教虔敬感的创作，开辟了一块属于基督徒的伊甸园，有着来自神性的圣洁与崇高。

新时期以来的汉语基督徒作家身份各异，多以独立姿态从事文学创作，文本形式也各自不同。但基于对基督教的共同信仰、对福

---

① 施玮：《放逐之途》，见施玮新浪博客，2008年3月12日（http://blog.sina.com.cn/s/blog_4921167101008rzk.html）。

音和救赎的热切渴望与呼唤以及对人类生存困境的共同关注，他们在信仰这一内在精神层面上，具有着一定的共同特征。信仰也成为维系这一创作群落存在与发展的内在推动力。

基督徒作家首先在个体生命中认信了耶稣基督，认信了救赎与博爱，而后以基督徒特有的人生观烛照俗世，并最终以文学化的、具有生命力和美感的文字为上帝传播救赎的福音，以此荡涤“此世”中被罪恶所缠绕的芸芸众生污浊的心灵，并给予来自生命彼岸的期待与应许。对于基督徒作家来说，其写作的目的或许就在于此。如基督徒作家北村所言：“我的个人如果不再以光和盐的方式存在于世界，我的所有追问和纠结不但没有意义，还会被心思缠绕以至于陷入黑暗……我现在确信，我是一个器皿，有生命的管道，我用我的信心而非聪明和才智。”[①] 这段叙述几乎可称为当代基督徒作家的“创作宣言”——“器皿”一词源于新约圣经《使徒行传》——“主对亚拿尼亚说：‘你只管去。他是我所拣选的器皿，要在外邦人和君王并以色列人面前宣扬我的名”[②]，“盐和光”则源于《马太福音》——“你们是世上的盐。盐若失了味，怎能叫它再咸呢？以后无用，不过丢在外面，被人践踏了。你们是世上的光。城造在山上，是不能隐藏的。人点灯，不放在斗底下，是放在灯台上，就照亮一家的人。你们的光也当这样照在人前，叫他们看见你们的好行为，便将荣耀归给你们在天上的父。”[③] 基督徒作家以自身为器皿，承纳神的福音与荣耀，并以文字为载体将神的救赎与爱传递给更多的、背离神的怀抱的“迷途羔羊”；当做世间的盐，以自身的努力如盐一般祛除尘世的腐坏与糜烂，使人“饥渴慕义”，投向神的救赎之中；又当以光的形式为尘世照明且警戒，使跟从耶稣的人“就不在黑暗里走，必要得着生命的光”[④]。从基督信仰的

---

① 北村：《文学的“假死”与“复活”》，《愤怒》，上海三联书店2010年版，第3页。

② 《圣经·使徒行传》9：15。

③ 《圣经·马太福音》5：13—16。

④ 《圣经·约翰福音》8：12。

角度上说，新时期汉语基督徒作家的工作，就在于以充满神性色彩的文学为献祭，完成赞美神、颂唱神的能力与权柄，并将神的福音与救赎传播给为尘世所束缚的人。

基督徒作家尽管缺少统一的创作组织和共同的创作纲领，但基于对神性的共同呼唤和对当代国人生存、生命困境的共同关注，在创作日趋世俗化和商业化的当代文学场域内，热切地呼唤上帝的福音与救赎，坚守着来自内心的一份真诚，并力图为国人乃至社会修建一条走向神圣与光明的道路。也正是这种由信仰而来的坚持与努力，使得新时期汉语基督徒文学创作具有着一定的共同特征。在艺术风格层面上，共同的基督徒身份带来对神性的共同虔敬，也使得在创作中自觉地将神性因素引入文本，并以文学的方式生动地对神的形象、神的恩典进行赞颂和敬拜。同时，对神性的敬拜与礼赞也使得他们的创作呈现出积极的生命价值与庄严朴素的艺术品质。

出于“器皿”式的写作态度与甘愿做“光和盐”、向此世宣扬福音的目的，汉语基督徒作家成了“彼世”与“此世”、神圣与俗世之间相互连接的纽带。既要宣扬来自神的世界的恩典与救赎，又要以基于神性高度的思考和观察方式透视俗世中的人类所存在的种种因背弃神性而引发的生存与精神困境。既要通过对此世中人类生存状况与生存困境的描述探索人性中所存在的不足与恶的因素，又要宣扬借由皈依基督、信仰上帝而获得的平安与喜乐。在对比之中，为人们指出解脱自身生存困境、获得精神层面新生命的方法与过程。这一写作目的使新时期以来的汉语基督徒作家将创作重点指向对人性之恶以及人性中潜藏的罪感与罪性的深入发掘。同时，这也使得他们的作品具有强烈的反思和批判性，在高扬的神性色彩之外也具有鲜明的现实主义倾向。通过对现世社会及其沉浸于尘世罪恶中不能自拔的人所面临的精神与肉体双重困境的揭示以及与归入基督信仰者所获得的新的、属灵的鲜活生命的生存状态的对比，从而为俗世文化而呼唤神性与救赎的降临。坚持这一写作方式的代表性汉语基督徒作家有北村、丹羽、老酷等。

在基督教文化中，与罪感相对的是爱感。罪感对应的是因背弃与神的约定而背负原罪、沉沦于此世的芸芸众生。而爱感则作为对罪感的救赎，对应着来自神性的博大而无私的救赎。当人认识到自己在此世所背负的罪并开始向神深深忏悔时，爱感便开始在灵的层面驱逐原罪，使人开始学会用爱去宽容他人、用爱与神重新恢复交流。也正是基于爱感这一因素，汉语基督徒作家尝试在作品中通过呼唤爱感和描述带有神性之爱的方式，以爱召唤灵性的复归，并以爱为工具，为此世中的众生寻求救赎之路。坚持这一写作方式的代表性汉语基督徒作家有施玮、姚张心洁等。

对于个体之人，基督信仰更多地体现在对其心灵世界困境的安慰过程中。但作为一种宗教文化，在宏观层面传播发展的过程中为之付出努力的人物行为与事迹也同样是作家创作中涉及的重要方面。将对基督教发展传播过程的叙写放置于宏大的中国近现代历史背景之中，既是破除传统历史和文学意义上对于基督教及其发展历史的种种曲解的必要，也为探讨基督教如何真正融入中国文化系统这一问题在文学层面上作出了积极的回答。坚持这一写作方式的代表性汉语基督徒作家有范稳、吴尔芬、汪维藩等。

新时期以来的汉语基督徒作家，以对神的福音与救恩的传扬为目的，以文学写作为方式，用生动、形象而富有感染力的文学作品为此世中的芸芸众生摆脱精神与肉体困境提供了可能的方式。他们的作品因对神性的虔敬而体现出积极向上的精神品格与庄严虔敬的艺术特征。从人性探索的角度上，他们着力揭示人性之恶、呼唤灵性与爱感；从宗教发展的角度上，他们致力于对基督教在中国的传播发展历史进行史传性的书写。他们对于基督徒文学创作的不懈追求，使得汉语基督徒文学写作呈现出多元、立体的态势。就此而言，北村、施玮和范稳三位基督徒作家的写作具有鲜明的代表性。

第二节 对尘世渊薮的神性烛照

作为20世纪80年代先锋小说的“扛旗者”，北村义无反顾地转型为基督徒作家，并以基督坚实的信仰引导写作。在当代中国文学发展历程中，北村已经成为了一位兼具文学与文化双重意义的作家。他承受精神的阵痛与灵魂的鏖战，以认信基督耶稣并甘愿为之成为“器皿”与“光和盐”的写作态度，深刻地认识到人性的渊薮和人类生存困境之所在，细致地描绘出世俗之人的心灵世界和精神旅程。其创作来源于基督教教义的浓厚的“罪感意识”，直面当代社会的病症所在，不断地拷问人性之罪，透视出尘世中一个个灵魂的痛苦与煎熬。这种来源于作家内心的“良心的立场”与落实到具体创作中的“良心的写作”，使得北村成为了当代基督徒作家的代表性人物。

一 个体信仰与创作转向

北村的创作转型来源于对基督教的个体性信仰，也正是传播福音与寻求救赎的热切追求，实现了其“神性写作”的过程。北村最早是以20世纪80年代“先锋作家”的身份登上文坛的，对于这一时期的创作，他自己也认为是受到了诸如福克纳、川端康成、乔伊斯、加缪等西方现代主义作家的深刻影响，“来自深渊的力量是黑暗的，我好像第一次发现小说还可以这么写，同时也发现了人居然有这么坏，更致命的是我还接受了这样一个教训：因为人类无法改变现状，所以这种绝望是可以接受的。我立刻获得了一个孤儿的地位，感到茫然无措”。[①] 正因为感到了人自身的生存困境与命运的荒谬性之所在，以及人类在这种荒谬境地下的无能为力，北村的早期

① 北村：《我与文学的冲突》，《当代作家评论》1995年第4期。

作品（归入“先锋”文学的部分作品）走向对人类精神困境的描摹与人类生存意义的消解。精神诉求的无法宣泄，也直接导致其小说日益走向“文本形式的狂欢”。

然而，先锋小说在经历了20世纪80年代的一度繁荣之后，随着90年代社会文化氛围的转变，写作者也异常明显地呈现出写作思路的调整。此时，北村敏锐地看出“作家们在‘一个精神的大限内茫然无措，其精神和信仰的不在场预示着整个小说发展的荒原’”。[①] 在看到人性的荒谬与世界的残酷本质后，对文学本身意义的消解与文本的狂欢，恰恰使得作家们落入更加荒诞的精神挣扎中。与同时代的部分先锋作家相类似，北村的写作处于“失语”的境地与难以为继的状态。

如果说上述因素是北村归入基督信仰前所承受的文学维度内的困扰之所在，还属于精神范畴的话，那么90年代初作家自身生活所遭受的磨难与煎熬则是促成其归主的直接现实因素。失败的婚姻使得其通过世俗的爱情寻找生命本真意义的尝试宣告失败，进而陷入对人生意义的怀疑和否定之中，照顾两岁的儿子成为其放弃自杀的唯一原因。面临精神与生活的双重重负，北村发出令人绝望的呼喊：“那时，我给远方的朋友写信说：来救救我吧，我连跳楼的力气都没有了，我太重了！”[②] 然而，这种对尘世价值的不断追寻到不断破灭的过程，却恰恰成为北村归入基督信仰的契机之所在——如同《旧约》中，虽为义人，却被上帝剥夺一切，去承受苦难的约伯以及《新约》中受神的试炼、在旷野中呼召的耶稣基督。越是在痛苦与煎熬之中挣扎，越能够认清这个沉溺于肉身与欲望的世界的本质。在这一过程中，与其说是北村主动地寻找到了基督信仰，不如说是基督信仰通过“呼召”的方式，主动接近了北村。“1992年3月10日晚上8时，我蒙神的带领，进入了厦门一个破旧的小阁楼，

① 北村：《神格的获得与终极价值》，《文学自由谈》1990年第2期。

② 北村：《今时代神圣启示的来临》，《作家》1996年第1期。

我在听了不到二十分钟福音后就归入主耶稣基督。三年后的今天，我可以见证说，他是宇宙间唯一真活的神，他就是道路、真理和生命。"① 相对于精神苦闷与生活困境这些"此世"所带来的痛苦与绝望，这一过程则带有更多的神性因素。事实上，这种"呼召"（Calling）式的认信过程，在《圣经》中比比皆是。从以色列人的先祖亚伯拉罕到耶稣殉道后的使徒扫罗，个体性生命与基督性信仰的相逢，往往带有不可解、不可以凭借理性与逻辑所考量的特征。正如北村自己所表达的，信仰不是在逻辑里面、推理之中的，它是灵里的故事。

在完成对基督信仰的个人认信后，北村结束了多年的文学"失语"状态，开始以基督徒的视角重新打量人性的复杂性与存在的可能性。同时，以一个虔敬的信仰者的身份重新思考文学与人的关系，并且以神性的力量介入人性的内部，显示出超越性的立场和独特的文学品格。

二　对人性的拷问与揭示

"文学的特质不是理性判断，不是社会指令，更不是社会问题的解决方案，而是通过对灵魂的展示与解剖使读者与解剖的情景相通共鸣。"② 刘再复指出，相较于西方，尤其是带有深沉忏悔意识的俄罗斯作家，中国作家更多地将文学作为解决社会问题"怎么办"的工具，这使得他们"总是处在社会的表层上滑动而无法进入精神的深层与人性的深层"。③ 北村的早期作品更多的也是从"怎么办"的角度出发，试图透视社会变化与人的生存困境。而皈依基督信仰后的北村，更加深刻地意识到，依靠人自身，根本无法解决自身的生存困境和生存本身的荒谬性。生存本身所带来的困境

---

① 北村：《我与文学的冲突》，《当代作家评论》1995 年第 4 期。

② 刘再复、林岗：《罪与文学》，中信出版社 2011 年版，第 15 页。

③ 同上书，第 15 页。

如同一堵透明却没有出口的墙，每个人都能够切身地体会到这种困境所带来的压力，也都在想寻找躲避或解脱的方法，但是无法找到，只能承担难以避免的可怕后果。皈依基督在个体生命层次上为北村带来了新的、坚持其自然生命与写作生命的盼望。而在信仰的层面上，北村对人性的审视也有了新的高度。同时在其小说创作中，信仰也成为人类解脱痛苦、完善自我灵魂的工具和必然的归宿。

北村有意识地塑造了一批试图通过自我救赎而达到超脱人生苦难和生命困境的人物，如《伤逝》中的超尘、《玛卓的爱情》中的玛卓和刘仁、《消失的人类》中的孔丘、《最后的艺术家》中的杜林、《鸟》中的康生、《强暴》中的敦煌与美娴等。这些人物无不意识到这个世界所存在的苦痛与不完美，他们多是以世俗眼光认为的“成功”与“善良”乃至“文学”与“艺术”为自我拯救的庇护所。超尘和玛卓，渴望以“诗意”的方式寻找生活的意义、渴望以爱情填补生活的不完美；杜林渴望以艺术家的生活方式构建自己的生活。然而，哪怕是如刘仁、孔丘一般的事业有成者，或是以音乐才华功成名就的杜林，抑或是完美主义者超尘、玛卓，其最终的结局却都是悲剧——烦琐而庸俗的家庭事务或是不能自已的对情欲的沉溺，导致了一场场的自杀或是自残。对于这一部分小说，结合北村自己认信归主前的思想煎熬的描述，更像是北村对自己曾有过的认信前的试图以世俗方式实现自己灵魂解脱却最终陷入更深绝望的一段历史的文学化表达，带有一定的自叙传色彩。而北村试图传达的信息则在于，人永远不能通过自己的努力完成对于苦难的解脱和人生的超越。

在基督教的“堕落”而至“拯救”的故事原型之中，人类社会——此世，乃是背离原初的神与人类契约后，神惩罚人类而成，是人类因自身原初而来的罪孽，被从伊甸园放逐后的产物。一切为此世所推崇和追逐的，无论在物质还是在精神上，不过“都是虚空，都是捕风”[1]。作为自然人所拥有、被歌颂、被追求的现实需要，于基督教看来，其意义正好走向了世俗价值的反面：人类以理性与合乎常理的价值观所建立和得到的“荣誉”与“秩序”，在基督教伦理视角下，则恰恰是一种“荒谬的优越”[2]。要承认并完全接受这一套完整的而与“俗世”伦理几乎完全相背反的伦理体系，对于个体的服从于欲望和世俗社会的自然人，尤其是对于传统伦理体系下生长的中国人来说，几乎是一个颠覆性乃至于毁灭性的事件：要承认自己所存在的世界是不完美乃至丑恶的。中国传统的儒家文化伦理体系虽然在部分程度上也承认这一事实，但其毕竟作出了合乎逻辑的、以自身修养为核心的“圣人”“君子”式的解决办法。由个人修养而至兼济天下的“终极乐观精神”，以遮蔽明明可见的、此世所存在的幽暗与荒谬，追求超然或怡然自得的精神解脱，相信凭借在此世间的劳动、奉献或追求某种价值，能够完成对罪的摆脱和对完美人格的塑造。北村正是从此处出发，以基督教的原罪观念，揭开中国式的“修身齐家治国平天下”的道德观所存在的问题。在他看来，人相信能够通过自我修养的方式摆脱罪与痛苦，无异于一个深陷沼泽中的逐渐沉沦者幻想着可以通过自身的力量，使自己摆脱泥潭并免于死亡。要获得救赎，唯一的可能性就是对于基督的认信，是对上帝派遣其子背负人类罪孽，从而使得人类获得重新与上帝和好这一事件的信仰。

基于上述理念，北村的小说中塑造了许多背负尘世罪孽的人物形象。而且，相对于玛卓、超尘和杜林——他们的生活至少处于一种平稳的状态中，这部分人物则更进一步，因其行为而面临着尘世律法可能的惩处，如《施洗的河》中的土匪刘浪、《孙权的故事》中因杀人而被判处死刑即将执行的孙权、《愤怒》中以“自我行公义”为借口杀死警察的马木生、《我和上帝有个约》中的陈步森

---

① 《圣经·传道书》1：14。

② 刘小枫：《拯救与逍遥》，华东师范大学出版社2011年版，第81页。

等。这些人物，在他们即将为了自己的罪行获得相应的惩处时，都通过偶然的机遇聆听了基督教人士（布道者或是牧师）对于基督教教义的阐释，理解了关于“罪行”与“罪性”间的关系，终于在精神上得到解脱与救赎。终于，刘浪、孙权、马木生、陈步森们，或是“完全如一只温顺的羔羊，手里抱着一本《圣经》”，或是面对殴打和泼粪不为所动，“监狱的围墙已隐约可见，朝阳照临它，镀上一层金色光芒，好像天国的景象”，或是坦然地接受死刑的命运，并决议与背叛自己的女友和好。在肉体上，他们将要为自己在尘世所做的一切付出相应的代价，哪怕是最严厉的死亡，但在精神上，凭借着对基督的信仰，他们走向了新生。

正是通过对这两种不同人物类型的对照书写，北村传达了他皈依基督信仰后对于人性与生存问题的思考，找到了使他苦苦追问甚至一度令他走入价值危机的问题的答案：人生来有罪，因人从原初起便亏缺了神的荣耀。这种原罪，于人之内心则为“罪性”，于人之行为则体现为罪行。罪性长存，人的种种欲望使人随时有犯罪的可能性。人最大的悲剧在于，盲目地认为以道德、法律或是金钱、地位等此世之物，而掩盖长久存在的罪性，从而缺少了谦卑和忏悔之心。人的一切痛苦，其根源都在于与上帝关系的疏离，在于自以为义。北村转型归入基督信仰后的一切写作，目的都在于唤醒当代国人沉睡的信仰与面向神的忏悔意识，并试图通过呼唤对神性的信仰而填满空虚孱弱的灵魂。北村以其透彻的笔触，直入国人的灵魂深处，为日趋平庸的生活指出一条可供实践的救赎之路。

三　北村创作的影响及其必要的反思

自1992年认信归主至今，北村已经为当代文坛贡献了大量的小说、诗歌、电影剧本和理论批评作品。基督教文学不会成为当代中国的文学主流，但北村依然以其创作实绩而产生了重要的影响。

首先，北村转入基督徒写作这一事件，标志着当代“先锋文学”的重要创作转向。自20世纪80年代开始的“先锋文学”创作热潮，其思想内涵来源于被重新接续起来的多种西方现代主义思潮。但从西方现代主义发生的背景看，其发源多来自理性主义及理性神学主义，并在此基础上发展出的“理性”或“由理性约束的神性”。这也是通过人类的理性思维认知所能构建出来的带有超验性的彼岸世界的可能性图景。然而，新时期以来的现代主义文艺，却带有着先天的不足，即对信仰维度（或宗教维度）的选择性遗忘。神性的缺位导致的直接后果在于，文学所应有的虔敬感逐渐消失。有论者指出，这种倾向“在现代主义文论上的烙印则为彻底的无信仰”[①]。而这种神性向度的缺失，也直接导致了受到现代主义思想影响的中国“先锋文学”转向了对于文本自身形式的恣肆狂欢和现代主义作品中“肉身的沉溺，肉欲的飘荡，无所寄托的灵魂到处横冲直撞”[②]，最终导致中国的先锋作家在文字的狂欢与终极价值的缺失中陷入迷失和沉默。北村的皈依基督并转向神性写作，无疑为这一状况提供了一条解决的道路。正是北村基于信仰力量和神性色彩的创作实践，深入当代人的灵魂深处，直视人性中蕴藏的罪感、人性的蜕变、人性的黑暗与卑琐，使得当代文学在面临着诸如现代主义、后现代主义等多种价值观念的众声喧哗和价值混乱时，看到了重新获得希望与发展前景的可能性。从这一点上看，北村没有放弃其先锋性的写作立场，而是“从形式先锋转向了精神先锋”[③]，为文学在价值层面的进一步深化，提供了可以参考的发展路径。

其次，北村转型后的第一批作品的集中发表，标志着当代文学史上的“失踪者”——基督徒作家，正式由潜在的地下写作状态，走上了文学发展的前台：1993 年，《花城》杂志公开发表了北村转型后的作品《施洗的河》。“这是中国文学史上一起引起轰动的精

---

① 王洪岳：《先锋的背影——中国现代主义文论（1978—2008）》，浙江大学出版社 2011 年版，第 272 页。

② 同上。

③ 张凤玲：《旷野先知——基督徒作家北村论》，硕士学位论文，山东大学，2012 年，第 10 页。

神事件，它标志着中国基督教文学已经正式冲出历史的迷雾，发出自己的声音。”[①] 对基督信仰的书写不再成为文学创作领域的禁区，基督教文学的书写也在实际上获得了公共的默许。自此之后，一批长期处于“地下写作”状态或因各种原因选择成为“隐性基督徒”的作家开始公开言说基督信仰，并通过文学创作的方式传达救恩与福音。从这个意义上说，北村成为大陆文学中基督徒写作的先行者，对于推动基督徒文学的创作及其发展，有着里程碑式的意义。

总而言之，北村以其个体对神性的皈依为起点，在创作中热切地呼唤神性，并试图以神性洗涤人性的罪恶，指出了一条解决灵魂终极价值归属的路径，也以自身的创作实践，宣告了当代中国基督徒作家的正式出现。不仅在当代中国文学整体性的演进历程中作出了独特的贡献，也为基督徒写作的进一步发展，踏出了必要的一步。

北村的创作在当代中国文学生态中的确具有其独特意义，但也明显存在“模式化”和“说教化”的倾向。所谓模式化，首先是对于小说人物命运的安排：认信基督者，其命运发生有益的转折，获得永久的拯救与平安；忽视基督者，终究将沉沦于尘世中；其次是小说人物认信基督的过程具有一定的模式化特征——往往是在精神困苦或命运波折时，“偶然”地遇到了基督教的传道人，如孙权遇到了同样入狱的刘弟兄、马木生在山区小教堂遇到王牧师等，经过这些传道者的一番话语，小说人物顿觉“那道强光的来临，是我不能抵挡的，他的话语带着能力和权柄，把我的罪赦免”[②]。而后瞬间获得了心灵的宁静与喜乐，转而走向“人的尽头，神的起头”[③]。这一写作模式几乎贯穿北村自转型而后的创作过程，而且在部分作品中的处理又显得仓促，缺少对于认信过程及人物在认信道路上复

---

① 季玢：《野地里的百合花——论新时期以来的基督教文学》，中国社会科学出版社 2010 年版，第 81 页。

② 北村：《孙权的故事》，《花城》1994 年第 1 期。

③ 同上。

杂心理变化的书写。小说过于注重描绘人物如何探寻并在某种机遇下完成最初的认信的过程，却忽略了一个重要的问题：即使是归入宗教信仰、认信主耶稣基督的基督徒，在其作为教徒的生活中依然要受到来自属世和属灵的各方面的试探与磨炼。即使如耶稣基督的门徒彼得，也会有“三次不认主”的经历。认信，只是迈上信仰之路、追求宗教层面上的人格完善的第一步。

由于忽略了这一现实状况，也就直接导致北村创作的第二个倾向问题，即说教化。这主要体现在，对人物认信基督过程的描写，北村往往喜欢引用《圣经》中的部分经文，作为人物认信的直接契机，甚至出现了“基督徒诵读经文——认信者突然‘泪流满面’或‘看到一束光照入心中’，而后毫无选择地认信”等类似的场景，这也直接带来一种“头重脚轻”或是“结尾粗糙而突兀”的阅读感受。比如，其早期作品《孙权的故事》，全文共约 5 万字，前面三分之二左右的篇幅，都在大段地描写一个青年沉溺于金钱、欲望和酒精以及犯罪的过程，只在最后类似于“强行插入”一个有关基督教信仰的结尾。这对于原本就信仰缺失、对基督教文化缺乏了解的大众而言，由于“读者不能明白小说里的主人公为什么突然之间从恶棍成了善人、从非信徒成了信徒，那他们就会将北村的这种描写误解为是理想化的、虚假的情节设置，是为了宣教布道故意凑上去的。于是，在基督徒看来感人至深的蒙恩见证，在广大非基督徒读者看来就成了人物性格转折过快、人物形象不真实的粗糙编造，也就造成了读者接受北村作品的阻隔”①。文学毕竟不是宗教典籍的直接显示，其内在影响力也必须通过美感的文字和艺术形象才能产生心灵上的感动。要创作出中国当代基督徒的真正的“天路历程”，以北村为代表的汉语基督徒作家，还需要进行更深层次的努力。

---

① 张凤玲：《旷野先知——基督徒作家北村论》，硕士学位论文，山东大学，2012 年，第 51 页。

第三节　以“爱感”呼唤“灵性”

相较于北村式的对俗世众生沉陷罪感的生存状态的探寻，具有海外背景的华语女作家施玮，提出了“灵性文学”的基督徒写作的新范式。相比于北村式的、执着于对俗世之人罪感的描写，施玮的写作更多地从平凡人物的平凡生活入手，发掘平凡生活中的人所潜含的灵性以及借此所能获得的造物主的救赎。在宣扬基督教义、呼唤灵性复归的同时，其作品也具有着更加形象、更加完善的艺术美感，在一定程度上弥补了当代基督徒文学创作中模式化、说教化的倾向，为基督徒写作的进一步丰富，提供了可以参考的范本。

一　关于“灵性文学”的概念

施玮提出的“灵性文学”的概念，不仅是其基督徒写作的创作纲领，也成为分析其写作实践及其意义的重要命题。在《灵性文学丛书》的总序言中，施玮对这一概念进行了全面的解释和阐述。“灵性”一词从词源上不属于中国古代传统思想的衍生品：“中国古代文献中极少‘灵性’二字，却多有对‘性灵’的描述，谓万物中唯有人有性灵，能思想。”[①] 但这种“性灵”更多地源自个人内心的主观感受，即以人为本观照万物，从而使得万物皆有源于个人审美和精神体验的“我”之色彩，其本源来自俗世中的“人”。

其实，施玮所指意义上的“灵性”来源于《圣经》：“耶和华神用地上的尘土造人，将生气吹在他鼻孔里，他就成了有灵的活人，名叫亚当。”[②] 人从尘土中被创造，凭借神的赐福得了生气，继而成为“有灵”的人。这种灵（或灵性），从基督教文化的意义上

---

① 施玮：《灵性文学丛书总序》，参见施玮《放逐伊甸》，中国电影出版社 2007 年版，第 1 页。

② 《圣经·创世纪》2：7。

说，首先在于人有了思考和观察的能力；其次在于人可以凭借自己的意志，对自己的行为作出选择。人因有了灵性而成为区别于树草虫鱼、飞禽走兽的崇高受造之物，能够“生养众多，遍满地面，治理这地；也要管理海里的鱼、空中的鸟，和地上各样行动的活物”[①]，成为背负神恩的特殊受造之物。也正是凭借灵性，人具有了与神沟通、得神恩典的可能性。但是，人对从灵性而来的自由意志地过分使用，最终导致被引诱吃下智慧树上的果实，犯下因背弃神而来的原罪，又被逐出伊甸园。故而，“只能让肉体的情欲为生命之主之王，体贴顺从肚腹与五官之欲，以至于人里面的灵性被淹没”[②]。

人类灵性的逐渐缺失源于对神恩的亏欠。灵性的缺失作用于个体的生存层面，直接导致人沉溺于对物质的追求和对种种欲望的满足；反映在文学层面，则直接带来了“‘文学’这位情人萎靡于精致的阴郁，徘徊于幽暗的曲折，淤陷于肉体的五官。她被物质的碎片割裂，因麻木而‘卖淫’”。[③] 也正是针对因灵性缺失而导致的个体生存困境与文学发展困境两个层面的问题，施玮提出了以“呼唤灵性回归”为核心的“灵性文学”的创作主张。

首先，“灵性文学”呼唤“有灵的创作者”，即那些认信基督教、相信神的救赎的创作者。“灵是住在人心中的，只有心中住了‘灵’，才能被其鉴察。”[④]“生命在他里头，这生命就是人的光。光照在黑暗里，黑暗却不接受光”[⑤]，灵性文学的创作者，首先在个体上认信基督、相信上帝的救恩，接受这束来自神灵的生命的光，成为不依靠肉体和欲望，而是在神的恩典中获得重生的人。创作主体对于神灵的虔敬，也必将直接影响其创作文本自觉地脱离“阴郁”

① 《圣经·创世纪》1：28。

② 施玮：《灵性文学丛书总序》，《放逐伊甸》，中国电影出版社2007年版，第2页。

③ 同上书，第2页。

④ 同上书，第3页。

⑤ 《圣经·约翰福音》1：4—5。

“幽暗”“琐屑”等“时代病”特征，远离肉体与麻木，创作出闪现着灵性的光芒和神性的光辉的“灵性文学”。

其次，“灵性文学”的描写对象是“有灵的活人的思想与生活”。“灵性文学”的创作目的，在于对这些蒙恩者所获得的属灵的新生活与俗世生活的相异之处的叙写——这种差异体现在接受生活、选择生命价值的方面，更体现在精神世界，亦即属“灵性”的世界的改变上。当然，这不是要求“灵性文学”只描写完成了认信、蒙受神恩者的生活，那些从世俗中走出、自觉追寻神性的精神历程亦是“灵性文学”所关注的重点。施玮指出，“灵性文学”的描写对象“既是此岸的也是彼岸的，又既非仅仅是此岸的，也非仅仅是彼岸的。生命的视角与描述都超越了此岸今生，在地若天的境界并非不食人间烟火，而是在短暂的今生时空中体味出永恒；在三维肉身的限制中拥有了灵性的解读”①。这也就要求“灵性文学”的创作者，要以更加综合的方式不断深入人性的复杂内涵之中，全面地书写“有灵的活人”的生存状态，杜绝对人物描写刻画时的概念化、符号化方式，从而使小说人物摆脱模式化、扁平化的特征，而塑造成为一个在俗世中追寻灵性、追寻救赎的“真人”。

最后，在文本的外在形式方面，“灵性文学”“不是晦涩幽暗的神秘”，也不是将基督信仰建立在传奇化、戏剧化的场景之中。而是追求通过对琐碎而平凡的日常生活的叙写，平凡的人物如何在自身的生活中发现自身的“灵性”，发现平淡生活中隐藏的美与善良，最终揭示人能够在与神疏离、灵性匮乏的世界和生命之中，透过一切的光怪陆离，透视出人性里面存在的神性，从而追寻人类原初之时曾有的“尊严与荣美”。

总而言之，施玮的“灵性文学”的创作主张，兼顾了文学的本体与人学内涵。通过呼唤对人自身潜藏的灵性的认识与发掘，使人

---

① 施玮：《开拓华语文学的灵性空间——“灵性文学”的诠释》，《海南师范大学学报》2008 年第 6 期。

能够获得神性的光照。而后，再凭借这种神性的光照，在神性写作的高度上反观人世，发掘俗世中所潜藏的灵性因素，从而为普通人如何获得灵性、获得拯救提供一条可行之路。在文本形式上，“灵性文学”反对过分的传奇性，强调描写普通人的平凡乃至琐屑的生活；在语言上，反对过分的技巧和言之无物的描写方式，强调“以心灵对心灵说话，也让神的语言能对人说话”①，以语言彰显基督的救赎精神。

相对于北村创作范式的当代中国基督徒文学创作，施玮以其西方基督教神学背景为参照，更加关注普通人的生存状况及其对“灵性”的追寻，更加强调具有真实性的现实生活，也强调基督信仰接受的复杂性，突出叙写基督信仰与人性间的冲突及冲突中融合的可能性。“灵性”小说中的上帝多被放置于俗世的生活过程之中，通过对普通人的言行、性格、心理直至生活的转变，转而突出神性中的谦卑、慈爱、救赎等品格。这就使得“灵性文学”在传播基督精神的同时，也同样具有鲜明的文学品格和独特的审美价值。

二　以“爱感”为核心的“灵性写作”

相比于北村将写作视角更多地倾向于对尘世中芸芸众生的精神困境与罪的揭示，如一把手术刀无情地切割中国人为罪所缠绕的灵魂，施玮的小说创作则明显地体现出了一种温情的色彩。首先，其创作主题更多的是表现平凡生活中，以家庭为单位所发生的种种事件，表现普通人生活中所面临的生活与精神困境；其次，对于如何解决尘世中所发生的种种问题、如何摆脱精神危机，施玮的小说也多以神圣之爱的介入为解决方法。以“爱”与“宽恕”为核心的爱感文化，成为解决俗世中人所面临的精神困境问题的重要选择。同时，“爱感”也成为由俗世中解脱并走向对“灵性”的发掘的主

---

①　施玮：《开拓华语文学的灵性空间——“灵性文学”的诠释》，《海南师范大学学报》2008年第6期。

要方法。

在基督教文化中，“爱感”的出现甚至先于“罪感”：神创造人类并赐予其自由选择的意志，使得人类成为宇宙万物的灵长，这本身就已经是带有恩典性的爱，也是最高层次的爱。即使人类因滥用自己的意志，违背与神的约定而走向堕落，这种爱也从未消失。“我们应当彼此相爱，因为爱是从神来的。凡有爱心的，就是由神所生并且认识神。凡没有爱心的，就不是由神所生，并且不认识神。因为神就是爱。”① 早在人背弃神的约定前，神就已经为人预备好了赎罪的道路。神对堕落的人最大的爱，便是差遣自己的独生爱子作为替罪羔羊献祭流血为俗世的罪人洗清罪孽。这种“爱感”从神性的位格上，体现为神对堕落的人依旧无私的眷顾之心；而从人的位格上，则表现为通过认信耶稣、相信上帝所准备的福音与救赎道路，建立起对上帝和福音的绝对信仰，并“彼此相爱”。也只有这样，人才能真正地获得神预备好的拯救，使失去的灵性在个体内心获得复归，从而再度获得与神相互和好的机会。这种爱来自神的广博恩典，不求回报，也不是从道德和怜悯的角度发出，而是受到圣灵启示而得来的。《圣经》中对“爱”这一概念有着经典的论述：“我若能说万人的方言，并天使的话语，却没有爱，我就成了鸣的锣、响的钹一般。我若有先知讲道之能，也明白各样的奥秘、各样的知识，而且有全备的信，叫我能够移山，却没有爱，我就算不得什么。我若将所有的周济穷人，又舍己叫人焚烧，却没有爱，仍然与我无益。爱是恒久忍耐，又有恩慈；爱是不嫉妒，爱是不自夸，不张狂，不做害羞的事，不求自己的益处，不轻易发怒，不计算人的恶，不喜欢不义，只喜欢真理；凡事包容，凡事相信，凡事盼望，凡事忍耐。爱是永不止息。”② 施玮也认为：“灵性文学表述的爱应该是这样的爱，因为这是圣灵启示的爱的属性。而非灵性文

① 《圣经·约翰一书》4：7—12。

② 《圣经·哥林多前书》13：1—7。

学常常与之不同甚或相反，是表述自我中心的对爱的定义。”[①] 这样的文学主张，也与自己的创作追求一脉相承。

神圣之爱首先体现在包容品质，即对他人所犯下的罪的宽恕上。施玮的小说《红墙白玉兰》中，女主人公秦小小一直深深爱恋着自己的大学同窗杨修平，然而在多种原因影响之下最终没有结合。尽管其丈夫柳如海对其关怀照顾、无微不至，但婚后的秦小小始终纠缠于这段无果而终的感情，并且最终与杨修平发生了肉体上的关系。这样的结果，源于人性中追逐欲望的本能。当意识到自己犯下对婚姻不可饶恕的罪过之时，秦小小陷入痛苦的自我煎熬与道德审判过程中，直至死亡与其不期而遇——她被查出罹患脑瘤。但是，她的丈夫柳如海基于对神的信仰，无论是面对妻子的不忠或是疾病的突然降临，都选择了宽恕。即使到了秦小小生命垂危时，他依然默默祈祷：“上天啊，你既然把这个女人嫁给我为妻，求你不要带走她，求你不要惩罚她，愿你的审判在我身上，因为我是她的丈夫，我愿意替她领罪。愿你的怜悯在她身上，因为你是好怜悯，乐于赦免人的神。”[②] 在此，领受自圣灵的、从神圣而来的爱，使得柳如海完全地宽容了妻子，即使因为妻子的不忠，他承受了许多痛苦。他甚至宽容了侵入自己婚姻的杨修平。也正是这种来自神性的广博之爱，使得身患绝症、双目失明的秦小小，在肉体生命即将结束之时领受到来自圣灵的爱与救赎，在丈夫的宽恕与祝福中接受了基督信仰，于弥留之际走出了对自我的道德审判，而走向灵魂的平静与升华。

“你们饶恕人的过犯，你们的天父也必饶恕你们的过犯。”[③] 宽恕显然是基督教文化所看重的品格——上帝对于人类背弃于他的约定尚且能够宽恕，并为他们预备了救赎的道路——“神爱世人，甚

---

① 施玮：《开拓华语文学的灵性空间——“灵性文学”的诠释》，《海南师范大学学报》2008 年第 6 期。

② 施玮：《红墙白玉兰》，中国广播电视出版社 2008 年版，第 220 页。

③ 《圣经·马太福音》7：14。

至将他的独生子赐给他们，叫一切信他的不至灭亡反得永生。"[1] 而人要达到与神的和谐及灵性的复归，就必须以爱的方式学会宽恕，对他人之"罪"予以包容。这也是施玮"灵性"小说所隐藏的重要文化精神。

而且，强调神圣的爱，并不是排斥俗世间的真情。《圣经》中有言："人要离开父母去和妻子联合，二人成为一体。"[2] 真正的、坚定不移的爱源于神的应许，而神圣的爱同样体现在对真爱的坚持上。施玮的中篇小说《斜阳下河流》将一对基督徒坚贞而诚挚的爱情放置于中国近现代历史发展的过程之中，以时间的跨度和尘世的磨难透视了这段爱情。小说主人公林迎辉和陈雪依是一对基督徒恋人，彼此爱慕。林迎辉渴望以实际行动为处于贫病中的乡民行义事，于是开始行医布道。为了促成一段婚姻，又主动地替一位新郎入伍参军。当他在战场上命悬一线时，依旧坚持向战友们传播基督福音。经历了战争的重重磨难和生死考验的他，在新中国成立后因"整风"而入狱获刑。但其始终不改基督教信仰，并在监狱之中为圣灵颂唱赞歌。而陈雪依在这段时间里，则得到了神启，即"爱是永不止息"。于是她走出了个人的绝望情绪，用一生完成了爱的光芒和圣洁。她冒着生命危险，为被关押的"反革命分子"基督徒寄达写有"爱是恒久忍耐"字样的食物包裹。十年后林迎辉出狱，陈雪依却又被捕入狱关押十八年。然而，两人在经历无数磨难困苦的过程之中，却从未失去信心，终于在历尽劫数后成就一段传奇的婚姻。

这部小说着重探讨了世俗之爱与基督教文化意义上的爱之间的区别。林迎辉和陈雪依的爱无疑是坚贞而圣洁的。这种圣洁之爱，首先体现为博爱：小说中林迎辉于乡村中为人治病，在那个动乱的年代无疑是一份不安全的职业。然而，在一次婚礼上，即将成婚的

---

① 《圣经·约翰福音》3：16。

② 《圣经·创世纪》2：24。

新郎被“抽丁”，眼看婚礼将变成一场生离死别的悲剧。出于对新郎的怜悯与对爱情的珍视，林迎辉选择了代替新郎成为“壮丁”。没有人不知道在那个年代里这意味着什么，但林迎辉因为对基督的认信，因为对真正爱情的珍视，宁愿付出并作出牺牲。这种爱源自内心，源自信仰者对在十字架上为罪人舍弃生命的耶稣基督的向往与仿效，也源于自身灵魂为灵性所荡涤后产生的勇气。

其次，这种爱也体现在对爱人的发自灵魂深处的尊重与守护。小说中，年轻时的两个人并不是没有过性的冲动与对彼此的渴望。然而，根源于信仰的力量使他们克制住了欲望——“那三天我们什么都没做，我很渴望把自己给他，很渴望。但是我们什么都没做。我觉得那三天里，我为爱情的圣洁与完全所付出的比一生的等待还要多。”① 真正的、圣洁的爱并不排斥性的参与。相反，在基督徒的婚姻中，性是必不可少的因素之一。但施玮则从另一方面指出：在真正圣洁而坚贞、源于灵性的爱情中，对彼此在灵上的坚守与爱慕才是爱的真谛所在。也正是凭借着这份对真爱的彼此坚守，林、陈这对恋人获得了生活的力量与勇气，进而战胜命运与社会带来的种种苦难，在最恶劣的环境之中迸发出最为震撼的生命光芒。有研究者指出，“人们对爱情的理解又过多地与性解放联系在一起，过多地关注性爱，以至于错将技术性的性爱理解为爱情，缺少了对爱情丰富内涵的思考。施玮在文本中对具有神圣性的爱情的书写，是对人们长期以来更为注重性爱的纠正，也建构了一种将博爱置于最高层次的爱的秩序。”② 基于博爱的眼光和神性的视角，施玮对当代文学中存在的“作品没有思想为基底，也没有深刻体验带来的领悟，更没有对这个社会、对人本身的怜悯与新视角的认知，于是就来卖弄最直接的感官”的所谓“下半身写作”“身体叙事”等创作倾

---

① 施玮：《斜阳下河流》，《安徽文学》2009 年第 6 期。

② 王文胜：《论施玮〈斜阳下河流〉的基督教立场》，《南京师范大学文学院学报》2009 年第 3 期。

向，用自己的创作给予了回应。

“爱感”的最终归属在于救赎。人因失去“爱感”而沉浸于欲望，最终与神逐渐隔绝而走向此世的沉沦。但人同样可以因“爱感”的重新获得而重新认识神，最终在灵的层面上与神达到和谐。“耶稣基督降世，为要拯救罪人”[①]，神的救恩从不会拒绝任何一个俗世中愿意接近他的人。施玮的长篇小说《放逐伊甸》就深刻地阐释了这一思想。作品描写了两对恋人（或可以说一对夫妻和一对恋人）在尘世中的精神迷茫与精神寻找的过程，也可谓施玮个人追寻信仰的见证史。这部小说的初稿创作于1997年，即施玮移民美国后的第二年。在最初创作时，作者也正处于精神的困境与挣扎中。因此，作者“不能为笔下的人们及自己找到一条复乐园的路。无论是李亚的放纵寻死，还是赵溟的躲避等死，又或像戴航那样游离着不敢真正去活，他们与我这个创造他们的人都有着同样的无奈与绝望。我最后给他们找到的一条路是在腐烂中等待着通过精神分裂进入精神乐园，这其实也是我自己多年心中暗藏的一种隐约的期待。虽然我曾去了解过真实的情景并早已发现了自己这种期待的荒谬，但我不知道还有什么办法可以使我的灵魂脱离腐烂、脱离污秽，出国当然也是又一种尝试。我没有更好的路给他们，也就只好把笔下的人物弃在对死亡的等待中不了了之了”[②]。整部小说中的人物都处于一种灰暗而没有方向的生命之中，承受着命运的煎熬。但随着施玮在1999年认信基督，她开始从灵性的高度重新审视这个世界，对这部小说进行了重新的改写。至2007年六易其稿，始告创作完成。

依照施玮自己的解释，《放逐伊甸》这部小说是“以旧约放逐故事与现代新文人（代表着世人的灵魂）的堕落过程相叠映；以旧

① 《圣经·提摩太前书》1：15。

② 施玮：《放逐之途》，见施玮新浪博客，2008年3月12日（http：//blog. sina. com. cn/s/blog_ 4921167101008rzk. html）。

约中辉煌的人物衬映现代人的黯淡猥琐；以旧约中神所立的伦理与道德的纯净来光照现世代的混浊”[①]。小说中的三个主要人物——李亚、戴航和赵溟，其精神皈依的道路分别地对应着旧约中的三个人物。“赵溟的线索是罪与赎罪，对应的旧约放逐过程是从人在伊甸园犯罪被逐，到洪水与巴别塔，到神对夏甲说他已经听见了童子的呼求声（创1—22）。戴航的回归主线是爱与纯洁，对应的旧约故事是以撒与利百加之间爱情与婚姻，以及父神在基拉耳对利百加的保护与对以撒的祝福（创24—26）。李亚的寻求主线是生与死，对应的是旧约雅各的故事，肉体所需的红豆汤与灵魂得救所需的天梯（创25，28）。”[②]

小说的女主人公戴航，在物质化、商品化的社会大潮中，依然如一朵野地里的百合花般纯洁优雅。面对物质和精神的多重诱惑，依旧坚持做自己，坚持对爱的信仰，这或许与她心中完美的女性——利百加有着直接的关系。然而，她依然不能摆脱精神世界的困扰。其原因首先在于亲情的缺失。她一直抗拒见自己的生父，也不愿意对生父抛弃自己予以丝毫的宽容。同时，她一心所爱的李亚对感情的极端不负责任和游戏人生的态度也使她失去了对爱情的信仰，对婚姻既有希冀又有莫名的恐惧，对现实既盼望又患得患失，最终只能通过自我幻想的方式，陶醉在对美好未来的构思之中，陷入精神困苦的迷局。

然而神的恩典不会远离这样一个沉浸于痛苦之中的灵魂。一个偶然的契机，戴航读到了自己一直怨恨的生父的“忏悔”，认识到怨恨与折磨终究是无止境的，只有来自神圣向度的“爱感”能够完成对自我的救赎。在其父临终之前，终于能够伴着轻声的颂歌，“在床边跪下，心里不断地说着：‘父亲，爸爸！我不该恨你，对不

---

① 施玮：《放逐之途》，见施玮新浪博客，2008年3月12日，（http://blog.sina.com.cn/s/blog_4921167101008rzk.html）。

② 同上。

起，我不该恨你”。这种发自内心也源于神性的真诚忏悔，也使得饱受病痛折磨的父亲，在一片安详中离去。而后，戴航又以同样宽容的心态，原谅了背弃她且疾病缠身的恋人李亚，并最终“如同看到了以撒领着利百加进入他母亲的帐篷。心中有说不出的安宁与满足”[①]，走向寻找彼岸伊甸园的旅途。从小说中的戴航创作《失乐园》这一情节以及对这一人物的人生经历与施玮的自述相比较而言，这一形象在某种程度上是施玮将自身的灵魂挣扎与灵魂选择过程进行文学化的表现，带有一定的自传性色彩。

作为一位自诩文艺先锋派的人物，李亚的生活可谓放荡不羁：拒绝承担婚姻可能带来的后果而逃避戴航的感情，却不能放弃肉体的欲望，有着不少的性伴侣；自诩视金钱如粪土，却又认为没有金钱代表着没有能力，于是和富婆萧苇纠缠不清，陷入淫乱的深渊之中。有了钱更是放浪不羁，各方面放纵自己，最终而得性病。在其万念俱灰、准备以自杀方式结束生命时，一场意外的车祸，让李亚在生死之间看到来自天上的异象：“天梯以炫目的光芒忽然临到他，周遭的一切消失了，甚至包括他自己。这光芒带给他一个巨大的震动使他从沉重中脱出来，几乎是轻盈地沿着梯子向上爬。那座现在已经看不见的大楼仍在翻腾它尖啸的吼声，如一只只波浪中伸出的手索取他。梯子的光芒为他生出了巨大的翅膀，他无声地却又是坚定速疾地飞升，直到进入完全的宁静。”[②] 属天启示的异象在其最为痛苦、最为无力时及时地降临，使他明白了“死并非消亡”[③]。即使肉体不复存在，但人的灵魂犹存。只要拥有相信神的救恩存在的信心，拥有向神忏悔的勇气与真诚，充满慈爱的神会宽恕一个迷途浪子的全部罪过。也正是以此为契机，李亚获得救赎，重新得到借由神传递的爱感所带来的新的清洁的生命。

---

① 施玮：《放逐伊甸》，中国电影出版社 2007 年版，第 272 页。

② 同上书，第 262 页。

③ 同上。

施玮的创作大量地化用来自《圣经》的故事和典故，并结合现代人的生存状态进行再次阐释。李亚的复归之路之所以具有可能性，重要原因在于他经历了亚伯拉罕式的恐惧和约伯式的绝望——上帝要亚伯拉罕以其长子作为燔祭的祭品，也剥夺了约伯的所有并使他流落旷野。而只有在这种真正绝望的环境之下，在一个人失去所有属于此世和可供留恋的之后，方能看清这个尘世的本质，正所谓“都是虚空，都是捕风”[①]。而也只有此时，方能真正理解“爱”和“信”的精义之所在，才能真正地明白上帝的救赎之爱、广博之爱。也正是凭借着这种神圣之爱，才能战胜尘世中的生活困境乃至超越死亡。

小说中的另一人物赵溟，是世俗中没有罪也不可能陷入因罪感而产生精神困境的人。作为一个沉浸于书斋之中不谙世事的传统派诗人，赵溟尽管拥有不少的荣誉和头衔，却从未被这些冲昏头脑，而是在艺术创作中精益求精，在生活中恪守自律的原则，对除了妻子以外的女性始终保持着正常的距离。在世俗的道德评判中，赵溟似乎是一个完美而不可挑剔的人。然而，这种道德的完美实际上是建立在个人精神的故步自封之中。赵溟通过对世俗的道德律法的熟悉与自我适应，完成了对自我“完美性”的构建。却不曾看到，为了完成自己的“理想”，周围的人——无论是他的妻子还是孩子，承受了多大的痛苦，付出了多大的代价：妻子为了维持他诗人一般清高的生活，不得不放弃已有的稳定职业而准备“下海”经商；女儿被寄养在外婆家，多年不曾见过父亲。赵溟习惯于对自我道德地位的标榜，从而逐渐缺失了认识自己、解构自我的勇气。对自我德行的标榜也成为自我封闭的开始，也使赵溟逐渐成为一个冷漠而自私的人。

在赵溟这个人物身上，施玮形象地阐释了基督教的“义人”观。“我们若照耶和华我们的神所吩咐的一切诫命遵守遵行，这就

① 《圣经·传道书》1：14。

是我们的义了。”[①] 在基督教理念中，“义”的含义在于依照神的命令而行动，遵守神灵所带来的诫命，从而在灵的层面上与神达到交好，从而完成对此世罪孽的赎回。“称义”的先决性条件在于对神的认知、敬畏和皈依以及对神的诫命的恪守。在缺乏超验性主体和神性介入的前提下，凭靠个人的行为——哪怕是恪守此世的道德戒律并以此世的道德、律法规范不断完善自我，即使这种行为已经达到相当高的境界，只要缺少“信”这一先决性的前提，缺少来自神性的光照，就依然是属地的、此世的、残破不全的和缺乏根基的。因为，任何突发事件都可能摧毁这种建立在自我认可基础上的、“自以为义”的行为。正如《圣经》中的论断：“既知道人称义不是因行律法，乃是因信耶稣基督，连我们也信了基督耶稣，使我们因信基督称义，不因行律法称义，因为凡有血气的，没有一人因行律法称义。”[②] 在作品中，一场突如其来的大火和一个陨落的生命引发了赵溟对于自己道德和良心的深刻思考：在他与李亚等文人墨客大吃大喝、高谈阔论之时，一场车祸引发的火灾将一个小女孩儿瞬间吞噬。然而，目睹这一事件的每一个人都认为自己无须报警为女孩儿寻求救助，因为在他们心中，“别人”一定会去做这件事情。然而，当每一个人都如此想的时候，最终的结果是没有一个人去救助这个孩子，孩子最终死于火灾。这本是一件无关于己的事情——毕竟他们中的每一个人与这个女孩儿都没有任何亲缘关系。但赵溟因这件事情，打破了对自己道德完美的假想。经历反复的灵魂煎熬，他认清了自己的冷漠与爱感的缺失。在这种蓦然到来的灵魂审判与灵魂自省中，他认识到自己竟然是一个毫无爱感，甚至缺少爱的能力的人。人的最大悲剧就在于以世俗的道德和律法规范自己，在道德的自我满足感中与公义和上帝的爱自我隔离。他所犯下的罪根源于自私与自以为义。也正是在这种对灵魂的自我解剖与自省之

---

① 《圣经·申命记》6：25。

② 《圣经·加拉太书》2：16。

中，赵溟开始了忏悔。他向自己的妻儿忏悔，也向丧生女孩儿的父母忏悔，直至向施以救赎的耶稣忏悔。通过忏悔，他获得了爱的能力与爱的品格，最终也寻找到属于自己复归伊甸、获得灵性救赎的道路。

关于《放逐伊甸》的主题，施玮自述为“从神造人，人因罪而离开，到神的拯救，整个放逐与回归之途。小说对生与死、罪与良心、爱情与金钱、婚姻与伦理进行了描述、疑问、思索，并以神——万物之源的纯净之光光照。记述了我们这一代追求与认识的心理历程”[①]。作者试图通过这部小说，说明每个尘世中的人，都会因为与神的疏离以及灵性的缺失而陷入生存价值与生命意义的双重迷茫。但“神就是爱”，凭借着神对世人的永不止息的爱，凭借着坚实的信仰与根植于信仰的灵性，人可以完成对于失去的灵性和爱感的寻求与回归，从而完善自我以达到超脱的境界。“如今常存的有信，有望，有爱；这三样，其中最大的是爱。”[②] 无论是戴航式的宽恕、李亚式的忏悔，还是赵溟式的灵魂自省，最终的结果都是产生源于神性的爱感，并在神圣之爱的高度上达到与神的和谐。或许在此世，属肉身的人无法用肉眼看到伊甸园的复归。但在精神层面上，有爱的灵魂已经重新归属神的园，享受了源自神性的智慧、喜乐与平安。

施玮的“灵性”写作从剖析人性出发，深刻地揭示人性的不足、人性的丑恶以及由此而带来的诸种人性困境，其根本原因是人与神之间关系的疏离。而这种疏离的直接原因在于人被属世的种种欲望所缠绕，缺失了源自神性而来的爱感。而人要摆脱生存的困境并达到灵魂的超越与完善，唯一途径就在于寻找并坚持来之不易的爱感。爱感体现为宽恕他人罪过的勇气，体现为对圣洁之爱的坚

---

① 施玮：《放逐之途》，见施玮新浪博客，2008 年 3 月 12 日（http：//blog. sina. com. cn/s/blog_ 4921167101008rzk. html）。

② 《圣经·哥林多前书》13：13。

守，也体现在对于罪的包容。“爱感”的获得往往呈现出复杂性。人不是通过瞬间的布道或传教，就可以体会到灵与爱感的降临，体会到上帝的救恩的。在人性层面上，爱感的获得往往呈现为反复的价值选择或深刻的灵魂煎熬。而对这一过程中的人性逐渐转折变化的立体化表现，也使得“灵性”小说具有更加深厚的艺术品质。试想，《红墙白玉兰》中的秦小小或《放逐伊甸》中的李亚等人，抽去对于其灵魂煎熬的反复渲染，而是设置一位诸如布道人或是基督徒通过一次性的宣讲基督教教义就使其完成忏悔或是皈依的过程，那么小说的艺术性和思想深度也就必然大打折扣。从这一点上看，“灵性”小说抓住了人性与神性之间沟通的桥梁或者中间状态，围绕“爱感”加以深入叙写，也就使得“灵性”小说在传播基督教教义的目的性以及小说应当具有的文学性之间找到了平衡点。对于北村式的宗教说教性过强、文学艺术性欠缺的汉语基督徒创作而言，“灵性文学”可谓一个有益的填补。

三　施玮创作的文学影响

研究者在谈及当代中国现代主义文论建构及发展过程时，逐渐地认识到“神学的缺位或宗教的衰微，带来的是新时期现代主义文论建设的精神维度的萎缩”①。事实上，从当代中国文学发展的整体性来看，神性的缺失所产生的影响不仅局限于理论探索，更在深层次上影响了文学创作的整体形态。缺少对于神性维度的思考，缺乏对于神性的敬畏意识，直接影响到当代文学创作在内在价值上的追求，直接表现为对于精神超越层面的观照明显不足。施玮的创作，建立在对这种现象的深刻认识与深切担忧之上。“对于中国，这个受儒家思想影响近二千年的国家，文学艺术的影响力更是举足轻重。今天，中国的文化、中国的文学艺术无不体现出没落与等死的

① 王洪岳：《先锋的背影——中国现代主义文论（1978—2008）》，浙江大学出版社2011年版，第269页。

状态。旧本土文化中的自怜、乖僻、仇恨与现代的放纵、颓废、淫荡相混杂，形成了以阴暗为表征的文学及文化。”[①]“灵性文学”的提出及其创作实绩，目的在于通过呼唤神性并力图从神性视角观照人的生存困境，进而为人的精神解放与文学的健康发展提供参考路径。

“灵性文学”强调对普通人的平凡生活状态的描绘，并力图探索平凡之人如何从生活中获得信仰光照、归入灵性生活的可能性。因此“灵性文学”不反对也决不排除对诸如亲情、友情和爱情等人类情感的描写，进而也决不避讳普遍存在的诸如性爱、婚外情等社会现象。但“灵性文学”所提倡的爱乃是来源于神圣力量，来源于相爱双方对于彼此灵魂和人格的尊重，来源于对爱的神圣性的虔敬。这种爱纯净而坚贞，带有使人灵魂逐渐强大甚至战胜一切困苦的力量。也只有来源于神圣的爱，才能达到性与爱、性爱与神圣之爱的和谐，达到灵与肉的完美统一。相反，沉溺于受到欲望支配而来的俗世之爱中，如秦小小、李亚一样，只能使得个人沦陷为肉体和欲望的奴隶，深陷于罪中不能自拔直至沉沦。应该说，“灵性文学”的这一写作向度，对于当代文学存在的诸如欲望化等倾向作出了必要的反思。正如施玮所言：“我不排除灵性文学中有性的描写，而且也不认为有尺度之限，但其承载的是思想，而非空白。”[②] 与此对应，“灵性文学”强调创作当“言有物”，反对“绢花式的”、缺少生命灵性的语言与文本形式。强调以文本内在的、丰富的精神资源直接面对心灵，实现“心灵对心灵的说话”。强调文学技巧“应当为生命添彩”，而非使生命“为技巧牺牲”。

“灵性文学”强调文本内涵的思想性，要求创作者在神圣信仰

① 施玮：《放逐之途》，见施玮新浪博客，2008 年 3 月 12 日（http：//blog. sina. com. cn/s/blog_ 4921167101008rzk. html）。

② 施玮：《开拓华语文学的灵性空间——“灵性文学”的诠释》，《海南师范大学学报》2008 年第 6 期。

的光照之下，深入地剖析了人性之复杂，并在复杂的人性中寻求隐藏的神性光辉。在写作的外在层面上，反对无意义的文字游戏和文学形式试验；在写作的价值维度上，反对缺乏思想深度而沉浸于对肉欲、性欲等不厌其烦的叙写。“灵性文学”创作者的创作能力来源于因信仰神、虔敬神而得来的智慧与权柄，也同样要凭借这份智慧与权柄向尘世的人宣扬神的恩典与救赎。这一创作旨归，使得“灵性文学”的创作主题具有了拷问灵魂、反思人性的精神深度，也具有雅洁而纯真的语言风格。

对于当代的汉语基督徒写作形态而言，“灵性文学”也具有积极的、补充性的意义。诸如北村等基督徒写作的先行者所存在的最大问题在于，在展现基督教对解决当代人的生存困境与生命价值发生积极意义的同时，缺乏对人性复杂性的深入剖析。基督教成为“一劳永逸”式的和一次性的救赎途径。认信成为人性与神性之间的唯一的界限，成为了非此即彼的选择性关系。这种观念使基督徒写作带有极大的“模式性”与“说教性”特征，极大地削减了文学作品的表现力。相对于这一类型的基督徒写作，“灵性文学”更加强调从人性内部出发，探索人在对神性的追寻过程中灵魂世界的煎熬与信仰选择的复杂性，从而在人性的矛盾与挣扎中揭示神性的存在。显然，“灵性文学”的提出丰富了汉语基督徒写作的内涵，对于克服其中的简单化倾向提供了有益的范式。

第四节　信仰传播的文学书写

基督信仰源于人性深处对善和救恩的渴望，基督徒作家的创作也多由此入手，剖析人性中属此世并阻隔人性向神性复归的因素，进而提出应对和解决之道。这一思路促使当代基督徒写作的主流体现为对个体生活及其命运的具体描述，并通过对个体认信和救赎途径的描述来传达神爱与救恩。但是，对基督教与中国文化的对接及其与国人关系的互动表现，又不是仅仅基于个体生命的体验。作为一种并非根植于中国传统，而是由外在因素而来的异质性文化，基督教在中国范围内的传播历史本身也值得探索与叙写。在基督徒写作者将创作重点指向基督教与当代国人的生存困境和精神困境关系的同时，一部分基督徒作家则将眼光转向救赎福音在中国土地上的涌动的历史，尝试为基督教在中国的传播和发展以及基督教文化与中国文化对话、交融的历程进行文学性的描述，从而实现着对基督教在中国传播史的文学性书写。无疑，这是当代汉语基督徒写作的另一个重要方向。范稳以其著名的“藏地三部曲”——《水乳大地》《悲悯大地》和《大地雅歌》，对于基督教百年间在滇藏地区的传播及其与中国传统宗教信仰间的冲突和对话的传奇性叙写，成为这一写作向度内的代表性作家。

一　信仰传播的基督徒视角

作为伴随着近代历史上不平等条约而进入中国国门的外来宗教，基督教一开始就被多数中国人视为带有文化侵略性的一种“异邦宗教”。而且，由于不同文化间的冲突和不平等条约的推行，由“传教”和“入教”矛盾而引发的“教案”时有发生。而“教案”又成为引发中外民族矛盾的“导火索”，也把基督教推向中国文化和中国社会的对立面。同样的，传播基督福音的传教士和牧道者，则往往成为反面人物或扮演不光彩的角色。虽然也存在一定程度上正视基督教传教士形象的文学书写，但总体而言，非基督徒作家在描述基督教的中国传播过程及从属于基督教内部的教牧人员形象时，更多的是将其放置于中国传统文化和传统社会的对立面，着重书写基督教文化的负面特征和负面影响。而对于基督教如何与中国文化相和谐并与中国社会的思想层面产生有效对话的命题，则明显薄弱。

从外在的传播过程看，基督教伴随着帝国主义势力的侵略，在一定程度上扮演的不是正面的角色。但从个体信仰的角度上看，面对社会现实，基督教的终极追求依然在于对中国人和中国社会的拯救：如何让中国人在动乱而贫穷、生命安全得不到保障的现实之中重建生存的信心；如何让中国社会从杀伐斗争中解脱、建立一个适合生存和发展的新社会；如何使神的福音与救恩在中国这片有着完备的思想伦理体系的土地中生根发芽并为更多人所认可和信仰。也正是基于这样的信念，一部分传教者毅然踏上中国的行程。这是一场圣洁而悲壮的传道之旅，甚至不少传教者将生命留在了这片土地。应该说，如果没有这样的传教者以生命为代价对基督信仰的传播，基督教在中国文化环境内获得生长和发展的空间则更为艰难。从这一角度上说，对基督教在近现代中国的传播历程的回顾以及对献身这一神圣事业的教牧人员生存状况的叙写，就成为基督徒作家的一项重要工作。这一书写有着多重性的意义：首先，从个体的角度来看，这是对基督教在中国传播的开拓者、为福音能够在中国生根发芽的先行者所作的感恩与赞颂；其次，可以对一部分不能客观评价中国基督教发展史的论断进行纠偏，为基督教在中国的本土化发展正本溯源；最后，对基督教与中国文化相互交流、冲突与融合的途径进行探寻，在终极意义上回应一个文化问题——基督教如何实现与中国文化的对话，逐渐成为现代中国建设进程的有机部分。正是出于上述考虑，诸如范稳等当代汉语基督徒作家开启了对基督教在中国传播、与中国文化交流过程的探寻，并有了《水乳大地》《大地雅歌》等基督徒视角下的中国基督教传播史的书写。

二　多维度下的文化探寻

“1999 年的夏末，我在西藏芒康县的盐井教堂待了一段时间，一个黄昏，我独自去教堂的圣地，忽然发现了一个当年因宗教纷争被杀的传教士的坟墓，苍茫血腥的历史在我的眼前赫然打开。我在暮色中阅读简单的碑文，在坟头破败的十字架前伫立良久……信仰本是美好的，教人向善的，可是为什么有人要为此付出生命的代价？就在这个细雨中的黄昏，我被某种力量震撼，被某种人生悲剧感动。它就像来自天国的一束强光，忽然把你平庸的生命照亮。"[①] 在谈及自己的基督认信过程时，范稳强调了这次偶然的际遇。也正是出于对传道者为宗教甘心献身的神圣精神的崇敬，促使范稳开始探寻信仰的本质与信仰者的砥砺和坚守。在谈及"藏地三部曲"的创作缘由时，范稳认为"除了出于对中国这片多元文化并存的土地中，各种文化影响下的个体生命生存状态的探寻外，从一个基督徒的视角上，我更是要为那些以基督般献身精神在中国土地上为神做工的福音的开拓者们写出一段真实的、源于信仰自身的心灵史和人物史。为在中国艰难传播福音的神的使徒们写出一部属于他们的《使徒行传》"。[②] 基于明确的创作意识，"藏地三部曲"中的《水乳大地》和《大地雅歌》两部作品（其中的《悲悯大地》主要从藏地佛教信仰出发，探索了一个藏人"肉身成佛"的历史），从人物形象、文本结构以及思想旨归等多个维度向这一目的接近，完成了"中国式的使徒行传"。

从人物形象层面看，范稳塑造了多个虽然性格不同但都对传播基督福音有执着的愿望与坚定信仰的西方传道者角色，如《水乳大地》中的杜朗迪神父和沙利士神父、《大地雅歌》中的罗维神父和杜伯尔神父等。这些人物的共同特点，在于对神的福音怀有深刻的虔敬与信仰，也有基于这一特点而来的对困难的忍耐和对光明的盼望。面对环境艰苦、思想封闭的西藏，他们有着"把十字架插在他们的神山上"的坚定目的，笃信"没有上帝到不了的地方"。面对强大的本土宗教势力，他们并不是像早期传教传统描述的"用坚船

---

① 范稳：《从慢开始，越来越慢》，《大地雅歌》，北京十月文艺出版社 2010 年版，第 428 页。

② 这一段论述来自和范稳通过新浪微博对其创作历程进行的讨论整理。

利炮、借助本土政治势力”强行地传播基督福音，而是从一开始就刻苦地学习当地的文化、语言，甚至开始学习藏传佛教的教义并尝试与当地生活打成一片，在日积月累的变化中传播福音。他们有从神而得来的爱的力量，对当地受到欺压甚至被抛弃的人——如在与藏人争夺土地时失利、家园沦亡的东巴人；因患麻风病而被氏族抛弃、陷于自生自灭境地的人——施以拯救，并带领他们向江对岸的“蛮荒之地”开进，建立村镇、教堂，这些“被抛弃者”在宣教士的开启下重新寻找到生命的意义、重建生存的信心，在一片荒芜中建设起伊甸园式的生存环境。宣教士们不卑不亢，以神所赐予的勇气和智慧与地方强大的宗教势力相抗衡。即使是面对当地血腥而充满杀戮的“教案”，面对即将来临的死亡，他们依然带着殉道般的崇高感慨然赴死。甚至在死亡面前，首先想到的依然是如何保护那些认信基督的中国教民。最终，杜朗迪神父和杜伯尔神父勇敢地走向了死亡，以生命和鲜血为代价保护了来之不易的传教成果，并以此推动了基督教在藏地的进一步发展与融合。范稳在塑造这些传教者人物形象时，同样没有避讳他们骨子中带有的、基于西方思想的骄傲——将中国本土的宗教看成低于西方基督教文化的“野蛮宗教”，而这又从根本上导致了传教过程中——尤其是传教前期——基督教与当地藏传佛教间的冲突和斗争。其实，这恰恰是对于传教士人物形象塑造的真实性品格之所在：传教士们有着对传播福音的坚定与虔诚，也有着神性光辉照耀下对于贫穷和弱势者的包容与爱感。传教士虽具有忠诚的品格与勇敢的气质，但也有着不同的、基于人性自身的性格与弱点。尤其是在面对基督教与中国传统宗教相互对比之时，传教士们所共有的认为基督教“高人一等”的观念便显现出来。这一观念又在客观上导致了二者对话时的难以交流的境地，也是造成宗教冲突的因素。作为基督徒作家，在描绘这些传教士人物时，范稳既没有因为自己的宗教信仰而进行带有价值偏向性的人为“拔高”，也摆脱了以往文学作品对基督教传教士的脸谱化、反面化的叙写。也正是在这一层面上，“藏地三部曲”中的基督教传教士形象，在突出其神性的前提下也具有了复杂的人性，也就更加真实，更加具有艺术典型性。

在构建“中国式的使徒行传”的写作中，从文本形式和文学语言层面，范稳也有意地对《圣经》的叙事结构和叙事语言以及其中所包含的典故进行有益的借鉴。比如，在文本结构方面，“作者有意地借鉴了《圣经》的文本结构，如《大地雅歌》中每一章节之名多使用了如‘纪’、‘志’、‘传’、‘书’、‘福音’等圣经中常用的词语，并且由‘创世纪’为始，至‘默示录’（即新教圣经中所说的《启示录》）为终结”[①]，以藏族说唱歌者扎西嘉措一生的爱情为主线，描述了他从归入基督，到在尘世中接受试炼，最终获得属灵的新生命的过程。而这一过程也与《圣经》文学中所常用的“罪—罚—救赎—新生”式的 V 型叙事结构相一致。在这一主线发展中，小说还加入了与之平行的多组 V 型叙事结构，比如对从匪首到皈依基督，随后又“叛教”，最终以个体的死亡完成赎罪过程的格桑多吉传奇一生的叙写。在主题一致的前提下，每个人物的个人获得救赎的历史又各不相同，但最终都完成了殊途同归的救赎之路。这又构成了《圣经》中“对观”式的书写方法——以不同的视角和不同的描述口吻对同样的一件事进行叙述，从而在多声部的叙述中，完成对于同一事件的完整叙述，如同《新约》中的四部福音书以不同的角度和不同的叙述口吻乃至不同的叙述风格，完成了对救世主耶稣基督形象的完整化叙述一样。这种写法也使“藏地三部曲”在结构上具有了一定的复杂性，并在这种复杂中完成了作者对于这段历史的叙述与构建。

从文化学角度而言，范稳摆脱了单纯的对宗教自身价值予以“好”或“坏”的二元评判，传达出不同宗教之间相互交流、相

---

① 王文胜:《论中国新世纪文学中的〈圣经〉资源——以〈大地雅歌〉为例》,《文学评论丛刊》2013 年第 1 期。

互融合的主题。对于藏传佛教这一本土宗教，作者显然突出了其封闭性的特征，也叙写了西藏土司、喇嘛等藏传佛教信徒所做的“恶”的行为及其后果，但并没有将其置于彻底的批判和否定立场，而是为其走向开放与包容提供了空间；在叙写基督教传播过程及传教士们为之付出的努力以及在中国文化下的信徒们通过信仰而获得“新生”的同时，也指出了基督教文化所存在的诸如文化歧视等缺憾和不足；基督教传播者们以“福音传播者”的身份出场，试图以基督教彻底取代中国传统宗教的尝试，同样也是引发宗教矛盾、民族矛盾的因素。基督教传播者尽管以圣徒的身份自居，但个人性格也并非完美无缺。概而言之，每一种宗教都有其合理的存在，也有其自身所存在的问题。因此，要真正实现跨宗教间的互动与交流，最好的方式就是站在平等的立场之上，彼此吸取对方的优良品质，并以此反观自身的不足。在“藏地三部曲”中，基督教与藏传佛教间，正是缺乏相互的理解、缺乏平等的沟通而导致冲突，因此，只有相互尊重和相互包容，“求同存异”才能走向彼此的和解。在《大地雅歌》中，代表西方基督教文明的罗维神父与代表东方佛教文明的顿珠活佛，关于“茶”和“咖啡”间的对话应该具有启发意义：

> 我们本来都没有错，面对我们各自的信仰，当我们试图去分辨谁对谁错时，我们就开始走到错误的道路上去了。杜伯尔神父曾经跟我说，他要找到基督徒中的佛性，佛教徒中的基督性。这些年我一直在修行中思考这个问题，有一次我在闭关禅坐中终于参悟了：如果我们只站在自己的立场上，就永远找不到。当然也不是站在对方的立场上，那我们都会失去自己。实际上佛性和基督性，都是有信仰的人心中的一汪幽泉，只是我们更多地去论辩它们的相异，而没有去发现其本质的相同之处。为了发现它，我们应该首先摈除成见，像今天这样，找一个阳光明媚的地方，先喝茶闲聊。但是这个世界上人们的口味

千奇百怪，你不喜欢酥油茶，我不习惯喝咖啡，那么我们就不去论说酥油茶和咖啡的好坏，我们可以重新选择一种双方都能接受的东西——一杯清水。至少水是我们都离不开的。对吧，尊敬的罗维神父？

罗维神父定定地看着自己的宗教对手，忽然产生了站起来拥抱顿珠活佛的想法，但他克制住了，因为他一时找不到更适合表达自己赞同的话语。……

接下来，顿珠活佛把自己的《慈悲与宽恕》赠送给罗维神父，罗维神父把自己的《爱的回忆》赠送给顿珠活佛。

"真爱无罪"。……"在我们都看到了对方心里想说的话后，我们就能知道，当年我们错在哪里。"

"你已经给出答案了，活佛。"罗维神父起身把自己面前的咖啡和顿珠活佛的酥油茶都倒了，然后拎起旁边的水壶，往大家的茶杯里倒了一杯白开水。

"我们用这个，干杯。"罗维神父说。

"好一杯清水。"顿珠活佛举起了自己的茶杯。[①]

"差异"存在的关键在于"对话"，"对话"存在的关键在于互为"他者"。具体而言，就是对"自我"的反省和对"他者"的尊重。这种呼唤宗教间放弃执着于己的成见、以平等的立场进行跨文化的对话与交流的意识，正是出于对基督教在中国社会传播过程中的地位的考察，以及对基督教如何有效融入中国文化言说系统的思考而得出的结论：基督教不能放弃自身的信仰价值与信仰体系，成为中国文化的附属品，同样也不能固守其原有的文化立场，试图对中国文化进行改造与重新构建。在文化交流与相互适应的基础上，

① 范稳：《大地雅歌》，北京十月文艺出版社 2010 年版，第 415—416 页。

促进基督教文化在中国社会语境内的发展，使得基督教成为中国文化发展中的有机力量，理应成为中国化基督教的未来方向。从这个意义上说，范稳的基督徒文学创作，在文学和文化的双重语境中具有超越性意义。

就整体性创作主旨而言，范稳通过自己的文本试图传达并构建出超越宗教、超越历史、超越文化、超越两性意识的“大爱”境界。同时又显而易见的是，他通过对基督教传播历史中的教牧形象的文学性刻画以及对基督教文学叙事结构和语言的有机化用，从基督徒的视角以文学方式表达出多元宗教相互融合的观念。这不仅为基督教如何成为中国文化系统的有机构成部分提供了参考路径，也相应拓宽了当代汉语基督徒写作的文化领域，将基督徒写作由对人性内在的、微观的描写延伸拓展到对宏观历史语境的描绘，也就具有了文学、文化学乃至思想史的多重价值。

在共同的信仰空间中，当代汉语基督徒作家呈现出不同的写作路径：北村以先锋作家的身份皈依基督信仰，宣告了基督徒文学从潜在写作、地下写作状态到显性写作层面的转向。其执着于对尘世“罪行”与人性“罪性”的探寻，尽管不脱离概念化、模式化和说教化的问题，却以对人性的拷问和对灵魂的探究而开辟出一条通向人文关怀与思考终极价值的道路，成为当代基督徒写作的先行者。施玮的写作，通过对“灵性文学”概念的提出和创作实践，使得基督徒文学在坚持宗教立场、呼唤神性的同时，逐渐摆脱模式化和概念化的不足，创造出一批具有复杂个性的人物形象。“灵性文学”也以其“言有物”的创作追求和恬淡朴素的艺术风格，为当代中国文学注入了另类精神。同时，通过对“灵性文学”理论的不断阐释和对“灵性文学”作品的编辑成书，施玮提供了游离于文学视野之外的基督徒作家，使得当代基督徒写作群落不断扩展。不同于既有意识形态意义上的写作范式，范稳从基督徒的立场考量、描绘传教士的形象，有意识地关涉文学创作和文化对话的问题。通过对圣经文学结构和语言的借鉴与模仿，谱写了中国传教士的“使徒行传”，并将思考的视域由个体生存转向文化互动，为当代基督徒写作的深化和发展提供了参照方向。

第五章

忏悔意识:宗教视阈中的关键命题

谈及忏悔意识，宗教是不可规避的话题。无论其表现如何，大都与宗教信仰有着不可分割的内在联系。忏悔意识往往表现在对于个人灵魂洗脱的重要性，并且带有个人对神的崇拜色彩，而往往忽略宗教对忏悔的人的影响和忏悔意识的价值探寻。21 世纪以来，关于文学的处境和人的终极话题的探讨引起广泛关注，忏悔意识以不同于以往的形式和内容呈现出来。

第一节 “上帝之约”与信“佛”之路

从严格意义上说，当代中国文学中的纯宗教信仰式的创作并不多，但若一味地追求宗教形态，则又会失去文学本身的魅力与价值。因此，就当代文学尤其 21 世纪文学而言，受宗教影响的文学创作，不过是作家在追求精神信仰时心灵的归属感在艺术上的折射。蕴含宗教意味的忏悔意识，就不仅仅局限于文学自身，而且带有对生命的领悟，从而以此震撼人的内心。

一 “上帝之约”的救赎与“良知的写作”

在世界宗教中，基督教的忏悔思想对 21 世纪小说创作中的忏悔意识产生了重要影响。就基督信仰而言，首先要承认上帝存在的合理性。“凡是善的东西，无论大小，只能从上帝而来。”[①] 人做善事所带来的积极影响使人们对上帝必须抱有感恩的心态，正是上帝赋予人行善的意志，才能在现世得到善行的回报。奥古斯丁认为：“若依附公诸大家不变的善，就获得人生中主要的善。但若意志离弃那公诸大家的不变的善，而归向一种私善，无论是在它以外或以下的，它就犯了罪。一旦它要自己做主，它就归向一种私善：一旦它渴望知道别人的私事，它不是归向于在它以外的；一旦它爱好肉体的快乐，它就是归向于在它以下的。因此一个人一旦变成骄傲，好奇，放纵的，就被另一种生命追上，它与更高的生命相比就等于死的。然而这种生命，是处于天命统治之下。这种天命，使各物各有其位，各人应得其分。”[②] 对于人的自由意志，也由上帝决定。因而在人们的观念意识中，必须首先将“没有上帝”这个意念排斥，才能肯定自由的善恶。“若我们在身体之善中发现有些善能被人误用，但我们不能因此就说上帝不应将它们赐给我们，因为我们承认它们本来是善的；那么难怪在灵魂中也有能被我们误用的善，但这些善既是善的，就只能由众善之源将它们赐给了我们。”[③] 因此，在西方文化语境中，基督宗教式的忏悔是在肯定信仰的基础上的一种仪式，着重强调人的自罪感。根植于基督教文化中的终极善恶观与原罪意识，使忏悔成为人自律的一种习惯。一方面信仰的好处在于使人的心灵有着可以依靠的港湾，另一方面唯神至上的思想也控制着人的自由的话语权。比如一些蕴含基督教文化色彩的作品，如北村的《施洗的河》《我和上帝有个约》《公路上的灵魂》《望着你》《愤怒》《玻璃》等，其中的人物终究不能逃开上帝的拯救，最后必然地走向宗教信仰之路。

① ［古罗马］奥古斯丁：《论自由意志》，《奥古斯丁选集》，汤清、杨懋春等译，宗教文化出版社 2010 年版，第 208 页。

② ［古罗马］奥古斯丁：《奥古斯丁选集》，汤清、杨懋春等译，宗教文化出版社 2010 年版，第 211 页。

③ 同上书，第 209 页。

21世纪以来，在蕴含基督教色彩的中国小说中，以北村的创作最为典型。一方面是由于其特殊的基督教徒身份，其作品中所涉及的宗教忏悔意识得到了充分的阐释；另一方面北村的创作并不以宣扬宗教为目的，而是从宗教的角度来体察人类目前存在的精神困境，基本涵盖了21世纪以来忏悔意识的状态。以往的研究通常将北村归为先锋作家，早期的北村曾经接连受过托尔斯泰、福克纳、海明威、川端康成、卡夫卡等作家作品的影响，然而终未找到精神依靠。在随后对加缪的《西西弗斯神话》的研究和对尼采的探知中，北村陷入了困顿，在生死的终极话题上找不到解决问题的出路，从而使他只能得出"有一个比三度空间和四度空间更超越的五度空间"① 的结论。所谓的"五度空间"就是神的存在，于是在思想上，北村越来越向"神"的方向靠拢。于是，在他听了不到二十分钟的福音传教之后，便正式成为一名基督徒。此后北村的创作也正式转向基督教文学创作，《施洗的河》《张生的婚姻》《伤逝》《玛卓的爱情》《孙权的故事》《鸟》等作品都十分真实地反映了"一个基督徒的目光打量这个堕落的世界"。② 作品中的主人公大都是置身现实世界中，不须为饥饱问题而发愁，却始终有着精神上的困顿和情感的缺失。《消失的人类》中的孔丘、《玛卓的爱情》中的玛卓、《周渔的喊叫》中的周渔以及《强暴》中的刘敦煌和美娴，无论现实中的事业抑或家庭多么成功完美，这些人物形象都不同程度地遭受着"情感讽刺"。玛卓"清高"的爱情与现实比起来显得微不足道；周渔在陈清死后才发现情感骗局；刘敦煌在得知美娴被强暴后自甘堕落，最后发现自己嫖宿的妓女居然是妻子美娴。这些作品中的人物一个个轮番陷入情感危机，他们的生活缺少爱的普照，北村正是意图从这个侧面向现实中的人们证明唯有神的存在才能给予人们爱的价值。他自身则站在"基督徒"这个制高点，审

① 北村：《我与文学的冲突》，《当代作家评论》1995年第4期。

② 同上。

视着世间的男男女女，呼唤神的降临，以填补人的精神情感缺失。

尽管从文学艺术层面，北村凸显了上帝的存在对人摆脱神后的困顿的意义，但是他并不将文学当作对现实的有力回应，而是将其看作一种传递“上帝之音”的媒介，成全他作为一个基督徒传递福音的基本义务。北村认为，“文学是极其无力的，最好的文学也只能接近一种可能准确的诊断，却从来不开药方和治疗”。[①] 他努力向读者展示信仰的作用，只有相信神的存在，人才有活着的意义，否则无异于行尸走肉。如果说 90 年代的作品是一个基督教徒对神义的宣扬，那么 21 世纪以来的北村的创作，则是在此基础上寻求超越自我的终极价值探寻，也就是在“上帝之约”的关照下，在人的忏悔与救赎中获得神的力量。无论是《我和上帝有个约》，还是《愤怒》《公路上的灵魂》，其中的人物在不断地自我探视中，突破、超越自我，达到至善的境界。

《我和上帝有个约》中的陈布森参与了大马蹬和土炮蓄谋已久的谋杀案，亲手杀死了樟坂市副市长李寂。从此便陷入了灵魂的旋涡，在接近李寂的儿子淘淘未被发现后，他竟然进一步接近李寂的妻子冷薇，帮助他们走出死亡的阴影，获得心灵的宽慰。《愤怒》中的马木生杀害钱家明后，在教堂中获得了短暂的平静，经过王牧师的开导，基督教的忏悔救赎理念在他的内心扎下了根。之后更名为李百义，十年中做了许多善事，以救赎自身的罪行。《公路上的灵魂》中的母亲面对父亲狂热的革命激情和暴力时的无言，无疑是对信仰的一种捍卫。

21 世纪以来，北村作品中始终充斥着宗教色彩，但是并未摒弃文学性，始终围绕着“人”的精神问题不停地探索，不断深入地体会人生的精神含义。正如刘小枫所言：“我们唯一无条件地接受并认同的，只是对人类精神困境普遍有效的价值真实。”[②] 北村小说

---

① 北村：《我与文学的冲突》，《当代作家评论》1995 年第 4 期。

② 刘小枫：《拯救与逍遥》，华东师范大学出版社 2007 年版，第 16 页。

中对人类精神困境的体察，是能够得到广泛认同的主要原因。对个体来说，无论在社会抑或在家庭中扮演的角色是什么，都会认同普遍认可的精神价值。北村所碰触的是人类永恒的话题。尽管忏悔是基督教徒的必修课，然而忏悔中所碰触的“良知”，并非仅仅局限于宗教徒的行列，同时也在大众的道德自律范畴之内。一旦文学作品对此话题有所触及，它不会触犯人的外在利益，而是在仔细体味其内在含义的基础上达到精神共鸣。这也是作者通过作品想要达到的最佳效果，即在物欲横流的世界呼唤精神价值的重建。对北村来说，“不过是站在良心的立场上写作，描述在路上的苦难和尴尬……今天站在光的地位向黑暗注视，但并不意味着接受它，而是给它一个良知的态度。就把它称为良知的写作”[①]。“良知”是公义，“良知的写作”便是从公义的角度出发，探寻人的精神苦难，忏悔便是在精神苦难中得以解脱的出路。

根据基督教的神义，“原罪”是人与生俱来的，所以人必须在上帝的关照下忏悔，这多少带有道德“绑架”色彩。但若个体摆脱公众所认可的宗教或者道德戒条，置身良知角度忏悔，那么个体所履行的“义”便是其价值实现的终极目标。《我和上帝有个约》中的陈布森、《愤怒》中的李百义是忏悔的典范，两人都因杀人而终日生活在无际的痛苦之中。为了赎罪，他们做出许多常人难以理解的行为：陈布森违背与同伴的承诺执意帮助受害者冷薇；李百义不吝自己的财产捐助慈善事业，自己却吃着馊饭菜。二人对自己的行为不以为然，认为只有这样才能够使自己好过一些。当然，若单独将二人的结局归结为基督教的皈依似乎有些武断，他们在忏悔过程中的确有过向基督教牧师求助的经历，并得到了开解，但并不是完全来自信仰，而是在个人认识到个体之罪后，个体道德的自律的结果。个人道德的基本准则是衡量自身罪行的“标杆”，他们意识到自己所做一切的价值指向，遵循与上帝的“约定”，更坚定地走向

① 北村：《活着与写作》，《大家》1995年第1期。

救赎之路。

二　忏悔——信“佛”的皈依之路

基督教式的忏悔逃不开上帝的“见证”，不同的是，根植于中国传统文化中的佛教忏悔思想主要表现为无尽的修佛过程。受佛教影响的世人或是佛僧的忏悔，并不完全是出于对神的敬畏，而是为修此生求得来世果报，达到位列佛座仙班的程度。要获得永生，就必须进行无尽的忏悔。《大正葬》有言，“我此忏悔无有穷尽，念念相续无有间断，身语意业无有疲厌”。既然普度众生无止境，故而忏悔亦无止境。身为佛教徒，不仅要时刻忏悔，而且要遵循忏悔教规，按照规定完成忏悔。因此，佛教中的忏悔就并不是单纯地出于对人性的体察，更重要的是为自身的修为获得成功，在一定程度上有着功利化色彩。“忏悔”一词也并不代表着抽象的精神追求，更多的是具体的行为表现。

21 世纪文学中的佛教忏悔思想，并未局限于佛教规定的忏悔法门，而是将人的忏悔皈依于神佛。作为当代文学中全面展现汉传佛教文化景观的长篇小说，赵德发的《双手合十》从佛教视角悉心呈现了世人皈依佛门的忏悔之路。现实的批判与人性的反思是小说的两条主线，与以往出现在当代文学中的藏传佛教小说不同，《双手合十》并不注重表现神佛的神秘力量存在，或者警示世人要对神佛保持敬畏态度，以免遭横祸，而是在注重现实批判和文化反思的基础上，对人性加以拷问，“从宗教人类学的角度关照，表现对生命存在的独特思考”[①]，最终以宗教的方式进行忏悔的修为，救赎自身。相较于北村，赵德发并不是宗教徒，因而其作品中的宗教信仰色彩并没有北村作品中显得那么浓烈，更多的是从社会文化层面反观现实与人生。尽管小说中描写了许多的佛教徒形象，但大多数是以一个世俗之人的思维去揣摩现实怪象，比如现世之人如何抛弃人

① 赵德发：《我希望作品能表现世道人心》，《中华读书报》2013 年 9 月 11 日第 11 版。

世烦恼皈依信佛，佛教中人又是如何眷恋俗世，在贪欲中沉沦，甚至打着佛寺旗号做着违背道德、违背法律的事情。佛寺中无论是虔心修佛的大师，还是败坏僧俗的“狮虫”，无论是沉湎于声色的为官者，还是道貌岸然的伪僧徒以及受尽尘世之苦的世人，都无一幸免地坠入现实利益的旋涡。小说提供了一个俯瞰当代佛教文化乃至当代中国社会的平台，以一个当代人的思维方式审视人性由迷失到皈依的过程，而这个过程就是“双手合十”之前所要经历的。现实的批判与人性的皈依同步并行，共同铸就了世俗中人走向信佛之路的忏悔之途。

小说最终强调的，不再是表面上的佛教徒的忏悔之路，而是对所有俗世中人所提出的具有人性终极价值的忏悔意识。忏悔意识的具体表现则是从文化层面出发，进而引起对当代佛教文化乃至整个中华文化的全新审视。集儒释道于一体的传统文化深深扎根于每一位国人的内心之处，它诠释着中国的历史进程乃至当代人的思想情态。除了主要影响国人的儒家思想外，素来被认为摒弃情欲的佛教文化思想也是传统文化的重要组成部分。《双手合十》以大量的篇幅描绘了当代生活的世间百态，用最大力度呈现佛教文化的当代景观，所要表现的不仅限于人对现实利益的追求，而且解释出最初导致这种现状的深层次原因——人们“并不渴望得到‘拯救’，不管是从灵魂的转世还是从彼世的惩罚中得到拯救”，更“无意于摆脱社会现实的救赎”①。官场得意的云舒曼、风流倜傥的乔昀市长、败坏佛寺风俗的“狮虫”觉通以及利欲熏心的明心、休江等和尚，无论是在俗世中还是在佛寺之地，都充斥着物欲横流的气息，丝毫不加节制，以至于有人搭上性命也在所不惜，这些现状似乎展现的是当下社会，至多是人的贪欲对佛寺神圣之地的玷污。除了佛寺的背景以及和尚们的礼佛以外，似乎并没有过多地凸显佛教文化。然

---

① ［德］马克斯·韦伯：《儒教与道教》，洪天富译，江苏人民出版社 2003 年版，第 165 页。

而，《双手合十》中注入的这些佛教元素实际上却让人不得不反思中国佛教文化，从社会学的角度，“佛教，就其传入中国的形态而言，也不再是早期印度佛教那样的救赎宗教，而变成实施巫术与秘法的僧侣组织”。[①]《双手合十》反映的是佛教的现世存在，对许多的国人而言，佛教早已失去了宗教的色彩，却经常被认作一种神秘的组织。在日常生活中，人们缺乏对自身救赎的渴望，直到自身的行为违背了道德准则或是法律的时候才有些许的悔过念头，这一切都要通过个体的醒悟，并非出自宗教式救赎意识的影响。正如《双手合十》中的诸多人物最终会选择加入佛教的行列，只是为自己的良心或是人性找到可以托付的精神归属，宗教的作用在这里才得以显现。比如对婚姻彻底绝望的孟忏、曾经深陷情欲的孟悔甚至曾经为一己私利牟取暴利的郗化章夫妇，最终都能够洞穿世事，抛弃一切杂念而皈依佛门。在小说创作方面，作家给予这些泯灭良知的人物一个精神的归宿，而在文化方面，则是对既有物质文化和佛教文化的忧思，同时进行“追根”式的忏悔。

整体来说，《双手合十》的主题是忏悔，“双手合十”意在表现佛家摒弃世俗的贪欲嗔痴之念和罪行，从宗教意义层面来看，忏悔意识的存在一方面出于对神的尊敬，另一方面是为洗脱自身曾经沦落在尘世中所犯下的诸多罪孽。这与基督教有着共同之处。但是，在佛教中，尤其是中国的佛教忏悔，一方面，它的存在成为个体追逐现实功利而又得以解脱心理负担的途径；另一方面，忏悔作为佛门的“必修课”，就其本身的特质而言，是一种仪式。因而，佛教中的忏悔是佛教徒每日晨昏定省的功课，是完成每日修为的必备，同时夹杂着每位佛教僧侣的修为理想，呈现出注重现实利益的特点。圣凯则认为，忏悔作为佛门修行的方法，在儒道共同影响下形成，其中包括重礼、鬼神观念、孝道思想、国家观念的影响，因

① ［德］马克斯·韦伯：《儒教与道教》，洪天富译，江苏人民出版社2003年版，第231页。

此中国佛教的忏悔思想形成了重视现实利益的特点。所能呈现出的忏悔意识，注重“名正言顺”“事出有因”的忏悔。凡忏悔必有其理、必有所需，而目的重在消除业障，也就是罪。忏悔的真正目的在于得到诸神庇佑。[①] 由于佛教的忏悔思想本身夹杂了太多的现实功利因素，故而佛教文化本身也成为批判的对象。在赵德发的《双手合十》中，当代社会生活充满着贪欲、堕落与不堪，正统的佛教文化在世俗中湮没。所以，在这个层面上的忏悔意识，则是一种文化上的忏悔，是对传统进行追根溯源的审视和拷问。

可以说，《双手合十》中的忏悔意识大体分为两个层面，一层是借助宗教的力量，呼唤人们重新拾起迷失的人性，这个意义具备终极价值。在小说中，不管是虔诚礼佛的慧昱，还是自甘沦落的孟悔，甚至作为地方官员的乔昀等多个人物形象的行为多得于“佛”的启示，作品最终要表达的是忏悔使个体生命乃至灵魂得以安息的作用。其中，所有违背佛寺戒规的人物及其命运，皆因各种不同的原因得到因果报应的下场。人的忏悔要靠神来拯救，“佛光”普照在每个人身上，借助神佛的力量，完成每个人的皈依之路。如果说北村小说中的忏悔意识是对上帝的敬畏，是对自己的“原罪”进行救赎，那么赵德发小说中的佛教忏悔意识则是个人遭遇种种苦难过后的精神皈依，他们需要借助宗教的力量让自己处于安然的状态，在每日的忏悔“功课”中慢慢走完剩余的人生。信佛（或者说信仰）为小说中诸多人物的迷失与困顿提供了一个永久的导向，只有具备长久的忏悔意识才能使曾经躁动与不安的心灵摆脱俗世的各种烦恼，回归真正的平静。当然，这并不代表每一位尘世中人都要走向信佛的道路，文学的作用有其独特的感化性，也促使每个人意识到当下忏悔意识存在的重要性。这是21世纪以来的宗教色彩小说创作的一个主要方向，同样也是不同于以往的忏悔思想之处。另外，《双手合十》中所表达的另一层忏悔意识，便是对传统佛教文

① 参见圣凯《论中国佛教忏法的理念及其现代意义》，《法音》2003年第3期。

化的反思，这一层的忏悔意识与新时期文学中发生的“反思”与“寻根”有着相似之处，多是通过对过去或是现实现象的描述，引发对于传统文化不足之处的挖掘。忏悔是反思，并非从人性救赎的普世价值角度出发，更多的是对外部环境的质问，以此建成更为合理的能够造福社会的文化秩序。相较于上一层的忏悔意识，它有着批判传统文化的功用。这两个层面的忏悔思想，基本上表现了当代中国文学中忏悔意识发展变化的基本走向。

第二节　忏悔:规范个体的宗教自律

个体是否有意识从反省自身的行为向宗教自律的层面推进，意味着个体是否具有自觉的忏悔意识。若仅限于个体行为的短暂反思，却未曾从道德层面反思自己，在他的观念中，即使存在忏悔意识，也只能是昙花一现，忏悔意识就不具备影响行为的重要意义。在 21 世纪以来的宗教色彩文学中，忏悔意识的存在经历了个体从行为到道德自律，最终上升至宗教信仰的整个过程。虽然所反映的忏悔思想不尽相同，甚至具有不同的宗教背景，但是人物内心的忏悔意识表现在行为、道德、宗教的三个阶段，忏悔意识存在的时空也逐渐递增。最初，忏悔意识存在于个体的潜意识中，当个体发觉自己的行为违背了道德准则，忏悔意识便由短暂的行为反思转变为道德谴责，而当忏悔变为个体拷问以获得救赎时，便是走向宗教皈依的前奏。忏悔意识的存在充当着个体行为向宗教信奉的桥梁，完成了个体反思向道德劝善以及由道德谴责向宗教皈依过渡的心路历程。

一　反思向道德自律的过渡

忏悔必有其因，基督教中的忏悔是对“原罪”的自我批判，佛教中的忏悔是向神佛的自我祷告，这一切都源于个体行为的所犯之罪。已经发生的违背道德戒律的行为，造成了内心的挣扎，使人生活在混沌与不安之中。行为的错漏引发道德反思，理想的人格准则敦促个体的忏悔自律。尽管所处的宗教背景不同，忏悔意识却大都呈现出从偶尔反思上升为习惯性的道德自律的状态。

“我第一次拿钱是从一辆奔驰轿车里。我擦完车，在清洁脚垫时，我看见了一叠钱，是车主落下的。我捡了起来，迅速放进口袋。后来我算了一下，是三百块钱，五十一张的，一共六张。车主没有发觉，把车开走了。这事过了十天没有动静。那辆奔驰车又开来了，我躲在远处。但车主只是来洗车。看来他根本没有发现丢了钱，可见这些人多有钱。我放心了，上去洗车。他还跟我聊天，一边抽着烟。可是到了夜里，我突然睡不着。我在床上翻来覆去到半夜我觉得我完蛋了。老想起那人跟我聊天的样子。我不知道为什么他聊天的样子会让我难受。我产生一种小时候因为不慎被母亲罚站的感觉，那是一种被抛弃、从此没人爱的感觉。”[①] 这是《愤怒》中的马木生第一次偷窃时的心理活动。在下意识里，他能够凭借自己的道德准则来判断是非。偷窃这种不道德的野蛮行为使他辗转难眠，那种“被抛弃、从此没人爱的感觉”是违反社会规则之后的反思与谴责，从而形成了他最初的忏悔罪感。“我一直以为自己是个好人，现在不是了。如果我不是一个好人，别人欺负我就有道理，至少我没话说。一种十分孤单的感觉在我身边漂浮，比我失去父母和妹妹时还要可怕。我为他们打抱不平的时候，我并不感觉孤单，可是现在我抱着被子，觉得冷飕飕的。”[②] 这种罪感与基督教所倡导的“原罪”不同，它是对个体错误行为的自我规整。对它的判断，也限于社会道德范围，基于人意而没有神的介入，也没有上升至形而上学的高度，因此忏悔意识并不强烈。很快，马木生的反思被复仇的快感所取代，“理所应当”地充当着神的位置以自认为替天行

① 北村：《愤怒》，上海三联书店 2009 年版，第 68—69 页。

② 同上书，第 69 页。

道的形式惩罚社会上仗势欺人的贪官。在这时，他也只是将自己的愤懑发泄于客观环境。在父母和妹妹面前，他是不能拯救他们的无能者，他为自己的无能忏悔。在他的心里，父母和妹妹是他的道德审判者，在他们面前，他无力开脱自己的错误行为，只能承认自己的过错，忏悔这种让人不齿的偷窃行为。“我好像看到了妹妹和父亲的脸。他们的眼睛在看着我，说，你都在做些什么啊。难道你有了钱就为了做这种事吗?”[①] 然而，他的苦难是由别人造成，于是他的偷窃行为只造成了短暂的自我反省，拥有短时的悔恨。当他发现偷窃的钱财是富人的不义之财时，他发觉这种表面看似不道德的行为，恰恰对那些既草菅人命而又道貌岸然的恶人造成了巨大威胁，于是偷盗便成为一种特殊的忏悔方式，以一个至高无上的道德与法律的审判者的姿态，让那些社会上藏污纳贿、官商勾结的人付出代价，借此向曾经的受害者忏悔。

严格来说，最初的罪感反省并不算忏悔，或者即使有忏悔的意念，也稍纵即逝，它只是促成了对自身行为的道德评价，而且将不良的后果归咎于外界环境中，并没有形成持续自觉的忏悔意识。就马木生这个人物形象来说，自第一次偷窃之后，为民除害的侠义精神便掺杂在每一次的行动中，包括他杀害钱家明，都是有意识地充当着正义的化身。处置钱家明后，马木生对社会的怨怼已经消解。在杀害钱家明之前，他只是短暂的反省。在杀害钱家明之后，马木生的良心受到谴责，“亡命徒”的生活令他无时无刻不在忏悔，即使没有遇见王牧师，他的生活依旧会有忏悔的如影相伴。法律与道德的内心谴责使他不能以正常人的姿态生活，唯有做善事才能够弥补他内心的不安。长期的忏悔已成了他的一种习惯自觉，也完成了个体反思向劝善的过渡。

每个人都有自己的道德原则，当自己有意违反的时候，都会进行不断的反思与自我批评，甚至会做出疯狂的举动，这些都是基于

---

① 北村:《愤怒》，上海三联书店 2009 年版，第 71 页。

内心诚意忏悔的基础。忏悔自身之罪伴随着情感与灵魂的双重折磨，却又无力改变已经发生的自身的恶行。与马木生的报复社会不同，施玮的《放逐伊甸》中的赵溟亲眼目睹了发生在十几米开外的大火，自己却没有去扑救。当得知身边的小伙子也袖手旁观的时候，“刚才痴痴愣愣的赵溟突然像疯子似的冲过来揪住了他的衣领，白皙细瘦的脖子暴成了紫红色。他大吼着：‘小女孩！一个小女孩！你为什么不救她？你们为什么不救她？就这么看着她被烧死？！这个世界真是疯了，人都不是人了！’‘您不也在这吃喝着？也没见您英勇一把。’小伙子一边挣扎着一边不知死活地依旧叫嚷着。”[①] 当得知无辜的生命在大火中丧生，赵溟心中充满了自责，看客们的麻木造成了火灾更大的苦难。作为看客之一的赵溟一时压抑不住内心的悔恨，又因无力承担灾难的恶果，本能地向旁观者问责，却又发现自己也是这场灾难的帮凶。恼羞成怒的赵溟不停地逼问自己为什么没有去援救无辜的遇难者，而是像其他看客一样在酒店里面装作若无其事地吃吃喝喝。赵溟并不是纵火行凶的直接凶手，甚至对于任何人来说，大都作出不作为的选择，法律与道德的责任完全不由他来承担，他的忏悔源自内心的懦弱。相较来说，马木生是杀害钱家明的直接凶手，他担负着杀人的全部责任，忏悔是看起来更加理所应当的事情，“罪行”迟早要被揭露。赵溟则是将灾难的后果全部承担起来，不仅接济遇难亲属糊老实，而且在他面前进行忏悔，接受糊老实的“审判”。

撇开小说中的宗教色彩，无论是马木生或是赵溟，他们的反省与忏悔行为都是出于未曾泯灭的良知。从这一点出发，在许多带有忏悔色彩的文学作品中，似乎拥有大体相似的从个体行为至道德自律的忏悔模式，在无神的情况下便完成了人性的自我审查。由此得知，从源头上讲，起初宗教信仰色彩的掺杂对人的忏悔命运的走向并不起决定性作用，而是在周围的外在环境影响下，促成了这些人

---

① 施玮：《放逐伊甸》，中国电影出版社 2007 年版，第 43 页。

的忏悔意识从无到有、从普通人到“忏悔的人”的转变。陈思和先生曾将现当代文学中的忏悔意识分为“忏悔的人”和“人的忏悔”两个层面，但若将忏悔意识形成的整个过程提取出来当作研究对象，那么在人成为“忏悔的人”之前的反省悔过也不能忽视。当然，这是对那些个体的有罪行为进行反思，最终走向宗教信仰而言的阐释，而对那些将宗教思想始终贯穿在人和环境中的创作而言，从个体行为反思到道德自律的忏悔意识的模式也大体相同，只不过在道德自律层面有一定的差异性。

以赵德发的《双手合十》为例，主人公慧昱的忏悔始终蕴含着宗教徒的宗教普世理念。他目睹佛寺中“狮虫”的堕落却无力改变，拒绝孟悔的追求却难以压抑本能的情欲，虽然虔心佛学却与同样痴迷禅宗的曹三同等人不同，在修持佛学忏悔的过程中实现自己的理念，获得佛教中人的普遍认可。他的忏悔意识与马木生和赵溟不同，他从未做出与普罗大众的道德价值理念相悖的事情，而是以一个守教者的姿态，以忏悔的方式，悔悟自己抑或他人所犯下的宗教戒律。佛教徒认为，不仅尘世之人应当为曾经触犯的贪念嗔痴忏悔，而且他们也要怀有一颗宽容慈悲之心，为俗世中的杀伐纷争进行超脱，忏悔所有的罪孽。因此，慧昱的个人反省到道德自律的忏悔模式是以宗教教义理念为出发点的，个人的反省远不如马木生和赵溟深刻。每当听闻他人的不幸抑或僧俗败坏的事情，他并未向不幸之人伸出援手，哪怕对他曾经有深厚情意的孟悔，也未曾透过他人言语劝解，而是一味地沉浸在佛学研究中，敬而远之。尽管他是一位博学有见地的高僧，然而他的反思却局限于“见不贤而内自省也”，对自己未能了却一切尘念而忏悔，达到宗教戒律修行的更高境界。慧昱个人反省上升至自律的忏悔过程，也只能是摒弃一切烦恼的佛教徒的得道超脱，却难以通过自己而影响他人。

二　道德劝善向宗教信仰的升华

虽然“道德标准深深扎根于宗教传统之中，道德律令被认为有一个神圣的起源，但是在西方，伦理与道德当然被认为是不依赖于宗教的。最有名的道德法规之一就是《圣经》中的十诫。显然这些道德法规规定宗教义务"。[1] 同样，布朗也认为"道德行为、道德情感和道德思想""它们中的每一个都是独立的领域"[2]。道德与宗教对行为的影响并没有太深的联系，个人行为的差异受周围环境和复杂情感的影响，道德法规和宗教戒律不能决定个人的行为。根据以上宗教心理学说的推断，如果宗教、道德与行为之间未呈现"宗教→道德→行为"的状态，那么宗教信仰就不会影响行为的选择。宗教徒日日祝祷之声却仍旧包含着宗教道德戒条的赞许回音，他们正是依靠道德信仰的肯定，才会继续做与人为善的事情。在21世纪以来的宗教忏悔小说中，个人的反思向道德自律过渡后，忏悔意识的持续存在使短暂的自我道德训诫上升为长久的宗教规范，成为忏悔之人终身履行的责任和义务。

《愤怒》中的马木生在逃亡途中向牧师告解，基督牧师用宗教中"罪"的定义开导深陷迷途的"羔羊"马木生，"人的罪有两种，一种是行为的，就是犯的罪行，另一种是心里犯的罪，你虽然没有做出来，但你想做，你在心里已经做了，这叫罪性"[3]。起初，马木生并不认为报仇杀人是一种要忏悔之罪。在牧师的开导下，他领悟到自己既有罪行，又有罪性。他必须通过与人为善的形式进行忏悔，洗脱自身的罪孽。于是，他将自己的名字改成李百义，重新生活，仿佛之前的一切都未曾发生过。他不断地行善义之举，想象着自己还是一个未经世事的孩子一般纯洁，一切如新。他是李百义——那个受百姓拥戴的慈善家，不是怀着满腔仇恨的马木生。怀有忏悔之心的行善举动成就了李百义，工厂赚的钱除了扩大生产的那部分，其余的全部分给穷人，自己却穿着破旧的衣服。"原罪"

① ［英］洛文塔尔：《宗教心理学简论》，罗跃军译，北京大学出版社2002年版，第125—126页。

② 同上书，第126页。

③ 北村：《愤怒》，上海三联书店2009年版，第82页。

思想已经成为他的信仰，他坚信世人皆有罪，只是很多人处于不自知的状态。从社会法度层面，他的“罪行”必须悔过，接受审判。然而，他的忏悔做到如此地步，早已脱离了单纯的社会责任，他将其作为一项为之终生付出的事业，忏悔的行为不再是道德自律的层面，而是上升为信仰的高度。“从某种意义上说，宗教的戒律本身就具有伦理意义，尤其是它用于处理人际关系的时候，或者当它作为标准评价利益和价值的时候。宗教的戒律与俗世的伦理都能够使自然的人性受到扼制，使现实的人格趋于理想。”[①] 李百义的善举行为使他成为人们心中受难的耶稣，通过自己的受刑唤醒世人。他的人格已渐趋理想，站在审判台上的他比其他人更有资格指证他人的罪，甚至作为正义化身的警察都不能保证自己是无罪的。以孙民为例，起初他是一位刚正不阿的警察，随着马木生父亲惨死之谜被揭开，这位奉公执法的警察原来也是杀人凶手之一，在李百义纯净的眼神中获得了解脱。

从李百义的忏悔过程可以看出，宗教与道德的关系不是相互孤立的，而是在相互作用中对人的行为发生影响。如果道德给个人提供了现实生活的行为准则，那么宗教则向其提供了精神与灵魂层面的“法律”认可。宗教与道德本身“存在着多方面的密切联系和相互影响。这种相互联系和影响的内在根据是，宗教虽然所关注的是彼岸世界，但它的内容在人间；它所处理的虽然是人与神的相互关系，但这种关系本身就是现存社会关系，包括人与人关系的反映”[②]。《放逐伊甸》中的赵溟对小女孩遇难的事情耿耿于怀：“他不能忍受自己重又对自己心中的罪熟视无睹。他要把这个女孩的一切深深印在心里，作为他麻木生命中的一根刺。虽然他不相信世上有真正的赦罪，但他觉得痛苦地‘活着’要比麻木地‘死着’让他更渴望。……作为人，纯朴洁净地活着，实在是一个遥不可及的

① 詹石窗：《中国宗教思想通论》，人民出版社 2011 年版，第 172 页。

② 赖永海、王月清：《宗教与道德劝善》，江苏古籍出版社 2002 年版，第 6 页。

幻想。对赦免的毫无盼望使人类失去了认罪的勇气，人类就在这积淤的罪中不能呼吸。”[①] 赵溟的“认罪”忏悔，并非单一地表现个人良心的不安，道德的自责使他进行“有罪”的忏悔。他认罪的过程中所要处理的正是个人与他人之间的关系，而忏悔为精神的彼岸开辟了一条途径，道德与宗教纵然不能互为根源，两者却联系紧密。就赵溟这个人而言，他没有直接损害他人的“罪行”，却拥有伤害他者的“罪性”。尽管从道德层面，他没有实际触犯公众共同遵循的准则，但是从宗教层面，他本身具有“原罪”，忏悔行善则使他的灵魂渐趋纯净。一个人可以脱离宗教却不可以摒弃道德，道德劝善是一个人能够在社会世俗中立足的基础，而宗教劝善则是建立在道德的基础上。违背一贯履行的道德所产生的强烈罪恶感，使赵溟反复拷问的自己灵魂，唯有麻木的无我意念方能暂缓伤痛，若非如此他甚至不能支撑下去。“近来他不爱看圣经了，他又回头爱上禅宗和道家的修炼，他常常提醒自己要免于‘执’，不执于良心，不执于罪，更无需执于赎罪。道隐、无我的意念像一贴良药般，敷在他的伤口上。但今晚，他却再一次被那伤洞中的痛惊醒，做了好人的赵溟莫名其妙地又忐忑不安起来。那贴膏药现在瞧着竟像是失了药效，仅起了遮盖的功用。”[②] 伤痛时时提醒着赵溟的罪恶，赵溟希望通过对“糊老实”的帮助能够摆脱自己“执着”的罪感，表面看上去道隐遁世的思想反而衬托出人情的淡漠。他尽自己所能地伸出援手，却始终未得到解脱。最终他选择在“糊老实”的面前进行忏悔，是在道德劝善行为基础上的精神释放。只有在“糊老实”面前忏悔，直面自己的罪恶，才能卸下心中的重担。“赵溟眼睛盯着自己手中的水杯，一口气地说下去。从那天的事到自己里面的罪恶，颠三倒四地说了有大半个小时，他越说越觉得自己是不是有点夸张了？可越说也越发现自己里面那不为人知也不为己知的‘恶’

---

① 施玮：《放逐伊甸》，中国电影出版社2007年版，第58页。

② 同上书，第186页。

处。在说之前他真是还没想到自己有这么‘坏’，以为只是为了一种更‘高尚’、更可自我标榜的道德来做这‘忏悔’，或者说这仅是一种虚假的忏悔吧？但此刻，随着这忏悔的延续，他里面的自持却一点点崩溃消融了。”[①] 赵溟向“糊老实”彻头彻尾的忏悔，仿佛教堂里告解者向神父的忏悔。在赵溟面前，“糊老实”便是赵溟的神父，赵溟期盼自己能够得到宽恕。看起来自持虚假而又高尚的托词在忏悔中显得低鄙浅俗，诚意地忏悔劝善是治疗罪恶伤痛的灵药。违背道德的行为固然为人不齿，如果正视自己的“罪性”进行忏悔，那么道德劝善便向宗教信仰层面逐渐升华，然后再通过个人忏悔的举动表现出来。若将宗教思想与道德观念相比，两者并无太大的关联，但宗教教义戒规却可以引导个体积极地遵循道德规范，二者相互影响。

忏悔促成了道德向宗教信仰的精神升华，由宗教信仰向道德自律的过渡却是忏悔者长久的责任。这个责任不仅指向忏悔者本身，而且指向无宗教信仰的普通大众。《双手合十》中的慧昱埋头苦读佛经，就是希望能够将经书中的佛法普度世人。与他不同的是，北村《玻璃》中的达特“每次到李住的地方，虽然他们从不谈达特的道德问题，但对于达特而言，却像一次面对神父的告解。但这种告解究竟有多大作用值得怀疑，就像很多基督徒每周参加例行宗教聚会，然后照样做坏事一样，这两样事情是分开算的”[②]。对忏悔者本人来说，宗教信仰并不是万能的，它对其本身的影响也许是积极的，忏悔者自此怀有一颗大爱之心，严于律己，宽以待人；也许它并不起到任何作用，正像达特在发现自己的“致命”毛病之前，宗教信仰对他来说，只算是形式上的约束，对其行为并不能起到规范性。

整体而言，忏悔者由道德劝善向宗教信仰的升华是一个动态的

---

① 施玮：《放逐伊甸》，中国电影出版社2007年版，第187—188页。

② 北村：《玻璃》，上海三联书店2009年版，第119页。

过程。个体行为对道德规范的违背，促使忏悔意识的生成。个体通过道德自谴加深了对灵魂的拷问，当自身的罪感使内心达到无法承受的程度时，道德自谴的忏悔便演变成对宗教教义的遵循。

第三节　忏悔：皈依宗教的精神救赎

人作为道德的主体，如果最终选择皈依于宗教信仰，那么在解决自身的精神冲突时，必然会经历罪感向爱感的演变，从而完成宗教的救赎。忏悔意识的存在，促使个人的无意识行为转变为有意识的宗教忏悔。宗教精神的存在，促使个人的忏悔救赎意识拥有了新的价值意义。

一　摆脱精神困顿的途径

在北村所塑造的人物中，许多都是在失去生活的希望中询问生命的价值。《施洗的河》中的刘浪经历各种磨难，拥有万贯家财之后，精神却越来越空虚，不停地思考生命的价值，却始终未果。《愤怒》中的马木生因无法容忍母亲与村支书的私情，本想带着妹妹去城里找一份可以维持生计的工作，却接二连三受到死亡威胁，在妹妹和父亲接连遭人杀害之后，马木生终于找到了凶手钱家明，并将其杀死，从此过上了逃亡生活。《我和上帝有个约》里的土炮本是一个地道的农民，结果父母接连被人害死，自己也过着朝不保夕的日子，最终决定加入黑社会杀死贪官。这些人物的精神困惑源于苦难，生活中的遭遇使他们对人生产生不解，继而只能用极端的方式发泄心中的愤恨。然而，泄愤只能是一时的，伴随而来的不安与惶恐却始终盘旋在内心深处。这份不安来源于道德方面的自我谴责，又来源于自身对正义和善的定义。个人理所当然地站在正义的一边去惩罚恶行，却生活在道德谴责中，没有任何外来的精神意识支撑自己的行为，在行善与作恶之间徘徊而不能得到真正的解脱。

“人总是希望世界中善与恶明确区分开的，因为人有一种天生的，不可遏制的欲望，那就是在理解之前就评判。宗教与意识形态就建立在这种欲望上。”[①] 忏悔意识的产生，便源于人依赖在宗教观念基础上的善恶评判，如果脱离宗教或者意识形态，那么人便会处于精神迷失的困顿之中，唯有忏悔才能摆脱终日不安的困境。尤其当自己的行为违背公众认可的规范准则时，忏悔意识也就因此演化为一种途径或方法。尤其在北村 21 世纪以来的创作中，呈现出通往基督信仰、解决人类生存意义拷问的一种心态。相对而言，这种忏悔意识逐渐演变为建立在自发性忏悔意识基础上的宗教忏悔。

如果人惯于评判世界中的善与恶，那么宗教就给予人评判的契机。马木生和土炮都是饱尝人间疾苦的人，他们的“罪行”是对恶的报复。《愤怒》中的马木生在父亲惨死后，成了偷盗之徒，但是在他看来，这是正义的。十几年的逃亡生涯，他用自己认为公正的方式忏悔自己的罪过，对于杀害钱家明，他有着自己的理解。“李百义相信自己是正确的，他的人生哲学是尽可能地做正确的事，从不亏待别人，也不欺凌别人，还要对人有益。这就是他的公正。李百义的公正。大约从五年前开始，李百义开始受到内心深处一种纤细地质询：那天晚上发生的枪决案是没有瑕疵的吗？他知道，那是一个奇怪的晚上，一个自以为义的青年，用自己的法律宣判了一个人的死刑。他自己拥有足够宣判那个人死刑的证据。它具有合法的手续，虽然作为个人，杀死一个人是如此艰难，但他终于完成了这个过程，并使这个过程多少消弭了复仇的色彩，而增加了公正性。”[②]《我和上帝有个约》中的土炮面对法官的质问，不承认自己有罪，在他的心里，自己杀害李寂的行为是出于公正的“审判”。“我没有犯罪，人家这样欺负我，把我赶出家门，抢走我的地，烧死我的母亲，害死我的父亲，我叫天天不应，叫地地不灵，难道不

① ［捷克］米兰·昆德拉：《小说的艺术》，董强译，上海译文出版社 2012 年版，第 5 页。

② 北村：《愤怒》，上海三联书店 2009 年版，第 124 页。

能出口气吗？我今天杀了李寂，就是杀了那个副乡长，他们是一路货，我只要杀了一个，就出了气。我没有能力反抗，我算什么？连蚂蚱也不如，我知道我最多也只能干这一回，所以我一定要成功，这就是一场赌博，我成功了。”① 然而，报复的快感只能持续一时，痛苦却长期伴随，他们用自己的“法律”惩罚了造成苦难的刽子手，自己也沦为阶下囚。他们按照自己认定的标准惩恶扬善，摆脱压抑已久的愤恨不平。在行凶前，他们的心中充满了怨恨，恨他们视底层人民命如草芥。不同的是行凶后，李百义选择宗教式忏悔，在教堂里获得了短暂的平静，最终选择不再过逃亡生活，行善成为忏悔的途径；相较之下，土炮在行凶后并没有对自己的行为有丝毫愧疚，而是将它看作正义之举。土炮长久的精神压抑，使他站在杀害李寂的赞成立场上。李寂一案的审判现场，他也不认为自己有罪，有罪的是官官相护的副乡长和副市长。土炮是受害者，对他而言，是李寂剥夺了他人的生命，他只不过是替无辜的苦难者讨回公道。他缺少宗教的依仗和开化，以自己的价值评判标准和个人意志行事，在走上法庭的时候，沉醉于自己的“善”而拒绝忏悔，久久地给自己的心灵背负上沉重的仇恨枷锁，复仇的快感始终不能释怀，由此造成精神上的扭曲。

相较之下，同伙陈布森却恰恰相反，他在行凶之后就不停地对自己的行为进行反省，甚至不惜冒着被抓捕的“危险”去照顾李寂的儿子，陪伴失去丈夫而且已经精神崩溃的冷薇。在他的立场上，行凶杀人确实违反了对善的判断，自己的恶行没有被揭露出来并不代表无罪，毕竟他已经剥夺了一个“无辜”的生命。对他而言，李寂未曾对他的命运构成威胁，他为了一己私利而谋财害命，无论从法律角度还是从道德层面，都是不能容许的。善恶是非的纠缠始终萦绕、盘旋在陈布森的心中，使他陷入精神的困境中。“陈布森心里七上八下，走着走着又停了下来。他不能肯定孩子一定能认出自

① 北村：《我和上帝有个约》，长江文艺出版社 2006 年版，第 181 页。

己。虽然他的口罩确实脱落过，可那只是很短的时间，他马上又把口罩戴上了。当时孩子应该没有看清自己的脸。陈布森慢慢往家走，心好像在身体里晃荡着。"[1] 这是陈布森第一次面对李寂的儿子淘淘，不知道淘淘是否认出他就是杀害李寂的凶手，于是他忍不住再一次出现在淘淘的面前。"陈布森在公园外的便道上慢慢踱行，产生了一个大胆想法：重新回幼儿园的围墙外，他要试一试，弄清楚那个孩子到底认不认得出他是谁。这是一个冒险。但陈布森心里似乎有一点把握。他不相信口罩脱落的一瞬间孩子能记住他的脸，况且当时灯光昏暗；他不相信刚才孩子的一瞥就认出了他，因为他没看见孩子有什么异常的反应。陈布森慢慢向幼儿园走，他的心还是在身体里滚来滚去。"[2] 面对受害者的孩子，身为成人的陈布森内心是恐惧的。在淘淘面前，他是一个没有被认出的罪人。他和淘淘的眼神对视，无疑是对他罪行的审判，是善与恶的较量。陈布森开始接触李寂家人，并且在无私地帮助他们的一段时间里，他的意识中，有一种无形的力量存在。当然，这种无形的力量并不能确定是神的存在，而是陈布森所畏惧的无形压力，比如他无法正视淘淘的眼神，脑中总是无法甩开淘淘的影子。他不害怕鬼魅邪神之流，而是为自己杀害李寂之事感到恶心。与李百义不同，他怀着忏悔之心去救助淘淘和冷薇母子的时候，之前没有受到宗教的影响，因而忏悔的出发点与李百义也不同。他无数次地主动再见淘淘和冷薇，仿佛是一次次新奇和刺激的冒险，悔过的念头也在其中默默地付诸行动。陈布森也变得越来越洒脱，这些点点滴滴的经历让他站在法庭上时变得更加坦然，他也不再有精神上的痛苦，直至他主动将自己的遗体捐献给患有绝症的冷薇。他不再是令人唾骂的罪人，而是一个有良知、有悔过之心的正直公民，能够奉献出自己的生命来拯救他人。忏悔意识的存在使他摆脱了精神上的折磨，面对生死抉择的

---

① 北村：《我和上帝有个约》，长江文艺出版社 2006 年版，第 15 页。

② 同上书，第 15 页。

关口都能够泰然处之。

面对自己的罪行，身为社会中的个体，人的精神上总会有着复杂的矛盾，并且对自己的行为进行善恶的定义判断。之前是否有宗教引导，忏悔意识在个人行为的表现方面有所不同，但是个人行为与道德原则冲突造成的个人精神上的痛苦，却要依赖于忏悔。这里的忏悔就具体表现为怀有强烈的忏悔意识的个体所实现的悔过行为。在忏悔的前提下，人才能够彻底摆脱困扰自身精神的矛盾冲突，正视自身的罪行，坦然地面对一切。这时，个体对宗教的皈依，给予了个体忏悔救赎一个哲学阐释。个体在付诸行动的过程中能够在宗教教义中获得肯定，进而重新获得自身价值。

二　面向“神”的罪感救赎

总体而言，具备宗教色彩的忏悔意识仍然是面向神而存在的。以北村为例，忏悔意识的存在，为精神的迷失提供了一条心灵解脱的途径。尤其入教之后，北村的作品始终充斥着“罪”的旋律，宣扬“人皆有罪”的理念。这一切又归结于人类面对的精神困境——生死之于人的意义。在《西西弗斯神话》中，加缪曾经将“自杀”和生死当作哲学的根本问题，人要有能够继续活下去的理由，才具有价值。

忏悔意识是否存在，以人是否能够直视自身的人性弱点并且能够在其中重新获得价值肯定为前提。如若在忏悔的过程中，人不能够在其中获得价值肯定，忏悔的价值意义便不具备，那么忏悔意识的存在就不会长久。当然，即使没有宗教忏悔信仰的人，也会认可忏悔意识的存在，因为它十分符合公众认可的道德行为准则，不会遭到任何的排斥。在个体忏悔的过程中，都会将自身的罪感向爱感演化。忏悔被公众认可后，个体的爱感推进公众对其产生情感上的同情。“爱感的同情既不依据并受限于我的感觉状态，也不依据并受限于他人的感觉状态，而是上帝的救恩惠临于人。在体的同情就是这种惠临的显现，从而个体生命才承负起自然性生命的欠缺，显发为生命真实的救赎。”[①] 上帝将爱感普及世人，用来洗脱罪。罪感向爱感转变，人能够在得到广泛的道德认可的前提下得以解脱。其实，无论哪一方的宗教立场，个体的爱感普照外化为道德正直的形象，都能得到公众的信服。“人若视某事为重要，并以此来导引他的选择，赋予人生意义，那就是一个人的宗教。”[②] 如此，原本身负罪感的个体通过传递爱的能量来减轻自身的心理压力，救赎自身之罪，并在此过程中获得个人价值意义的肯定，那么他便会将它视为信仰，这与个人的宗教信奉的方向无关。忏悔意识在个人的意识中生成，并且在现实中得到认可，这种向善的意识便具有行为的指导性。

《愤怒》中的李百义在执行着“李百义的公正”。当他无所畏惧地站在审判台上，没有一个人能坚定地认为他是一个有罪之人。十几年来，他向民众传递着善，作为当地有名的慈善家，日复一日地坚持公益事业。从他人角度出发，他将所有的一切奉献给了大众，真正做到了大公无私；从李百义个人的角度，他的举动排遣了由自己负罪感产生的消极情绪。在法庭上，他认罪但不自首。认罪是对自己的审判，自首却是别人审判自己。他不相信任何人能够审判他人，因为所有的人都是罪人。他的认罪是忏悔，是救赎。忏悔意识的存在在于承认自己的罪性，救赎则是面向自己的忏悔。李百义担负起自身的“原罪”，进一步说，认罪的不是曾经的罪行，而是自己的罪性。他不相信别人的审判，甚至怀疑自己的审判，哪怕选择自裁也没有权利，因为这世界上没有一个完全的好人，没有任何人有权利去裁断他人的罪。《我和上帝有个约》中的陈布森帮助李寂一家人，甚至不惜冒着被冷薇指认出来的危险，尽自己所能让冷薇恢复记忆，用自己的生命挽救身患绝症的冷薇。这些源于陈布森的强烈罪感，最终让他选择死亡来救赎，“沉重的罪恶意识导致

① 刘小枫:《拯救与逍遥》，华东师范大学出版社 2007 年版，第 163 页。

② ［美］甘霖:《基督教与西方文化》，赵中辉译，北京大学出版社 2005 年版，第 14 页。

对于死亡的反省和敏感，因为罪直接导向死亡，死亡也是对罪的最高惩罚”。[1] 陈布森安然地将自己的遗体捐献，默然“享用”死刑，甚至将痛苦较轻的注射死亡改为枪决。他相信肉体消失，灵魂仍在，用“最高惩罚”死亡的方式救赎自己的罪。

相比上述作品，北村的《公路上的灵魂》着重强调灵魂救赎，强调神的在场，人要经历不断的痛苦试炼，“因为人有罪，不可能现在就被提到天上和基督同在，他必须要在地上经受试炼，这样，等他地上的生命终结的时候，他的灵魂的生命就成熟了，他的理想就实现了。这才是真实的理想和信仰”[2]。小说中的母亲似乎一直在努力忘记自己的信仰，忘记她的犹太人身份，常年默默忍受着父亲吃猪肉的饮食习惯。实际上，她将这一切当作一种考验。曾经“我”的父亲是她的理想，然而父亲的理想却是共产主义。原本满怀幸福的母亲，经历长期的精神折磨之后，重新回归自己的信仰，回归以色列故土，仿佛神的力量在召唤她。每当她捧读《圣经》，她都感到十分欣喜。“她空洞的心中越来越频繁地梦见自己祖先的那片家园，那是一片被称为迦南美地的地方，上面流着奶和蜜。每当伊利亚心中如风一样掠过空虚时，她就会打开《旧约》的《诗篇》，然后她的心很快就得到抚慰，因为《诗篇》说，它的杖，它的竿都安慰她。”[3] 信仰力量的存在，使母亲不断地认识自己，完善自身。这里所强调的是人皆有罪的思想，面对至善的上帝，人要将信仰视为理想，不断弥补自己的罪。

《公路上的灵魂》中的母亲心中始终有神的力量存在，为了生活她曾经放弃信仰，但是始终不忘上帝的教义，阿尔伯特的到来令母亲感受到了神的力量。可以说，神始终处于在场的位置，人的悔罪也是面向神的。与之相比，《愤怒》和《我和上帝有个约》中的

---

① 刘宗坤：《原罪与正义》，华东师范大学出版社 2006 年版，第 102 页。

② 北村：《公路上的灵魂》，新华出版社 2005 年版，第 134 页。

③ 同上书，第 134 页。

李百义、陈布森在忏悔救赎中最终选择宗教，是在改正道德错误的基础上的自我反思，进而忏悔自身的罪性。当忏悔意识的存在指向人本身的时候，忏悔的意义则在于希望通过这种形式得到神的宽恕，平息良心的不安。如此，满怀罪感的人期望在现实世界中寻求些许的安全感，这便是对自身罪感的救赎。

按照基督教的教义，上帝要救赎两种罪恶，“形式意义上的恶与物质意义上的恶，即伦理或道德的恶与形体的恶”[①]。“上帝只拯救接受他所提供的信仰并藉助他所赐予的恩宠献身于此一信仰的人”[②]，神的在场决定了人的罪恶能否得到完整的救赎。对于佛教而言，人的罪感救赎则表现在日日的祝祷之音中。僧侣（或是信佛者）跪在佛前忏悔，始终处于神的在场状态。与基督教不同的是，他们忏悔的是自己所犯的宗教戒律，以佛戒为道德衡量标准。“大乘佛教的基本精神，《法华经》中有句话可以说是精辟的概括，曰：‘佛为一大事因缘出现于世，开示悟入佛之知见。’也就是说，释迦牟尼创立佛教的根本目的，就是要开示世间的一切众生，悟入佛之知见，获得觉悟，得到解脱。或者换句话说，叫‘慈悲普度，利他济世’。”[③] 信奉佛教之人认为世间一切以佛戒为基准，忏悔便是提高自身觉悟的一种，属于在皈依佛教义理中得到解脱。以《双手合十》为例，出家是这部小说中许多人物的最终归途。孟悔深陷情欲不能自拔，孟忏因求子未成而婚姻离散，水月看破红尘，郗化章夫妇因丧子而万念俱灰，这些现世之人最终都选择出家来解脱人世之苦。“如果想要成就佛教的理想人格的，最起码的要求就是出家。因为出家人的一切思想言行都遵循佛教的示喻，出世修行，远离一切世俗的烦恼。所以，出家是佛教理想人格最基本的要求，贪恋世俗生活，执着世俗观念，是不可能成就理想人格。当然，佛教的僧

---

① ［德］莱布尼茨：《神义论》，朱雁冰译，北京三联书店2007年版，第4页。

② 同上书，第341页。

③ 赖永海、王月清：《宗教与道德劝善》，江苏古籍出版社2002年版，第49页。

伽人格并不拘泥于出家的外在形式，更重要的是在僧伽身上体现出的高尚道德品性。”① 孟忏、孟悔、水月、郗化章夫妇都选择出家，唯有以这样的形式才能达到最高的人性境界。忏悔意识伴随神的在场，所有的行为全部依仗佛，达到超脱的境界。奉献自己，普惠世人，通过每日的忏悔希望自身达到成佛的境界，以佛的力量感化世人。如果说基督教的教义着重面向个体的忏悔救赎，那么佛教的忏悔则强调用自己的行动达到最高的修行境界，用德行来影响众人，目的在于希望那些身在迷途中的人能够以此为鉴早日弃恶从善，使更多的人能够深刻地反省自己，救赎自己的罪孽。

宗教的存在为忏悔意识蒙上了一层神化的面纱，信仰的力量让忏悔者的灵魂有所依托。与非宗教式的忏悔不同，宗教式的忏悔包含了“神的旨意”，引导信奉者按照“旨意”履行救赎的责任义务。无论忏悔者在“履行义务”时是否出于自愿，都不得不遵从神的教义。因为唯有如此，自身的罪孽才能洗脱。相对而言，人性视阈下的忏悔意识缺乏“神”的“关照”，往往由内疚感而生，通过良心的谴责使忏悔者的人格得以净化。当然，这并不意味着否认宗教忏悔存在的价值。对于信奉者来说，自身的忏悔行动能够获得教义上的肯定和神的体认，个体就不必持续承受自我否定的精神压力，也就不会陷入反复审视并不断拷问自身的罪感旋涡。

---

① 詹石窗：《中国宗教思想通论》，人民出版社 2011 年版，第 195 页。

第六章

超越意识：基于文化比较的视角

夏志清在其《中国现代小说史》中指出："现代中国文学之肤浅，归根究底说来，实由于其对'原罪'之说——或阐释罪恶的其他宗教论说——不感兴趣，无意认识。当罪恶被视为可完全依赖人类的努力与决心来克服的时候，我们就无法体验到悲剧的境界了。"[①] 这虽是针对中国现代小说而论的，但对当代中国文学整体而言亦极具针砭性。相对于当代中国大陆文学与基督教文化关系的复杂背景及存在情形，当代台湾文学与基督教文化关系的发展态势要自然、平稳、顺畅得多。

当代中国台湾文学，具有引进宗教意识的便利条件，又得到"有神论存在主义"思想的直接推动，因此，相对于大陆文学所处的"无神论存在主义"文化语境，就能够更容易地接受耶稣基督的内在精神。正如台湾大学哲学系邬昆如先生所论证的，面对人类的危机，"存在主义和神学都在设法寻求解答：从个人的内心去寻找上帝，从分裂的个人去寻找合一，从分裂的教会走向教会的合一，在这时期中，大部分著名神学家都同时是存在主义学者……他们都由个人的感受出发，从个人内心去和上帝交往，以为内在的上帝，才是超越上帝存在的保证，他们都不约而同地认为：如果一个人心里没有上帝，他就无法在其它任何地方找到他；上帝的存在是在人

---

① 夏志清：《中国现代小说史》，台湾传记文学出版社 1979 年版，第 502 页。

的内心，而不是在人手砌成的围墙内”。进而认识到，“‘神’中心的课题，到今天已经转向了‘人’中心的关怀。……新的神学方向指出：宗教的真假，不在其有否纯正或高深的教义，而在于信徒是否在与‘人’交往中，在日常生活中，表现出自己对生命意义的态度，对人类的爱，对社会的关心，对他人的热诚”。[①] 如此将存在主义与神学相结合尽管带来了相应的问题，却开拓了基督信仰的空间。

而且，中国台湾教会为了更好地传教，积极提倡中国文化尤其注重研究儒家思想，由此形成了一种独特的经院儒家哲学，即天主教化的儒家哲学。这一潮流和主张的目的在于，找出其教义通向儒家思想或儒家思想通向其教义的桥梁，使中国人尤其是知识分子，从儒家观念出发能够较为顺利地接受天主教思想，从而减少可能发生的抵触情绪。从文化交流和互补的角度，“经院哲学”对融通中西文化起到非常有益的作用。王文兴说：“我读论语、儒家的书——读基督教的书籍以后，发现两个根本是一致的，没有一点点不同。除了形而上的方面，因为儒家都是不涉及形上的哲学。除了这个方面以外，其他的人的伦理、道德，还有像修持的方法，儒家与基督教完全相同。有时候为了要了解基督教，我反而看佛。中国儒家思想的人认为基督信仰是伤风败俗的，完全是误解。”对于善恶观和进化论，他分析道，“原罪也者，无非也就是说人性里面有许多恶的部分。难道说儒家思想里就不承认‘人之初，性本恶’的这个可能吗？中国人都承认。性恶的存在也就是原罪最基本的意思。不相信原罪那才奇怪，每个人都相信人天生是完美的，这个想法不是太简单了吗？——即使你只相信心理学的佛洛伊德，也会知道人潜意识里有多少野蛮的成分、有多少犯罪的倾向。所以，不相信原罪我倒是觉得奇怪”。人性之恶必然表现、蔓延为社会之恶。

---

① 邬昆如：《存在主义论文集》，台湾黎明文化事业公司1985年版，第195—196、198—199页。

一个人意识到自己的罪恶，是件幸事，因为“他的罪恶感也因此证明了他的得救”。所以说，“周围若有任何的不义，那就是义人之罪，我岂敢自称义人？然而只要周遭有任何的不义，岂不就是自认‘有知’之人的承担与责任吗？”[①] 这样，知识分子的原罪感就自然转化为对社会问题的一种义不容辞的自我承担。不可否认，台湾经院哲学的思维进路，有着诸多不合正统神学及教义的现象，但在某种程度上却也实实在在地影响着台湾文学的存在状态。

台湾社会的宗教开放状况，无疑为文学接受基督教精神提供了良好的文化语境。在台湾作家的文本中，不仅呈现出基督教文化的外层意象——教堂、器物、雕塑、绘画、组织、教义、神谕、典籍及其相关历史，更为重要的是，内蕴着基督教文化的深层思想，呈现出文学精神的内在超越性价值。而且逐步形成了以基督教精神为价值依据的直接关涉文学本质与使命问题的普世性文艺思想。这不仅体现出当代台湾文学乃至中国文学与基督教文化的精神联系，而且对于中国文学的重新理解、多元阐释与终极文本的创造也提供了一个切实有效的价值参照维度。

第一节　超越社会之“情”的普世之“爱”

阎连科在其《发现小说》中将现实主义文学分为四种类型：“控构现实主义”“世相现实主义”“生命现实主义”和“灵魂现实主义”。[②] 按照作者的说法，“控构”就是“控制的定购和虚构”。这种形式，是权力在开好订单之后作家以良心和人格的丧失为支票，在订单上签字、画押、采购的互利买卖。中间交易的是看不见的商品，即双方共同努力从空无中凭白虚构和从经验中无限夸大以及把个案当作普遍推广的那种几乎不存在和存在必就在历史中昙花

---

① 康来新：《王文兴的心灵世界》，台湾雅歌出版社 1990 年版，第 22、14、139 页。

② 参见阎连科《发现小说》，《当代作家评论》2011 年第 2 期。

一现的文学真实。这种文学在中国土地上由来已久，超越了半个世纪，而且根深叶茂，硕果颇丰。中国的宣传、文化机构和作家协会在诸多工作上的文学努力，几乎就是要打造和完成控构现实主义。它的存在性就在于它和权力结合的完美性，它的真实性就在于普遍存在的虚幻性。如果说“控构现实主义”的文学生命已经受到质疑的话，那么“世相现实主义”则是最受欢迎的写作方式，是现实主义写作中最易成功和最为安全的笔墨。社会对世相真实的世俗认同，是其存在的核心。世相真实的世相现实主义，最为依赖俗世社会的共同经验。它以对共同经验的归纳和细微，取悦于读者对它的认同和赞美。

20世纪以来的中国文学尤其在当代作家中，太多的人把现实主义真实停留在“控构真实”和“世相真实”的层面上。前者空笔虚歌，颂尽长安；后者稳妥扎实，自成一体。至于将现实主义推进到“生命真实”和“灵魂真实”的境界，发展基础还比较匮乏。目前来看，“世相现实主义”是最被认可、最具广阔前景的写作——对传统而言是亲切的继承，对未来而言是经典的可能，对权力、读者和批评家而言是相安无事、彼此接受的皆大欢喜。所以，“世相现实主义”成为当代最有才华的作家的倾力、倾情之所在，也成为现实主义向深层真实探进的最大障碍。中国文化极为重视“处世之道”，而相当缺乏“为人之学”，对于生命意义和灵魂思辨的本质追问就更为薄弱。中国是“情”的社会，而非“爱”的社会。当代中国文学流行的多是“世相”与“人情”，而极为缺少“生命”与“灵魂”；生命和灵魂的本质在于“爱”，当代中国文学精神不缺“情”，而少“爱”。“创造大文学作品，无论守持什么立场和‘主义’，都应当拥有大爱与大悲悯精神。一切千古绝唱，首先是心灵情感深处大爱的绝响。”① 这种“大爱”，正是作为宗教核心精神的“博爱”。相对于当代中国大陆文学表现尽致的社会之

① 刘再复、刘剑梅：《共悟红楼》，北京三联书店2009年版，第231页。

"情"，受基督教文化精神浸润的当代中国台湾文学则呈现出超越于此的普世之"爱"。

基督教有三个基本的思想原则，即信、望、爱。信是信仰，望是希望，爱是博爱。保罗曾说，有信有望有爱，其中最大、最要紧的就是爱。对于个体而言，存在之不幸是本体论的。如法国神学家薇依所说的，"人类通过任何手段都无法最终消除生存之不幸"，可以说"由偶然性导致的不幸与生命会共存。悲凉会永远伴随着人的存在之偶然性，伴随着人的遗憾"。面对无法摆脱的"荒唐、残酷、失败和受苦"，人何以存在？基督思想的独特之处就在于极度重视人的不幸处境，同时又以上帝作为挚爱的存在，在本体论上构成对于不幸的否定。也就是说，"爱"恰恰是对不幸的否定。薇依提出，"并不是因为上帝如此爱我们，我们就应该爱他，而是因为上帝如此爱我们，我们应该爱我们。这意味着，上帝之爱作为自甘不幸的对人的爱，最终应成为人与人之间的爱"。[①]

基督教是"爱的宗教"，并且这种博爱的思想是通过最纯朴的语言和最易理解的故事表达出来的。"相对于那些体现了个人、民族、国家和人类的一己利益狭隘性的物欲之爱，耶稣第一次使爱具有审美的性质。"[②] 出身教会世家的台湾女诗人蓉子，深受基督教文化的浸润。对于《圣经》，她笃信而且熟悉，并将其作为世界文学的丰富资产；对于文学，她怀抱基督"殉道者"的精神。蓉子的理想是由紊乱回到秩序，由焦躁回到宁静，由破碎回到完整。站在"教堂与仙人掌"之间，面对着现代"都市生活"以及"碎镜""乱梦"与"红尘"，面对着自然的和谐，蓉子以宗教的虔诚来歌唱大自然的奥妙与神秘。在她的意识世界和文学世界中，"神"与"自然"的关系无所不在。《钟声静止》《一卷如发的悲丝》等诗，充分体现出她与宗教及自然的不解之缘。进而，蓉子更用自己的诗

---

① 刘小枫：《走向十字架上的真》，上海三联书店1995年版，第173、177页。

② 王晓阳：《美是一种人生境界》，百花文艺出版社1993年版，第185页。

歌昭示出“普世之爱”。《两极的爱》通过“清晨”和“黄昏”的抒写，表达“幼吾幼以及人之幼”“老吾老以及人之老”的永恒主题。对于幼者，“给他们满盈的阳光/给他们润泽的雨水/给他们一个温暖的春天”；对于老者，使他们拥有“白雪炉火的晚上”，“倾听他们细诉回忆的同伴”。用“伸向他们的爱的手搀扶他们/散步在平静的落日大道上”，欣赏“那美好壮丽的晚景”。总之，“让寒冷减为最低/伤害减到最小/这人间将是天国!”诗集《童话城》正表达出这样的理想，“爱、温暖、和平、丰衣足食、化暴唳为祥和、真、善、美”是童话城的境界，它是作者心目中完美的人间天堂。有了生活的真和感情的善，诗艺形式的美也就体现出来了。如蓉子指出的，“我以为一首诗总得先掌握了那急于‘成形’的精神内涵，然后才能赋予这份内涵以应有的形式”，而两者又是“一枚不可以二分等的球，它圆满自足”。[1] 蓉子精神内涵的理想就是在人世间寻觅生活中的真、善、美，讴歌人类的爱心。诗人在《三光》中唱道：“何处寻见，/至真至善至美？/它们——/在婴儿甜睡的酒窝内/躲藏；/在初恋女深深的眸子里/荡漾；/在老人净洁的白发上/闪亮；/好像那天上三光，/永恒地将人间照耀。”基督教文化所传达的对于理想天国的虔诚和信仰，给予蓉子博爱的诗心，也造就其艺术的高雅情调。她的诗具有一种神圣的安慰力量，这在纷争迭出的中国诗坛是独特的。

早在1977年就被台湾评论界推为“当代十大散文家之一”的张晓风，也是一位虔诚的基督信徒。她谈及对自己影响最大的书是《圣经》和《论语》，还特意指出：“如果有人分析‘我’，其实也只有两种东西：一个是‘中国’，一个是‘基督教’。”[2] 在其心底和笔端，“中国”与“基督”和谐存在而非矛盾对立。她虔诚地信

---

① 蓉子：《序——我的诗观》，见余光中等《蓉子论》，中国社会科学出版社1995年版，第145页。

② 转引自杨剑龙《旷野的呼声——中国现代作家与基督教文化》，上海教育出版社1998年版，第241页。

仰基督，由对中国的热爱到对人类的深爱，进而升华到对自然万物的“诗化”与“神化”。或许爱祖国、爱人类、爱自然是人尤其是作家的普遍本性，但张晓风笔下流露的“爱”却明显印上了基督教文化精神的神性色彩，已经有别于一般作家笔下的一般的爱。

“中国人”的潜在意识，使张晓风对“中国”怀抱着深爱：“有一个名字不容任何人诬蔑，有一个话题绝不容别人占上风，有一份旧爱不准他人来置喙。总之，只要听到别人的话锋似乎要触及我的中国了，我会一面谦卑地微笑，一面拔剑以待，只要有一言伤及它，我会立刻挥剑求胜，即使为剑刃所伤亦在所不惜。”[①] 正因如此深厚的感情，张晓风为中国进行虔诚的祈祷。在《祷词》中，她写道：“主啊，我求你，赐福保守中国，如同保护你眼中的瞳仁。……我爱中国，包括中国的苦难。我爱时间的中国，空间的中国，微黄的线装书中的中国，夜夜魂梦的中国……我的主，在我对中国的每一份爱里，求你为我加上责任。我将引这份爱中的痛苦为甜蜜，我愿以这份爱里的沉重为轻省。”[②] 如此自然地把“爱中国”与“爱上帝”联系在一起，把中国文化与基督文化并列，以汉语方式言说基督思想，获得圆满超越。对众多宗教学者乃至思想文化界探讨而不休的问题，在张晓风的文学世界中获得实质性进展。

除了对中国的爱，张晓风文本中呈现出普遍的人类之爱。耶稣基督为拯救世人而被钉在十字架上，他的受难是与爱同在的。在《初绽的诗篇》中，借助孩子的出生，她深深感到“十字架并不可怕，骷髅并不可怕，荆棘冠冕并不可怕，孤寂并不可怕——如果有对象可以爱，如果有生命可为之奉献，如果有理想可前去流血”。上帝正是为了爱所有的世人而奉献出自己儿子的生命，所以我们的

---

① 张晓风：《矛盾篇（之二）》，见唐梦《张晓风散文》，浙江文艺出版社 1999 年版，第 203 页。

② 转引自杨剑龙《旷野的呼声——中国现代作家与基督教文化》，上海教育出版社 1998 年版，第 245 页。

爱亦应该是普遍的："爱所有的脸——可爱的以及不可爱的，圣洁的以及有罪的，欢愉的以及悲哀的，直爱到生命的末端。"在《情怀》中，她为救助一只被捕捉的鹰而奔走呼号。仿佛听见"有一种召唤，一种几乎是命定的无可抗拒的召唤，那声音柔和而沉实，那声音无言无语，却又清晰如晤面，那声音说：'为那不能自述的受苦者说话吧！为那不能自申的受屈者表达吧！'"这里所爱的不只是生物，而且是世间的全部生命。这是心的声音、爱的声音、神的声音。在张晓风心目中，每一个生命都需要爱。她由衷地与医学院的学生们共勉："这世界上不缺乏专家，不缺乏权威，缺乏的是一个'人'，一个肯把自己给出去的人，当你们帮助别人时，请记得医药是有时而穷的，唯有不竭的爱能照亮一个受苦的灵魂。"这样一种全心全意的爱，在《劫后》中，更升华到一个新高度。面对死者与生者，一刹那都成了"我"的弟兄。"我与那些素未谋面的受难者同受苦难，我与那些饥寒的人一同饥寒。……我第一次感到他们的眼泪在我的眼眶中流转，我第一次感到他们的悲哀在我的血管中翻腾。"耶稣基督被钉十字架，道成肉身，就是与人类成为兄弟，与世人同受苦难。

爱还是理解和宽恕。在《霜橘》中，张晓风娓娓道来，劝慰友人如何对待所谓的"误会、欺诈和谗言"。只要是人，没有一位不曾被恶言中伤过；即便是神，也不能免于诟骂。她以先圣的遭遇劝慰友人："人类史上充满荒谬的例子。人们永远虐待着伟大的先知先见，等到他们尸骨成灰的时候，人们的子孙才开始推崇他，为他修建美丽的坟墓。所以每当有人讥诮我，有意无意地用言语伤害我，我总是沉静下来，心里充满神圣而肃穆的感觉。当我身受先圣们痛苦的一部分，当我戴上这顶曾经刺伤过他们的荆棘冠，我就觉得更接近他们、更像他们、更分沾了他们的荣耀。"在基督教文化看来，人是生而有罪的，人性是有其局限性和弱点的。因此，"你又怎能厚非他们呢？他们连自己做了什么也不晓得呢！"实际上，这正是耶稣临死时所说的话。所以，重要的是宽恕。"原谅别人总是对的。饶恕是光，在肯饶恕的地方就有光明和欢愉。”“我们生存在世，自有我们独立的意义，我们做我们认为合宜的事，我们想我们认为正确的思想，我们只对上帝负责。”[①] 这样就能过好每一天，就能感谢每一个日子。即使容易受伤，仍然充满信任，仍然固执地期望着良善。耶稣正是怀抱着受伤的爱，成为我们的基督。爱不是荣耀，而是受伤。“人生世上，一颗心从擦伤、灼伤、冻伤、撞伤、压伤、扭伤，乃至到内伤，哪能一点伤害都不受呢？如果关怀和爱就必须包括受伤，那么就不要完整，只要撕裂，基督不同于世人的，岂不正在那双钉痕宛在的受伤手掌吗？”[②] 这是爱的辩证法，也是耶稣基督以生命为代价教给世人的道理。

张晓风笔下的自然世界，同样是充满生命力和神圣性的存在。面对自然，常常在心中鼓荡着“神圣的余响”，感到“宗教的庄穆”。《画晴》中的“我”，对着雨过天晴的自然而进入物我两忘之境界：“我的心从来没有这样宽广过，恍惚中忆起一节经文：‘上帝叫日头照好人，也照歹人。’我第一次那样深切地体会到造物的深心。我就忽然热爱起一切有生命和无生命的东西来了。”人与神奇的大自然实现和谐的交流与沟通，这是“造物的深心”。由自然的神奇和对自然的爱，张晓风意识到这是上帝给予人类的恩赐。在《归去》中，刹那间亿万片翠叶都翻作复杂的琴键，仿佛“造物的手指在高低音的键盘间迅速地移动”。“山谷的共鸣箱将音乐翕和着，那样郁勃而又神圣，让人想到中古世纪教堂中的大风琴。”“我”带着“敬畏和惊叹”面对山色，惊异得几乎不能自信。“天父啊”，“你把颜色调制得多么神奇啊！世上的舞台灯光从来没有控制得这么自如的”。在[③]《到山中去》一文中，作者感叹：“我真不信有人从大自然中归来，而仍然不信上帝的存在。”从自然中归来

① 张晓风：《常常，我想起那座山》，百花文艺出版社 1997 年版，第 28—31 页。

② 张晓风：《只因为年轻啊》，见张晓风《常常，我想起那座山》，百花文艺出版社 1997 年版，第 79 页。

③ 张晓风：《常常，我想起那座山》，百花文艺出版社 1997 年版，第 35—36 页。

的张晓风，更加坚定了对上帝的信仰："父啊，叫我知道，你充满万有。叫我知道，你在山中，你在水中，你在风中，你在云中。叫我的心在每一角落向你下拜。当我年轻的时候，教我探索你的美。当我年老的时候，教我咀嚼你的美。终我一生，叫我常常举目望山，好让我在困厄之中，时时支取到从你而来的力量。"① 她在自然中体悟生命，倾听圣言，自然与神性富有生命感地融合在一起。张晓风以基督教文化的"博爱"之心面对大千世界的芸芸众生，以具有神性色彩的诗性之笔实现了与神性的自然相融。她的散文世界，在一定程度上达成了华夏文化与基督文化的相遇和对话。这已经超出单纯文学的范畴，而具有文化的深远意义。

被中国大陆研究者誉为"创造了散文阳刚之美"② 的作家王鼎钧，可谓开创台湾文坛一代新风。在《天心人意六十年》一文中，他说："我从小跟着母亲上教堂，于今信主六十多年，虽然国事家事天下事一再发生极大的变动，时代思潮和个人的人生观不断出现修正，我仍然是一个基督徒。"③ 有人问，六十年来，基督教受到诸多的冲击，何以维持信仰呢？"没有神迹，仍然有上帝"，"没有教会，仍然有上帝"，"没有《圣经》，仍然有上帝"，王鼎钧把这三句话献给一切需要忠告的人。而且凭靠于此，自己的信仰始终未变。

"爱"是基督教文化的基本精神，王鼎钧以其独特的经历、体验与感悟，在"爱"字上做足文章。不仅在文字阐释方面，而且在对人的实践态度中，都充溢着非同寻常的个体性。《唯爱为大》由国王临死之时询问人生意义的故事而引出主题。"人生就是上帝教一个人来到世界上受苦，然后，他死。"对此，王鼎钧继续阐发道："然后，他受过的苦，后人不必再受。"这样，意义随之扩展开来。

① 张晓风：《张晓风自选集》，北京三联书店 2000 年版，第 9 页。

② 楼肇明：《谈王鼎钧的散文》，见伊始《王鼎钧散文》，浙江文艺出版社 1999 年版，第 1 页。

③ 王鼎钧：《心灵分享》，台湾尔雅出版社 1998 年版，第 2 页。

作者谈到，他在添加后面话语的时候，心中想到耶稣。按照基督教义，耶稣受难，死于酷刑，世人因他的死而有机会“不致灭亡，反得永生”。这是人生的终极答案，也是生命的最高境界。在世人看来，达到这种程度是很难的。而在作者看来，大圣大贤所立的榜样应该人人可以做到，否则其出世意义就太小。的确如此，我们不能达到耶稣的境界，却可以无限接近于这种境界。为什么要“使自己受过的苦，别人不必再受”？因为那样可以有更好的生存环境。然而怎样才能做到？那就是要心中有爱。“‘神爱世人’，所以舍子；子也爱世人，所以舍己。基督以身作则，先走一步，他希望世人以自己的本分、自己的能力跟进，所以说‘愿你的旨意行在地上，如同行在天上。’爱是什么？爱是希望你好，尽我的力量帮助你更好，你比我好，我不嫉妒，帮助你，我不后悔。”基督精神就是“爱”得持久、扩大和升高。这里不仅对宗教经文作出解释，而且紧密联系现实，富有针对性和说服力。同时，使抽象的“爱”具象化，可以把握并能够身体力行。

相对于战争、天灾等造成的痛苦，有一种时时有、处处有的痛苦，就是人加给人的痛苦。只要稍不留神，就随时可能增加他人的痛苦。即使地位低微，也能伤害到别人。面对痛苦，如何解除？《解释与解决》列举了几种世人发明的办法：给别人制造痛苦；给自己制造更大的痛苦，以抵消、遮盖、转移原有的痛苦；麻醉自己，不再觉得痛苦。在作者看来，以上行为均属不妥。“虐待他人，虐待自己，或者麻醉自己，都是很坏的办法。要脱离痛苦，最好的办法也许是关怀别人的痛苦，那样，自己的痛苦就转化成了力量。”而又如何做到呢？这就必须有宗教情操。而这种宗教情操，就是“舍己爱人”。神爱人，人也要爱人。神爱人，不是要人去爱神，而是要人去更好地爱人。“爱”的力量是无限的，不但减免别人的痛苦，也减免自己的痛苦。也许生命本就包含着很大一部分痛苦，而具有“舍己爱人”精神的高级宗教，则会使人在痛苦中和痛苦后，“下不致成为人间一害，上可以成为社会一益”。在此，我们只要想一想有多少人在痛苦中和痛苦后成为人间一害，就不难理解王鼎钧的话语对世人所富有的警醒意义。

在基督门徒所坚持的“信、望、爱”三者中，爱为首。王鼎钧在《唯爱为大》中如此理解三者的关系：“如果没有爱，也就没有信……如果没有爱，也就没有望……信望爱循环相生，三位一体，唯爱为大，唯爱为先。”反过来说，如果有信而无爱，那么人必定残忍；如果有望而无爱，那么人必定自私。这样的例子在历史和现实中已经屡见不鲜。所以，“必须心中有爱，有大爱，所信所望超乎自己的利害，信望爱三者具足”。并且，“爱”的意义可以上升到创造美好社会的高度，真正高级的宗教信仰可以提升世人的爱的能力。

人的存在必须有相应的价值标准，而这个真正的标准就是神的存在。“宗教必须有神，宗教徒必须信神。哲学不能代替宗教，美育也不能代替宗教，因为哲学和艺术里面没有神。”故而难以形成牺牲奉献的情操，其中的感觉至多是一种心境，而不见行为规范。“有神，才有至高的榜样，才有可依赖的价值标准。如果没有这个价值标准，损己利人是愚蠢，舍己为人是可怜。如果没有这个价值标准，人只能为了利己而爱人，‘爱’只能是工具，是谋略。如果没有这个价值标准，‘爱人如己’者终必后悔，必定成为反面教材。如此，决不能建造一个美好社会，寻回我们失去已久的乐园。”“爱”必须有一个超验性存在所依赖，“爱”的价值标准就是“神”。长期以来，汉语语境拥有的至多是世俗之爱，或者说是庸俗之爱，而相当缺乏基督教文化意义上的博大精深的神圣之爱，这是否与缺少绝对信靠的价值标准有关呢？汉语语境中存在的“伪标准”屡见不鲜，“真标准”却难以觅得。舍己为人、损己利人这样难以达到的事情，只有通过宗教信仰才有可能。“天之道，损有余以奉不足；人之道，损不足以奉有余。”宗教是“天之道”，有自足的价值系统，它和“人之道”相反，正所谓“在前的将要在后，在后的将要在前”，“世上最大的，在天国里是最小的”。在宗教信仰的价值系统内，世人心目中不正常的“舍己为人”“损己利人”，可以被认同、受肯定，可以心安理得、平安喜乐。人所做的一切，神能看见，神会悦纳，神不会忘记。“神”在这个价值系统的顶端，人在末端，神人一脉相通。在神的召唤、引导下，人逐步上升，直到站在神的左右。如此才可以明白，人为什么会信教，宗教为什么要有“神”。[①] 王鼎钧先生用自己的语言阐释“爱”的存在，实得基督教文化精神之精髓。对此，俞敬群牧师誉之为“推陈出新而又贴近原旨”[②]。

“爱是无可比的”，《哥林多前书》中的话有必要重提，“我若能说万人的方言，并天使的话语，却没有爱，我就成了鸣的锣、响的钹一般。我若有先知讲道之能，也明白各样的奥秘、各样的知识，而且有全备的信，叫我能够移山，却没有爱，我就算不得什么。我若将所有的周济穷人，又舍己身叫人焚烧，却没有爱，仍然于我无益。爱是恒久忍耐，又有恩慈；爱是不嫉妒，爱是不自夸，不张狂，不作害羞的事，不求自己的益处，不轻易发怒，不计算人的恶，不喜欢不义，只喜欢真理；凡事包容，凡事相信，凡事盼望，凡事忍耐；爱是永不止息”。[③]

第二节　超越“狂妄”人性的“谦卑”与“感恩”

“狂妄，是因为不见神界。在有限的人界，狂妄可存。若见无限的神界，狂妄便无以存身。”[④] 中国当代文学是从“无神”文化和“英雄”文学起步的，新中国成立后的文艺思想和文学实践也自然形成以此为主导基调的存在形态。反观 20 世纪 50 年代至 70 年

---

① 参见王鼎钧《高，更高》，《心灵分享》，台湾尔雅出版社 1998 年版，第 47—48 页。

② 俞敬群：《上帝的手套?》，见王鼎钧《心灵分享》，台湾尔雅出版社 1998 年版，第4 页。

③ 《哥林多前书》13：1—8，《圣经·新约》，中国基督教协会 1996 年南京版，第 194 页。

④ 史铁生：《随想断记 48》，《史铁生散文》上卷，中国广播电视出版社 1998 年版，第 356 页。

代的中国文学，其中存在的多是“大人物”。他们都是英雄，不仅能够改天换地，改变既有的历史，改变自己的命运，而且更突出的是，他们还能够改造作为独立个体的他人，甚至深入灵魂闹革命，改造他人的思想。直到八九十年代，文学“小人物”才渐次出现。面对强大的无理性的历史，面对神秘不可测的命运，他们无能为力，微不足道。个体的微弱、渺小、无奈展露无遗，人的局限性表现出来。长期以来，汉语文化倡导的其实是一种鼓励人的思想得意、自大、狂妄的语境，并自诩坚信、身体力行人的精神能够把握世界精神或历史规律。即便抛开这种思想已经造成的后果不谈，殊不知，恰恰遗忘了作为局限性和悖论性存在的人的基本形态——谦卑——这正是基督神学的基本品质。时至今日，人的思维的虔敬和谦卑的存在理应凸显出来。深受基督信仰浸润的台湾作家张晓风的文本，最为集中地表现出超越“狂妄”文化的更为符合人之本性的“谦卑”“祈祷”与“感恩”的精神。

根据《圣经》记载及其思想，大德大能的耶稣以其言行和教诲向世人充分展示出一种伟大的谦卑精神。基督教思想家尼布尔曾将骄傲视为一种“罪”，并把它看作人的最根本的、普遍性的罪恶，强调骄傲乃一切罪恶之源。神学家卡尔·巴特曾多次阐述这样一个悖论：作为神学家我们应该谈论上帝，但作为人我们不能谈论上帝，我们必须知道我们作为神学家的应该和不能。这是“我们”的处境，在此突出的也是谦卑的品质。张晓风信仰基督，肯定有信仰的人生，充满对生命存在的沉思。她深刻意识到“生命是一项随时可以中止的契约”，深知一切皆会稍纵即逝，所以“那些秉烛夜游的人，那些皓首穷经的人，那些餐霞饮露以修道的人，其基本背景恐怕皆是由于感知生命的大悲凉与大怆痛吧”[1]。个体生命是那样无常，甚至来不及真正地去把握，在历史长河中更是微不足道。基督教文化的谦卑精神自然影响到张晓风对人生价值的认识。先知约翰

---

① 张晓风：《待理》，见唐梦《张晓风散文》，浙江文艺出版社 1999 年版，第 166 页。

曾一见耶稣便屈身降志说："我仅仅是以水为你们施洗礼的，他却以灵为你们施洗礼，我之于他，只能算一声开道的吆喝声！"先知尚且如此，何况人呢？在《矛盾篇》中，作者写道："如果此生还有未了的愿望，那便是不断遇到更令人心折的人，不断探得更勾魂摄魄荡荡可吞人的美景，好让我更彻底地败溃，更从心底承认自己的卑微和渺小。"这是事实，并非否认存在的价值，相反倒是真正的人所必须意识到的。"真英雄何所遇？他遇到的是全身的伤痕，是孤单的长途，以及愈来愈真切的渺小感。"[①] 在无限的上帝面前，人的确渺小而卑微。即便"真英雄"，也依然是"可怜巴巴"的人而已。实际上，这正是基督教文化所奉行的人的谦卑的精神品格。认识到个体存在的有限与渺小，耶稣基督卑微而又伟大的精神便更为醒目。

作为救世主的耶稣基督，并不是要做君临人世的"王"，而是要做众民的"仆"；不是力争"为大""为先"，而是倡行"为小""为后"。如果不能回转为小孩子的样式，断不得进天国；凡谦卑像小孩子的，在天国就是最大的；谁愿为大，必做佣人；谁愿为首，必做仆人。"虚心的人有福了"，这是对谦卑精神的推崇和对谦卑之人的祝福。对照汉语语境，此种回应就不仅是一种为学之道，更是一种为人之道和价值取向。这不是俗人的智慧，而是内在的质素，更属于灵性的修养。与谦卑精神紧密相连的，便是祈祷精神以及随之而来的感恩精神。朱维之先生在其名著《基督教与文学》中说道，"宗教底生命在于祈祷，那一天祈祷停止，就算那一天宗教幻灭。反之，祈祷增加虔诚时，就是宗教心活跃时。基督教的崇拜中心也在于祈祷……"与"祈祷"须臾不可分的便是"感恩"，"基督教祈祷底第一件要紧事，就是要预备赞叹感谢的心。倘使对上帝

---

① 张晓风：《高处何所有》，《常常，我想起那座山》，百花文艺出版社 1997 年版，第 108 页。

没有渴慕仰望之情，怎会发出虔敬的祷词呢?”[①] 对于“基督教的崇拜中心”——祈祷，受基督教文化影响的张晓风，其散文世界有着鲜明而自觉的表达。与“祈祷”同步，其散文世界同样充满着“感恩”之情。她以祈祷和感恩向上帝剖白心迹，表达神性，迎接神明。把自身的整体生命展示给上帝，让上帝做主，在神的怀抱中生活。

当有人问犹太宗教哲学家马丁·布伯“究竟为什么信仰上帝”时，他答道：“假如这是一位人们可以谈论的上帝，我是不会信仰他的。然而，这是人们可以与之谈话的上帝，所以我信仰他。”[②] 祈祷正是“与上帝对话”的行为。上帝是万有、万能、万全、永恒的存在，人则是一个局限性存在。在《戈壁行脚》中，张晓风认为人的力量无论多么强大，“上帝总还要留一两招是你没办法的”，“与时间角力，和永恒徒手肉搏，算来都注定要伤痕累累的”。于是，人反观自身，祈求上帝。在《画晴》中，作者省察自己的浮躁和浅薄就像“夏日之日”，使人厌恶、回避，同时祈祷自己给人光明而不刺眼、暖热而不灼人的“冬日之日”。“‘如果你要我成为光，求你叫我成为这样的光。’我不禁用全心灵祷求‘不是独步中天，造成气焰和光芒。而是透过灰冷的天空，用一腔热忱去温暖一切僵坐在阴湿中的人’。”在《万物伙伴》中，作者让我们倾心祈祷，“爱万物，以及造物的天、成物的人。……让事事物物都关情，让我们生活得更好奇、更惊讶、更感激”。在《最后的戳记》中，作者由学生证上的戳记联想到个体生命的戳记，进而发出虔诚的祈祷：“‘我的主，’我抬头望着蓝宝石般的晴空，心里默默地祷告：‘但愿在你那本美丽无比的生命册上，我的名字下也盖满了许多整齐而又清晰的戳记，表示你对我完成之事的嘉许，当我走完一生路程的时候，当你为我盖下最后的戳记的时候，求你让我知道，我曾有一

---

① 朱维之：《基督教与文学》，上海书店出版社1992年版，第151、162页。

② ［瑞士］奥特：《上帝》，朱雁冰、冯亚琳译，辽宁教育出版社1997年版，第74页。

个圆满的人生！”[1] 上帝在倾听着祈祷者的祈祷，祈祷者则从上帝那里获得自身。作者正是以祈祷使上帝“成为现实”，于是，上帝便与她相遇。如蒂利希所认为的，“祈祷的本质是上帝在我们心中做工并把我们的整个存在提升到上帝身旁的一种行动”。[2]

除了为自己祈祷，还有为他人祈祷的问题，也就是“代祷”。“我们与其他人的生命交织在一起，其间的联系实际上比我们所能想象的更加密切。他们的历史也就是我们的历史，而我们的历史同样也是他们的历史。”而且，“当我呼唤、祈求上帝坚定另一个人的信仰，加深他对上帝的认识的时候——我坚信，上帝一定会这么做的”。[3] 基于此，“代祷”便不难理解并成为可能。在《初绽的诗篇》中，张晓风代孩子祈祷：“上帝，我们感谢你，/因为你在地上造了一个新的人，/保守他，使他正直，/帮助他，使他有用。”在《念你们的名字》中，她代学生们祈祷：“让我们怵然自惕，让我们清醒地推开别人加给我们的金冠，而选择长程的劳瘁。诚如耶稣基督所说：‘非以役人，乃役于人。’真正伟人的双手并不浸在甜美的花汁中，它们常忙于处理一片恶臭的脓血。真正伟人的双目并不凝望最翠拔的高峰，它们常低俯下来察看一个卑微的贫民的病容。孩子们，让别人去享受‘人上人’的荣耀，我只祈求你们善尽‘人中人’的天职。”“孩子们，求全能者以广大的天心包覆你们，让你们懂得用爱心去托住别人。求造物主给你们内在的丰富，让你们懂得如何去分给别人。某些医生永远只能收到医疗费，我愿你们收到的更多——我愿你们收到别人的感念。”这样，“将有人以祈祷的嘴唇，默念你们的名字”。《歌罗西书》说道：“我们自从听见的日子，也就为你们不住地祷告祈求，愿你们在一切属灵的智慧悟性上，满心知道神的旨意，好叫你们行事为人对得起主，凡事蒙他喜

---

① 张晓风：《常常，我想起那座山》，百花文艺出版社 1997 年版，第 99 页。

② ［美］蒂利希：《祈祷的悖论》，见刘小枫主编《20 世纪西方宗教哲学文选》上卷，上海三联书店 1991 年版，第 599 页。

③ ［瑞士］奥特：《上帝》，朱雁冰、冯亚琳译，辽宁教育出版社 1997 年版，第 79—80 页。

悦，在一切善事上结果子，渐渐地多知道神，照他荣耀的权能，得以在各样的力上加力，好叫你们凡事欢欢喜喜地忍耐宽容，又感谢父，叫我们能与众圣徒在光明中同得基业。”[①] 在上帝面前，我们共有一段历史，共同向上帝祈祷。“默想的祈祷，可以陶冶性灵，提高人格，也可以坚定一个人对于社会的事业，同样也可以产生深刻的文学作品。”[②]

人在诉说，上帝在倾听。祈祷不是无谓空话，而是存在于人心深层的事件。这一事件在祈祷中形成言语，又用言语表达出来。“祈祷就是我们与上帝相遇，与上帝同在，亲密无间，每天每日，在我们自己的话语和自己的思想里。”祈祷还意味着在寻找上帝和发现上帝，“人在祈祷中向上帝舒展开自己的肢体。他想超越自身，不想再孤独，不想再让自己与自己独处。……这个人发现他不再是独身一人，他所进行的早已不再是单纯的独白，而从根本上、从开始起就是一种对话。他发现神秘的眼睛在注视他，神秘的耳朵在倾听他。他发现从寂静中，从沉默中，有一种倾听，一种聆听正迎向他，迎向他这一个人此刻所做的、所思的和他所不得不说的”。[③] 这样看来，祈祷不是汉语语境意义中的虚幻，而是具有实在性。在某种意义上遗憾的是，汉语言文化极为注重表面上“看得见”的实在，极为注重对实利的追求和祈祷，而却明显忽视了类似基督教文化的祈祷这样的“看不见”的实在，明显忽视了这样的身心兼备的生命追求。对此，我们有必要意识到，而张晓风的文学世界或许能带给我们应有的启示。

“亲爱的上苍，请给我顺遂，请给我丰裕，但也时时容我稍稍感受枯竭的惶急和贫乏的伤痛。这样，在大雨沛然之际，我才懂得

---

① 《歌罗西书》1：9—12，《圣经·新约》，中国基督教协会 1996 年南京版，第 227 页。

② 朱维之：《基督教与文学》，上海书店出版社 1992 年版，第 176 页。

③ ［瑞士］奥特：《祈祷是独白和对话》，见刘小枫主编《20 世纪西方宗教哲学文选》上卷，上海三联书店 1991 年版，第 602、606 页。

感恩。”[①]“祈祷”是祈求和盼望，“感恩”是酬谢和报恩，与“祈祷”密切联系的便是“感恩”。在《最后的戳记》中，张晓风满怀深情地讲述自己的感恩之情，尤其感谢那位赐给机会和智慧的天父。“我，一个没有长处也没有优点的人，上天何其钟爱我，让那么多我所不曾谋面、不知姓名的人，助我完成了学业。……我感谢上帝，他给了我一宗最大财富——健全的脑子，健全的理性，和健康的身体。而当我病的时候，他更给我足够的支持力，让我向上的意志不曾扑倒过。”[②] 在《劫后》中的灾劫之后，作者学会了为阳光感谢，因为阴晦并非不可能；学会了为平静而索味的日子感谢，因为风暴并非不可能；学会了为粗茶淡饭感谢，因为饥饿并非不可能。甚至学会了为一张狰狞的面目感谢，因为有一天不知谁便要失去这十分脆弱的肉体。更进一步，“那么容易地便了解了每一件不如意的事，似乎原来都可以更不如意。而每一件平凡的事，都是出于一种意外的幸运。日光本来并不是我们所应得的。月光也未曾向我们索取过户税。还有那些焕然一天的星斗，那些灼热了四季的玫瑰，都没有服役于我们的义务。只因我们已习惯于它们的存在，竟至于习惯得不再激动，不再觉得活着是一种恩惠，不再存着感戴和敬畏。但在风雨之后，一切都被重新思索，这才忽然惊喜地发现，一年之中竟有那么多美好的日子——每一天，都是一个欢欣的感恩节”。如果没有对生命的体悟与理解，便不会有如此宽广的感恩情绪。习惯是那样地深入骨髓，而活着的确是一种“恩惠”。在《情怀》中，作者颇有感触地写道，“人是要活很多年才知道感恩的，才知道万事万物包括投眼而来的翠色，附耳而至的清风，无一不是豪华的天宠。才知道生命中的每一刹时间都是向永恒借来的片羽，才相信胸襟中的每一缕柔情都是无限天机所流泻的微光”。自然中的万事万物都是上帝无偿赐予人类的，对这一切理应怀抱一种感恩

① 张晓风：《我有一根祈雨棍》，《张晓风自选集》，北京三联书店2000年版，第336页。

② 张晓风：《常常，我想起那座山》，百花文艺出版社1997年版，第96—97页。

的态度。试想，有限的人又有什么资格获得如此博大无限的馈赠呢？在《星约》中，作者则真诚地表达谢恩的心情："为能见到的以及未能见到的，为能拥有的以及不能拥有的，为悲为喜，为悟为未悟，为已度的和未度的岁月，我，正式致谢"。显然，"感恩"的同时亦自然包含着"赞美"。赫舍尔认为，人的"精神生活的秘密在于称赞的能力"，而"我们时代的人正在丧失赞美的能力。……赞美是一种主动状态，是表达崇敬和欣赏的行为。……是将注意力集中在人的行为的超越性意义上，是乞求上帝从隐蔽处出场"。①

我们知道，汉语言文化并不缺乏感恩戴德，但膜拜的对象却总也不外乎世俗权威，甚至具体到生而有"罪"的个人。这是一种虚假的、缺乏根基的俗世报恩与个人崇拜，其负面影响延续至今。相反地，对于自然万物的存在、对于个体生命的存在、对于"三位一体"上帝的恩惠这样的真正的、具有根基的神圣感恩，却恰恰是汉语文化语境相当缺乏的。在这个意义上，张晓风的散文世界能否为我们提供一种借鉴，能否为汉语语境重新提供一种制衡性与互补性的纠偏作用呢？

如果没有绝对的价值本源，一切存在就失去了判断善恶美丑的标准，就失去了本质的区别。抛弃了绝对的"他者"，一切都会成为可能。人永远不会成为上帝，人言永远不会成为圣言。如果把人变成上帝，那么人就大胆妄为了。"从来没有什么救世主，人自己就是救世主。可是，上帝按自己的形象造人，人的灵魂禀有一团神灵的气息，如今，人造上帝按什么形象呢？不就造出一群恶魔般的偶像么？"② 虽然汉语语境中否定上帝的存在要比理解和信仰上帝的存在有着更为强大的文化支撑与现实力量，但关于这一问题的是与否的回答似乎已经显得越来越不重要。关键是，这一存在及其发生

---

① ［美］赫舍尔：《人是谁》，隗仁莲译，贵州人民出版社1995年版，第106页。

② 刘小枫：《走向十字架上的真》，上海三联书店1995年版，第50页。

是意义重大还是无意义，已经成为生存论的问题。实际上，基督教文化的重要价值就在于能够始终为实存的人类提供一种超越性的永恒参照。

第三节　超越外在"罪行"的内在"罪性"

刘再复曾指出20世纪中国文学的两大倾向："人一旦扬弃一切缺陷就成为神，讴歌文学与英雄文学走向极端就是否认人的缺陷而变成了造神文学；而谴责文学和暴露文学一旦走向极端则把人的缺陷视为人的绝对，从而变成造鬼文学。"这两种表现往往导致文学无限制地"溢美"与"溢恶"而变得十分浅陋。这种弱点，"固然与20世纪中国的社会氛围和政治环境有很大的关系，但从深处来看，思想资源的枯竭与缺乏则是更内在的病根。在这片土壤上缺乏宽厚博大的人道主义思想资源，也缺乏一种对人性具有深刻见解的思想，作家对人生的理解单薄，缺乏厚实的思想培植，就像先天有缺陷的苗子，终于长不成参天大树"。[①]

与拥有宗教背景的西方文化和文学相比，中国文化和文学恰恰缺乏根本的宗教精神。无论何种文学形态，大都没有超越现实生活的范围，对于内在灵魂的关注和思辨还相当薄弱。即使现代文学虽然受到西方文学的鲜明影响，但因把眼光主要投向社会问题而减弱了对于自身灵魂的探究。及至新中国的文学观念，长期要求作家自觉、及时地配合革命行为和政治意志，文学的时代性获致片面畸形地发展，根本丧失主体的内在性。新时期以来的诸类批判现实主义文学形态，其间的"良知觉醒"与"人道呼唤"也主要表现为外在性内容，是对外在社会"罪行"的反思、抗议和批判。当找到了承担全部罪恶的外部对象之时，也就没有了任何罪感和自审意识；

① 刘再复、林岗：《罪与文学》，中信出版社2011年版，第141页。

当罪恶主体完全明确时，作家的责任就在于清算这种罪恶。“中国的当代文学便充满了清算意识，一切道德责任共负的精神丧失殆尽，而文学中的‘灵魂深度’也丧失殆尽。”① 也就出现了中国知识分子的惯常姿态：“该抵制的时候，高调歌颂；该抗争的时候，趴下忏悔；该忏悔的时候，站起来控诉。”② 当代中国文学从来不缺乏“歌颂”和“控诉”，也不缺乏表面外在的忏悔行为，唯独缺乏深层内在的忏悔意识。真正的忏悔，不是外在行为表现，而是发生在内心，是在内心展开人性的冲突和灵魂的对话。“具有深度的罪感文学，不是对法律责任的体认，而是对良知责任的体认，即对无罪之罪与共同犯罪的体认，忏悔意识也正是对无罪之罪与共同犯罪的意识。”③ 在基督教文化看来，这是超越外在“罪行”的内在“罪性”，即人性之“原罪”。人生而有罪，表现为人之本性中对于邪恶本身的选择，即有意弃善择恶的倾向和本能。人类在罪孽的深渊中不能自拔，人在本性上即罪人或罪之奴仆，已失去其自由和德性，只有上帝的恩宠才能使人有德、获救。

对于人性之“原罪”意识与“共同犯罪的体认”及其生命救赎的可能性，台湾作家陈映真的文本进行了较为集中的表现。在为《知识人的偏执》所作的自序《鞭子和提灯》中，他说：“初出远门作客的那一年，父亲头一次来看我。在那次约莫十来分钟的晤谈中，有这样的一句话：‘孩子，此后你要好好记得：首先，你是上帝的孩子；其次，你是中国的孩子；然后，啊，你是我的孩子。我把这些话送给你，摆在羁旅的行囊中，据以为人，据以处事……’记得我是饱含着热泪听受了这些话的。”④ 由于特殊的基督教家庭环境的影响和独特复杂的人生成长道路，基督教文化眼光中个体的苦

① 刘再复、林岗：《罪与文学》，中信出版社 2011 年版，第 241 页。

② 贺立华：《20 世纪中国文学思想与知识分子人格精神》，山东大学出版社 2005 年版，第 106 页。

③ 刘再复、林岗：《罪与文学》，中信出版社 2011 年版，“导言”第 19 页。

④ 陈映真：《陈映真文集 · 杂文卷》，中国友谊出版公司 1998 年版，第 182 页。

难历程以及形成的耶稣基督的博爱信念与人道主义情怀构成陈映真安身立命的主导精神因素。他的小说虽然属于经验性层面，但其中人物的生命历程却具有超验意义。他们身上承担着无尽的苦难，而且造成苦难命运的主导因素是内在的“罪性”而非外在的“罪行”，这些都有着基督教文化精神的深层烙印，在汉语文学世界中尤为醒目。

陈映真的人物，虽然具有优雅气质、远大理想和崇高抱负，而且勇于身体力行，但历史与现实的沉重意识，特别是由此激起的与生俱来的“罪感”，还是将这些清醒的思想者和理性的行动者毁灭了。由于无法摆脱人类固有的局限与内心极度的罪性，他们陷入无边的深渊直至走向死亡。在《我的弟弟康雄》中，“细瘦而苍白的少年”康雄对生命与生活有着深刻的思考。而且，在他的乌托邦中建立了许多贫民医院、学校和孤儿院。但其短暂的一生却承受着太深的痛苦——无法排遣的性的苦闷、无力达到的高的理想、无法克服的意志的薄弱，这成为他走向绝望的导火索。及至当他与一个“妈妈一般的妇人”私通后，心灵负罪的重压便激起而勃发。他终于自杀身亡——康雄的苦难乃至死亡不是源于所谓的“通奸”，而恰恰是源于通奸后的罪恶感。“我的弟弟康雄死在一个哀伤负罪的心灵里。虚无者的字典里应是没有上帝，更没有罪的。我的弟弟康雄竟不是虚无者吗?”康雄的日记尽是自责、自咒、煎熬和痛苦的声音——“我求鱼得蛇，我求食得石。”“我没有想到长久追求虚无的我，竟还没有逃出宗教的道德的律。”“圣堂的祭坛上悬着一个挂着基督的十字架。我在这个从生到死丝毫没有和人间的欲情有份的肉体前，看到卑污的我所不配享受的至美。我知道我属于受咒的魔鬼。我知道我的归宿。”这是康雄留下的最后的轨迹。此后，痛苦甚至走向死亡的受难主人公便不断地出现在陈映真笔端。

《乡村的教师》中的吴锦翔思想进步，被日军强征入伍并派到南洋参加侵略战争。然而当战争像梦一样过去的时候，他又不可思议地活着回到他的和平朴拙的山村，因为接办一个小学校，其小知识分子的热情便重新自余烬中复燃起来。看着十七个黝黑的学童，吴锦翔感觉到说不出的感动。他爱他们，因为他们是稚拙的；他爱他们，因为他们褴褛而且有些肮脏。或许，这样的感情应不单是爱而已，他甚至觉得自己在尊敬着这些小小的农民。他决心使这一代建立一种关乎自己、关乎社会的意识，决心使他们做一个公正、执拗而有良心的人，由他们来担负起改革乡土的责任。然而，面对因袭着历史重负的国人以及现实的种种困境，改革者吴锦翔还是发生了变化。虽说他的死脱离不了对个人与环境的双重幻灭，但更为重要的因素还是他在战争中吃过人的罪恶感，这直接导致了他的绝望和死亡。“懒惰的有良心的”吴锦翔在醉醺醺中透露了内心的秘密：在婆罗洲纯粹为了生存而无意中参加过“人肉”宴席。人们远离他，他也远离了自己，吃人肉这件事成为他心底的致命罪感。吴锦翔割腕自尽，因为自身具有无以解脱的罪孽已经再也无力担当改造社会与国民的重任。

在《第一件差事》中，胡心保的死与其说是无法忍受平庸现实、追问“为什么活着”的结果，倒不如说是无法忍受自己有罪的历史的结果。他曾道出自己过去活埋过共产党人，显然，死因是内在的，不是外在的。《文书》中的安某，少年从军，历尽战功。战后努力创业，有了幸福家庭。但是所有这些都无法令他忘掉在战争中的罪行：他曾杀过一个虐待狂症患者，到台湾后镇压过无辜百姓，而且杀过一个纯洁少年。当他发现自己亲手杀死的少年是妻子的哥哥时，心理防线彻底崩溃。在幻觉中，他开枪杀死妻子。无疑，悲剧的根源还在于内心背负的深刻的罪孽感。在《六月里的玫瑰》中，巴尔奈的悲剧与安某有相似之处。战争在一定程度上消解了巴尔奈作为黑人的自卑感乃至增强了他的自豪感，但战争中的滥杀无辜、射杀怀抱布娃娃的女孩却成为他心中永存的罪孽。陈映真借助对战争的反思以及在这一非常态中的人的处境实现了对深层人性的探索与揭示。

对人性之“罪”的反思达到一个新高度的是《贺大哥》。战争中的贺大哥同样犯下烧杀奸淫无辜平民的罪行，但战后的他走向爱，并企图以此拯救自己罪恶的灵魂。他认为，如果爱人类同胞变得需要有一个理由，人在今天就已经活在了一个可怕的境地；如果爱别人、关心别人只成为一些宗教教徒的事，那么这个世界就已经不是人的世界。只有无条件地爱人类，无条件地相信人类，更多的人能够不图回报而从生命的内层去爱别人、信赖别人，那么一个美丽的、新的世界就触手可及了。贺大哥这么想，也是这么身体力行的。陈映真高度肯定这样一颗“基督的心”，然而深度的罪孽仍旧压倒“爱”的理性。正如贺大哥自己讲的，“我猜我已恨透了我自己。我在想：如果能像脱衣服一样，脱掉肮脏的衣服一样，把不堪的我脱掉，然后，像换一件又干净、又新的衣服一样，换一个我……”他终于作为一个精神病患者以无“爱”而终。陈映真人物的罪孽感已经渗入骨髓而无以解除。即使到了《山路》中代人赎罪的蔡千惠，也最终精神焦虑、衰竭而死。即使代人赎罪，也仍然无以解脱。《苹果树》中的林武治，其苦难根源就在于父亲曾经犯下的历史罪孽以及家族的罪恶。为了赎罪，他构建起自己的乌托邦“苹果园”。“乌托邦”缓解代人赎罪的焦虑，但最终难以消除内心的罪孽感。

陈映真的人物命运中，苦难的根源不是来自外在的体制与伦理规范，而是来自常常不为人知的自己内心的道德与罪感，后者恰恰是最根本的宗教精神，而这一向度的强化往往又构成更为致命的因素。其实，这也正是基督教文化所强调的“内心里有罪”的形象表现与具体结果。

在基督教文化看来，人一出生就陷入宿命般的苦难境遇，这是与生俱来的。人生而有“罪”，至于此后的生命历程，就是一个如何赎罪向善的过程。陈映真将笔触已经深入苦难主人公内心深处的道德律与罪恶感。由此，人的麻木意识与不安灵魂得以被唤醒。进而，主人公的受难历程就成为自然而然。受难主人公的苦难源于对历史、时代尤其自身罪恶的清醒与反思，这种表达源于基督教文化的“罪感”性精神特征对陈映真的潜在影响。而受难主人公灵魂救赎的路向，则隐约地指向社会主义乌托邦理想尤其是耶稣的博爱情怀，这种表达则源于基督教文化的“爱感”性精神特征的潜在影响。到了另一种表达方式——非虚构性写作，也就是在文艺评论与杂文中，基督宗教作为“爱感”文化的精神特征已经对陈映真发生了显在影响。通过这样一种自由写作的方式，陈映真找到了更适合自己的表达空间，于是更以一种清醒的理性话语呼唤“爱”的理想，呼唤“爱”的文学。陈映真力图通过文学艺术唤起人类普遍的爱，从而惩恶扬善；通过爱的救赎，实现人的主体性与人的解放，进而促进社会的全面进步与真正发展。

第四节　从生活的“现实反映”到生命的“终极追求”

丹纳有言，“无论什么时代，什么国家，养成思想感情的总不外乎两种教育：宗教教育和世俗教育”。[①] 相对于当代中国大陆文学的世俗教育语境，当代中国台湾文学的宗教教育背景更为明显。诗人蓉子出生于教会家庭，她的艺术理想与宗教思想有着密切关系。其诗风所具有的艺术魅力，蕴含着她的虔诚的基督宗教信仰和宗教文化精神。她肯认宗教与艺术的相辅相成性：“就宗教和艺术的本质上来说：宗教家追求的是善，而艺术家追求的是美。然而‘艺术’和‘宗教’却是最好的芳邻，相互间常常产生很大的影响力。”[②] 她指出宗教与艺术都是情感的产物，两者的互通是自然的心理现象：“情感在艺术和诗中均占有重要的地位；但那不是一般生活中粗杂的情感：乃是经过转化和提升了的感情。而宗教信仰，每

① ［法］丹纳：《艺术哲学》，傅雷译，安徽文艺出版社 1991 年版，第 313 页。

② 周伟民、唐玲玲：《日月的双轨——罗门、蓉子创作世界评介》，中国社会科学出版社 1995 年版，第 188 页。

每在无形中提升吾人的性灵，使人拥有一份高洁的情操，令诗有更美好的内涵和境界。”[1] 基督教文化的博爱思想又使得蓉子及其诗作超越狭隘的个人圈子而进入宽广的社会生活。她坦言：“一个诗人在最初写诗的时候，多半是从自我的感情出发；然而随着时间的过去，年龄渐长，就不能老写他一己的世界和个人的梦，使终究能超越个人生命的领域而与人类与万物相感通，宗教家的博爱情怀，在此正是一种无形的推动力，当诗人具有这种宗教情怀的时候，她/他的诗才不至于囿于极端的、狭隘的个人主义。”[2] 蓉子的文学世界流露着真挚的感情，保持着谦逊的品格，呈现出真善美的理想境界。她明确指出，要做诗人，首先必须“有一颗超越利害、计算、虚伪、诡诈、世俗的纯粹的心”，“一个真正的诗人虽不一定是道德家，却自然地会符合正义感和良知的”。[3] 基督教精神给作家带来的正是这样一种良知。

在《宗教信仰与文学创作》一文中，王鼎钧集中探讨宗教精神作为文学核心资源的问题。在作者看来，作家都是“有神论”者。中国艺术家所谓“法自然”“师造化”，即以为冥冥中有个最伟大的艺术家，他创造天下地上能见、能听、能感的一切，留下无数的榜样和有数的规矩。他是大创造，我们是小创造，从他那里拿一点，成就自己。王鼎钧认为，作家都相信人人有罪，没有人完美无瑕。现代作家大都认同基督教所言的人自己不能够解决“罪”的问题，况且即使为善，也时时处处留下沉淀物。所以，尽管文明不断进步，人类的处境和远景还是黯淡，这样就需要救赎。《圣经》要显示的正是：创造，犯罪，替死，悔改，救赎。他设计的救赎，是一次解决全部问题。这是最后的救赎、最高的救赎、永恒的救赎，生命止于至善，所以称为“终极救赎”。王鼎钧认为，上述过程对

① 周伟民、唐玲玲：《日月的双轨——罗门、蓉子创作世界评介》，中国社会科学出版社1995年版，第188页。

② 同上书，第189页。

③ 同上书，第179页。

作家来说是极好的文学构架。文学方式的救赎又绝非说教，为了和说教划清界限，作家便常用象征手法。读极等的文学作品，便有类似经验。“原著如蜕，它可以表现罪，燃烧罪，得到救赎。它不是要隐瞒罪，粉饰罪。没有罪，不需要救赎，也无以产生救赎。”[①] 正是在这个意义上“法天”“师造化”，而“救赎”是最后一课，这是作家最重要的标准和品质。所以，他强调指出，“世上任何人都可以菲薄宗教，惟有作家不必也不宜，他们是我们的先行者，夸张一点说，是我们的同修。他们揭示人生的智慧，连带附送艺术的智慧，我们探求艺术的奥秘，顺势窥见人生的奥秘”。[②] 完全可以说，这段话已经超出专指作家这一针对对象，而应当适用于世人。

受基督精神的深刻影响，陈映真的文艺思想呈现出明显的文化自觉性和现实反思性。文学与政治的关系，历来是认识文学特质的一个复杂而棘手的问题。其中的不同认识与不同实践，实际带来了文学乃至文化上的不同效应。显然，陈映真的作品本身带有强烈的政治性，但他将文学和政治理解为文学与人生的关系。为了人生的文学总是关心人、关心和人有密切联系的历史、生活与自然，其中必然含有政治的内容。然而，文学毕竟不是政治。它非以役人，更不役于人，文学是在具体生活中对于具体的人及其命运的思索。人的解放使人从物质的、精神的桎梏中解放，从压迫性的体制或人内在的罪恶中解放。当政治是为了人的解放时，文学是它的战友和同志；当政治是人间解放的桎梏时，文学成为它不共戴天的敌人。文学家知道政治的限制，知道政治的文学处方在实际创作上的局限性。但政治的、教条的评论家却不知道自己的局限性，习惯于使用“革命”词语任意驱策、歪曲、诬陷文学作品。因此，文学要争取在创作和革新上的自主性。没有文学表现的自由，就没有好的文

① 王鼎钧：《心灵分享》，台湾尔雅出版社 1998 年版，第 57、67、69、71 页。

② 王鼎钧：《解释与解决》，《心灵分享》，台湾尔雅出版社 1998 年版，第 87 页。

学。[①] 这种文学观不仅对台湾文学，对大陆文学同样具有针对性。

对于文学的使命，陈映真从基督教文化精神和博爱的品质中得到深刻启示。他明确表达文学所具有的“信、望、爱”的力量，“文学使那些对爱失去信念的人，恢复爱的力量；让沮丧的人得到温暖；让受逼迫的人得到反抗的力量；让失望的人有勇气重新去爱、去生活、去追求新的希望、去拥抱别人，这应是一切文学的原点”。[②] 他相信，过去的、当前的和将来的一切伟大的、启发人心的文学与艺术，都会留下永不疲倦的爱和永不熄灭的希望。而只要存在爱与希望，人们就能走出漫长的崎岖、孤单和黑夜，终至于迎见真理。对于文学而言，重要的是要用什么形式去表现一个内容——“使人得造就的；使受捆绑的人得自由的；使自卑自贱的人得信心的；使哀伤的人得安慰的；使一切的暴力羞耻的”，并且使尽可能多的人理解这样的作品。[③] 陈映真肯定文学具有反映社会现实的责任，是一种关怀的人生观。“怎么透过文学创作，重新点燃人类对于爱的可能性、对于愤怒的可能性、对于关心的可能性；怎么透过文学的创作、思考、叙述，重新恢复人类爱的能力、关怀、愤怒，甚至反叛的能力，是今天文学工作者极重大的责任。”[④] 可以说，陈映真的文艺思想已经涉及文学本质问题。

相对于基督文化与文艺思想的深层关联，陈映真更是基督精神的行动者。他创刊《人间》杂志，旨在“拥抱生活，关爱人间”。把注意力集结在人的身上，不遗余力地关注人的存在状态。“促使人们再度凝视别人和他的生活，透过生命与生命的遇合，唤醒我们的关心、爱和希望。”[⑤] 目的就是“通过我们的报导、发现、记录、见证和评论，让我们的关心苏醒；让我们的希望重新带领我们的脚

① 参见《陈映真文集·文论卷》，中国友谊出版公司1998年版，第36页。

② 《陈映真文集·杂文卷》，中国友谊出版公司1998年版，第86页。

③ 《陈映真文集·文论卷》，中国友谊出版公司1998年版，第147、419页。

④ 《陈映真文集·杂文卷》，中国友谊出版公司1998年版，第159页。

⑤ 《陈映真文集·文论卷》，中国友谊出版公司1998年版，第45—46页。

步；让爱再度丰富我们的生活”，进而“盼望透过《人间》，使彼此陌生的人重新热络起来；使彼此冷漠的社会重新互相关怀；使相互生疏的人重新建立对彼此生活与情感的理解；使尘封的心能够重新去相信、希望、爱和感动，共同为了重新建造更适合人所居住的世界；为了再造一个新的、优美的、崇高的精神文明，和睦团结，热情地生活”。[①] 基督宗教不仅仅具有超然的“出世”性，而且更是一种“入世”的文化；“爱”的精神不仅仅是真理，更是行动。耶稣基督不是单纯的真理宣扬者，更以自己的切实行为乃至献身生命以关爱、拯救大众。同时号召门徒要像“盐”一样，深入民间，默默献出自己的挚爱。实际上，也正是由于它更是行动的真理，基督教文化才得以获得世界性的传播，成为带有普世性的精神支柱。

基于对文艺本身及其发展现状的认识和宗教信念的持守，陈映真对中国文学表达了自己的观点：“我相信任何中国的良心文学工作者，他在未来的岁月中还是要把目光集中在对于人的解放，对于社会的关怀，对于国家民族前途的关注，为揭发和制止谎言，为服侍于真理和自由而写作、歌唱、抗议，用文学去安慰那些受践踏和伤害的人们，去鼓舞那些丧失了信心的人，去和那些不幸的人一起叹息，和那些幸福的人一起快乐。”[②] 从某种意义上说，这正是中国文学的价值建构向度和有效发展的思路。陈映真的文艺思想，始终贯注着基督教文化博爱的人道主义情怀。

无论从创作实绩还是从文艺观念层面，基督教文化核心的“博爱”精神已经提供了更加接近文学本质的思想资源。作为一种“普世性”文化，其普世价值观也提供了超越文化对峙、实现沟通与融合的思维路径。可以说，文学艺术与宗教诉求之间能够达成一种同构关系，即“二者的根本价值都在于寻求精神对肉身的超越、有限

---

① 《陈映真文集·杂文卷》，中国友谊出版公司1998年版，第92—93页。

② 《陈映真文集·文论卷》，中国友谊出版公司1998年版，第128页。

向无限的延伸、必然向自由的趋近；质言之，这正是从‘真实’（reality）对‘终极真实’（ultimate reality）的追求”。[①] 长期以来，中国文学极为注重所谓的“真实”，而规避了更为本质的“终极真实”。而今，走向后者已经到了成为选择的时候。回到文学本身，其根本意义在于对生命的终极关怀，而生命的终极追求根本上又在于“爱”。

① 杨慧林、黄晋凯:《欧洲中世纪文学史》，译林出版社 2001 年版，第 6—7 页。

结　语

文学精神的“向内转”与“博爱”现实主义的建构

20世纪以来的中国文学对于“现实主义”的理解一直较为表面，时至今日仍然聚焦于对生活的“现实反映”。也就是主要通过语言对日常经验世界进行事无巨细的描绘，而且作家也以刻画人物和情景的逼真为能事，甚至把语言大师等同于文学大师的观念依旧流行。如果这在视像技术出现以前还无须质疑的话，那么在视像技术出现以后则大有问题。“依赖语言，需要大师级水平才能做到的人物和情景的逼真，几组镜头很轻易就完成了。在逼真性上，视像比语言描写具有无可比拟的优胜之处。……当文学要和影视比赛表现逼真性的时候，一定是吃力不讨好的。文学要在影视技术已经普及的现代世界继续赢得读者，就要向内转，向表现人的内心经验挺进。”[①] 在视听时代，视像技术的流行反而凸显出文学角色的独特。它非但没有取代文学，反而更加突出其本质：文学不再是现实的反映，而是灵魂的论辩；前者的任务由视像完成，后者的使命则留给文学。文学艺术的关键，不在于观察、经历生活的广度和宽度，而在于体验、把握生活的深度和高度。生活必须进入自己的生命，并成为自己的可能命运。按照刘小枫的阐释，“生活是观察不出来的”，“观察得到的只是外在的活动”。“没有担当命运，没有与命

---

① 刘再复、林岗：《罪与文学》，中信出版社2011年版，“导言”第17页。

运碰撞，没有进入自己的内在反思，观察就是过目无心、视而不见、熟视无睹，反映就只是高超的技巧加上浅薄的内容。"他进而指出，"艺术并不仅仅是反映，更重要的是造就一个有意味的世界，人们可以在其中得到安宁的世界"。[①] 对于当代中国文学而言，目前应当力避的正是"高超的技巧加上浅薄的内容"，而永恒的生命则在于"造就一个有意味的世界"。这是一个不同于经验世界的超验世界，属于不同于外在现实生活的内在生命灵魂，这正凸显出文学的本源及其不同于任何存在的独特价值。在这个意义上，宗教文化能够提供最重要的精神资源。

在引进和借鉴现实主义的时候，出于社会政治及其实用效应层面的考量，中国文学一贯注重的是"批判"性的现实主义，而忽略了"博爱"性的另一种现实主义。时至今日，走向后者已经到了成为中国文学选择的时候。这样的一种现实主义文学形态，其中并非没有批判，而是"批判"已经被包蕴在"博爱"之中。

显然，宗教文化并非没有批判精神，而恰恰带有根本的、彻底的批判性。佛教极力宣扬，整个世界和全部人生为无边之苦海。生命体生灭无常，无常给人带来种种痛苦，因此不应当贪恋人生，而应追求摆脱一切苦恼的涅槃境界；耶稣说"我的国不属这世界"[②]，仅此一句话，就充满着对现世一切的永恒批判。任何地上的国，就算已经很完美，也无法与天国相比，更不用说地上之国本就满目灾难与不幸了；伊斯兰教认为，今世是暂时的，后世是永久的，要人们毫不怀疑地相信后世。同时又提倡寻求真主在今世为人设置的恩惠和慈悯，号召人们"两世兼顾，两世吉庆"，只有现世做好，后世才能安逸利乐。故此可以认为，伊斯兰教是一种入世主义的宗教，具有一种强劲的批判力量。在利奇蒙德看来，人类经验领域的

① 刘小枫：《诗化哲学》，山东文艺出版社 1986 年版，第 181 页。

② 《新约·约翰福音》18：36。

偶然性和解释上的非自足性，都指向了自身之外的一个超验的、人格的、创造性的根据，经验世界是来源于并依赖于这个根据即上帝的。[①] 相对于天国，现世存在的一切都是有限的、有欠缺的、不完美的，这就是最根本的现世批判。相对于批判现实主义的经验性，这恰恰属于一种超验性的绝对批判。这种超验性的"绝对批判"，恰恰构成对于经验性的"现实批判"的超越，也是对经验批判的自行消解，同时又为"博爱"精神的自行敞开提供了契机。面对无法摆脱的"荒唐、残酷、失败和受苦"，人何以存在？法国神学家薇依提出，"并不是因为上帝如此爱我们，我们就应该爱他，而是因为上帝如此爱我们，我们应该爱我们。这意味着，上帝之爱作为自甘不幸的对人的爱，最终应成为人与人之间的爱"。[②] 文学体现的也应该是这样一种"人与人之间的爱"，它给予人的就是一种"爱"的力量。从根本上看，给人以永恒的爱与无限的安慰，这就是文学存在的价值和理由。

从这个意义上说，宗教文化精神恰恰可以作为一种建构中国文学价值的有效性维度。佛教文化除了其精致的"彼岸世界"思想外，还有重要的关于"爱"的伦理观，在心理结构和价值层面注入了宽容、平等和博爱等崭新的文化因素。在儒家伦理原则下，"爱有差等"，"爱"是有条件、有等级的。而在佛教这里，伦理行为主体不一定仅仅是人，而是"众生"，即包括人和人以外的一切有生命、无生命的物质，是一种实质意义上的真正的"博爱"；对于基督教文化而言，它不仅仅是一种"罪感"文化，更是一种"爱感"文化。基督教文化强调"爱"是最大的律法，它具有救赎的意义。"你们要从心里彼此相爱；假如有人得罪你，你要心平气和地向他说话，你不可存诡诈的心。如果他忏悔和认错，你就要宽恕

① 参见［英］詹姆士·利奇蒙德《神学与形而上学》，四川人民出版社1997年版，"中译本序"第3页。

② 刘小枫：《走向十字架上的真》，上海三联书店1995年版，第177页。

他。但如果他不承认错误，你不要和他动怒，以免他受到你的毒而开始咒骂。这样就要犯双重的罪……如果他竟恬不知耻，坚持作罪，你也要从内心来饶恕他，并要把伸冤之事交给上帝。”[①] 甚至主张“有人打你的右脸，连左脸也转过来由他打；有人想要告你，要拿你的里衣，连外衣也由他拿去”（《新约·马太福音》5：39—40）。圣徒的品行就是“爱”（《新约·罗马书》12：3—21），“爱心完全律法”（《新约·罗马书》13：8—10），“爱心是联络全德的”（《新约·歌罗西书》3：12—14），“爱能遮罪”（《新约·彼得前书》4：8），“神就是爱”（《新约·约翰一书》4：7—18）……“神既是这样爱我们，我们也当彼此相爱”（《新约·约翰一书》4：11）……对于伊斯兰教而言，它所强调的同样是一种“爱”的意义。《古兰经》强调：“信道而行善的人，是最善的人，他们在他们的主那里的报酬是下临诸河的常住的乐园，人们将永居其中，真主喜悦他们，他们也喜悦他；这是畏惧真主者所有的。”[②] 而且，伊斯兰教的伦理规范主张以德报怨、宽恕待人等优良德性，并要求以此陶冶自身。

“爱”不仅仅内涵于“批判”之中，更是对于“批判”的批判和超越。对于当代中国文学而言，所希望的也并非不要批判现实主义，而是更加迫切需要一种真正关乎人存在本真状态的“博爱现实主义”。否则，中国文学仍然难以真正摆脱附庸式的“工具”地位，从而实现文学之为文学的真正价值。通俗而言，如果把现实主义比作一棵大树，那么“博爱现实主义”是其根，其他的形态则是其枝和叶。枝叶虽然引人注目，却也荣枯变迁，极易受制于外界环境；而唯有树根深入土壤，虽从不示人，却是永恒生命力的本源和保证。这样看来，相对于当代中国文学的“革命现实主义”及至“伤痕”“反思”“改革”甚至是“人道主义”

① ［英］罗素：《西方哲学史》，商务印书馆1976年版，第396页。

② 《古兰经》第98章第7—8节。

等诸类“批判现实主义”，宗教文化精神所具有的“博爱”之情与“谦卑”之心便提供了一种不同于此的更加接近于文学本质的“博爱现实主义”。完全可以说，宗教文化追求与文学艺术追求在内在精神本质上蕴含着同样的价值取向。宗教精神的重要价值就在于始终为实存的人类及其世俗文化提供一种超越性的永恒参照，因为如果没有绝对的价值本源，一切存在就失去判断善恶美丑的标准，就失去本质的区别。而“爱”正是其中的“价值本源”，“爱”的精神不仅仅是真理，更是行动。对于当代中国文学而言，一种“博爱现实主义”的文学样态理应值得倡导并获得有效建构。否则，要靠文学进行“革命”还是要靠文学进行“批判”，抑或是要让文学去完成其他任务？若此，文学只能“异化”。“爱是无可比的”，《新约·哥林多前书》中的话语有必要重提，“我若能说万人的方言，并天使的话语，却没有爱，我就成了鸣的锣、响的钹一般。我若有先知讲道之能，也明白各样的奥秘、各样的知识，而且有全备的信，叫我能够移山，却没有爱，我就算不得什么。我若将所有的周济穷人，又舍己身叫人焚烧，却没有爱，仍然于我无益。爱是恒久忍耐，又有恩慈；爱是不嫉妒，爱是不自夸，不张狂，不作害羞的事，不求自己的益处，不轻易发怒，不计算人的恶，不喜欢不义，只喜欢真理；凡事包容，凡事相信，凡事盼望，凡事忍耐；爱是永不止息”。[①]

概而言之，以现实主义为主导意识的20世纪以来的中国文学，从“启蒙现实主义”“革命现实主义”到“批判现实主义”“生存现实主义”等，都非文学存在的根本向度。知识分子的思想转换推动了汉语文化与宗教文化的相遇和对话，宗教精神可以成为建构中国文学发展形态的思想资源。当代中国文学的价值选择理应是“博爱现实主义”，其本质在于“爱”，这是超越于汉语文化语境中世俗之“情”和狭隘之“爱”的一种源自宗教精神层面的“博爱”。

---

① 《新约·哥林多前书》13：1—8。

“爱”是真理和行动，是对于“不幸”的否定。“博爱”是对于“启蒙”“革命”“批判”“生存”的超越，是当代中国文学存在和发展的价值本源。

附录一

革命伦理·世俗伦理·宗教伦理

——论当代中国文学的三种伦理形态

文学与伦理的关系不仅是一个理论话题，更是当代中国文学发展过程中的创作实践问题。“文学是特定历史阶段社会伦理的表达形式，文学在本质上是关于伦理的艺术。”① 伦理学往往用理念和经验传达伦理事件，而文学则通常用形象和审美表达伦理关怀。说到底，文学是伦理的形象表现。“伦理是发展变化的，深深嵌陷在一定的历史过程、社会场域中，不能用绝对的、静止的观念来看待。不同的时代有不同的伦理观，社会基础、生产方式变了，伦理观也在发生变化，这是马克思主义最基本的道理。”② 在这样的立场上审视新中国以来的文学与伦理的关系发展，大致呈现出“革命伦理”“世俗伦理”和“宗教伦理”三种形态，当然，其间的具体存在也并非分离而是时常交融在一起的。

一　“革命伦理”：革命与伦理的辩难

当代中国文学是从讲述“革命历史故事”开始的，新中国成立初期的“十七年文学”中，表现革命历史与革命斗争题材的“红色经典”构成时代文学的主流。洪子诚先生在其《中国当代文学

① 聂珍钊：《谈文学的伦理价值和教诲功能》，《文学评论》2014年第2期。

② 陆建德：《文学中的伦理：可贵的细节》，《文学评论》2014年第2期。

史》中仅就长篇的革命历史小说就提到了十六部，并指出关于这一文学史命名的深意所在。这些作品，“是‘在既定的意识形态的规限内，讲述既定的历史题材，以达成既定的意识形态目的’。它主要讲述‘革命’的起源的故事，讲述革命在经历了曲折的过程之后，如何最终走向胜利”。[①] 这一类型文学的作者，大都是他们所讲述的事件、情境的“亲历者”。“一方面，能够使用文字的‘亲历者’自然极愿意回顾这段光荣的‘历史’；另一方面，这一写作不仅是作者个体经验的表达，还是对于‘革命’的‘经典化’进程的参与。”概而言之，“以对历史‘本质’的规范化叙述，为新的社会的真理性作出证明，以具象的方式，推动对历史的既定叙述的合法化，也为处于社会转折期中的民众，提供生活准则和思想依据——是这些小说的主要目的”。[②] 在众多的“革命历史叙事”中，革命与伦理的关系复杂而微妙，前者体现出作家对于历史的把握和处理能力，后者则显示出作者对于历史的体验和超越意识。革命与伦理之间的自觉互动和彼此消长，充满着作家的政治敏感和艺术良知的辩难。

在革命与伦理的关系中，首先面对的是革命如何充分利用伦理的力量而实现革命的诉求。《林海雪原》中的少剑波临危受命，奉命剿匪，当他看到养育自己的姐姐被土匪残酷杀害后，剿匪的革命任务刹那间转化为复仇的伦理要求。不仅少剑波，小分队其他成员也都有家人被土匪杀害的经历。其实在少剑波到达现场前，刘政委曾专门叮嘱他：如果姐姐（“你的亲人”）遭遇不幸，一定要镇静。问题就在于刘政委的预感立刻变作现实，而少剑波的思想准备显然还没有做好，于是悲愤的情感即刻爆发。我们毫不怀疑刘政委思想的成熟和意志的坚定，但对年轻的少剑波而言却是个体生命遭遇的最大事件。一想起姐姐，他就难以抑制，悲痛的情绪化作复仇的子

① 洪子诚：《中国当代文学史》，北京大学出版社 1999 年版，第 106 页。

② 同上书，第 107 页。

弹，以至于当时的批评者一针见血地指出这个人物的不成熟和塑造得不成功，因为他对姐姐的感情超出了他对人民群众的感情，而姐姐和人民群众都是同样的受害者。这里，剿匪的政治使命和报仇的伦理需求交融在一起。可以想象，组织完全可以派遣更为成熟的剿匪者，这一点从刘政委的提前叮嘱中能够看得出来。也可以想象，如果没有姐姐的惨死，少剑波剿匪的动力是否会受影响。当然，前提是剿匪任务的正确性和合法性，但至少可以说，伦理的力量在一定程度上推动了革命诉求的实现。

其次要关注的是，伦理又是如何巧妙借助革命的力量而实现伦理的目标。《红旗谱》的叙事起点是朱老忠的回乡复仇，而回乡后的他却一再拖延复仇的时间。在外闯荡多年的朱老忠，回乡后面对的仇人不仅是上一代的冯老兰，还有“假想敌”——冯老兰的儿子冯贵堂，而且两代地主之间迥然有别。冯贵堂的“科学”主张和“民主”理念已经远远超越父辈地主，呈现出的是全新的社会力量。面对朱老忠的回乡复仇和父亲的忧心忡忡，冯贵堂避而不谈如何应对和反击，而是力主改良村政、革新生产，不再重复冤冤相报的仇恨之路。洞察世事的朱老忠敏锐地意识到对抗双方的力量悬殊，于是有了“一文一武”的朴素思想，更产生了寻找“靠山”的长远计划。这也就不难理解他对待邻居严志和儿子的态度：坚决反对辍学，坚决支持参加共产党。如果“扑摸”到共产党这个“靠山”，也就有前途和希望了。面对运涛的来信，最为兴奋的人正是朱老忠，因为运涛领兵一到，打下冯老兰的同时就是自己报仇的时刻。朱老忠把革命军的北伐巧妙而自然地转换为攻打冯老兰，这比做官挣钱都“体人心”。虽然目标没有实现，但其动机却无比清晰。及至最后借助共产党发动的“反割头税”斗争，也是充满错位：共产党的目的是打击国民党，朱老忠的目的是打击冯老兰，而冯老兰的目的是赚钱。虽然在一场民间闹剧中收场，但也透露出朱老忠报仇的可能性和路径选择。《青春之歌》的故事，则将革命和伦理更加紧密地胶着在一起。主人公林道静的个体成长历程，恰恰表征的是中国革命的发展进程，反之亦然。余永泽用人道主义话语引发了林道静的第一次成长，卢嘉川用革命的理论话语激发了林道静的第二次成长，江华则用革命的实践话语完成了林道静的第三次成长。如果说在卢嘉川面前余永泽不堪一击的话，那么在江华面前卢嘉川同样异常脆弱，不论在社会革命层面，还是在情感恋爱方面。自始至终不断变化的是女主人公林道静，而三个男性主人公的立场和行为从来不曾改变过。余永泽的思想在历史长河中不断获得确认，却是“不合时宜的思想”；卢嘉川的理论激动人心，却不能解决具体问题；江华的理论和实践相结合，虽然虚夸却最管用。从伦理的角度考察，余永泽的一句“挂着羊头卖狗肉”的论断，不仅适合卢嘉川，更适合江华，也适用于林道静。尤其在林道静和后两者的交往中，细腻的情感刻画和微妙的恋爱心理已经远远越出革命话语的覆盖。或者说，后两者在借助革命话语进行启蒙的同时也恰恰以革命的名义进行着个体情感的追寻，而林道静也在逐步接受革命话语启蒙的过程中主动实现着个体成长的需要。

更进一步，我们还要注意到革命意识是怎样一步步地压抑着伦理的要求的。《红岩》讲述的是独特的狱中斗争的故事，共产主义的坚定信仰和极为特殊的生命处境，使得个体的伦理需求完全服从于集体的革命需要。面对亲人乃至自我的牺牲，首先想到的总是亲人作为战友和同志的身份而主动寻求与自我距离的拉开。敌人所做的每一次审讯，都转换为共产党人的反向审判。精神对肉体的每一次超越，都强化着革命对于伦理的限制。发展到极致，则呈现出反差明显的“虐恋”型的生命存在状态。到了“文化大革命”期间的文学，这种状况更无以复加。及至后来，“对受虐经历的展示与对施虐者的控诉成为了‘文化大革命’后兴起的‘新时期文学’最持久的主题，受虐经历成为了进入新时期的通行证，而所有的控诉者对自己的施虐经历却无不讳莫如深”[①]。其实，这仍然是绵延至

① 李杨：《50—70年代中国文学经典再解读》，山东教育出版社2003年版，第208页。

今的中国文化的根本问题。

从文学发展的历程来看，以“伤痕”为起点的“新时期文学”在时间上恰恰配合了政治上改革派的理论与实践。它得以发生的一个重要因素是其凭借一种日益强势的政治力量而反对另一种日益弱势的政治力量。其间占据主导价值的，可以说仍然是一种变体的“革命伦理”。

二　“世俗伦理”：世俗与伦理的纠缠

20世纪80年代的文学虽说不能简单地称为启蒙的文学，但无疑受到启蒙文化的重大影响。等到文学的轰动效应随着启蒙的消隐而陷于沉寂之时，写作者原先理想的文化心理结构受到重创。90年代后，作家由“代言人”身份逐渐转换为“讲述人”身份，而且这种讲述不仅变得艰难，效果也值得怀疑。在“中心化”时期，作家的事业是神圣的，一直到“新写实”和“先锋派”都保留着这种状态。而今，他们不再像过去那样制造寓言提供西方式的解释或对国人担负塑造灵魂的重任。原来的代言责任已被时下流行的大众文化包括传媒、影视等通俗艺术所取代。他们进入一个新的空间，具有一种与生活平视的关系。丹尼尔·贝尔曾言，“真正的问题都出现在‘革命的第二天’。那时，世俗世界将重新侵犯人的意识。人们将发现道德理想无法革除倔强的物质欲望和特权的遗传”。[①] 伴随革命叙事及其“革命伦理”的逐渐淡出，世俗世界及其“世俗伦理”日益显现。

首先是所谓的“欲望化”写作，这以90年代的“新生代”写作者群体为代表。朱文的《我爱美元》典型地表现出对现世生活的认同和参与，对世俗物质的追求，对外部感官的迷恋，而恰恰缺失的是乌托邦式的人文关怀。作品不断地说明金钱怎样把它在现实生

---

① ［美］丹尼尔·贝尔：《资本主义文化矛盾》，赵一凡等译，北京三联书店1992年版，第75页。

活中拥有的那种力量和价值转化成一种独特的叙述逻辑。“我们要尊重钱，它腐蚀我们但不是生来就为了腐蚀我们的，它让我们骄傲但它并不鼓励我们狂妄，它让我们自卑是为了让我们自强，它让我们不知廉耻是为了让我们认识到，我们本身就是这么不知廉耻。从在这个星球上出现的第一天起，它就坚定地抱着帮助我们的善良愿望，它们四处奔走，缓解了我们的窘迫，我们应该公正地对待它。”①

在欲望化的生存空间中，灵与肉、情与欲、爱与性之间已经没有过多的纠缠，爱情的意义已经耗尽，剩下的只有性。“性不是坏东西，也不是好东西，我们需要它，这是事实。……就像吃肉那样，你张开嘴把性也吃下去吧，只要别噎着。你要努力吃得体面一些，你要努力吃得心安理得，你要努力吃出经验来，你要努力保持住你良好的胃口。吃肉的前前后后，你犯不着来一段抒情，或者来一段反思，那么性也一样。”② 《我爱美元》中还有这样的场景和对白：

> 父亲坐在床边，鼻子上架着老花镜，凑在台灯下，手里捧着一叠我的手稿。说实话，这已经让我非常感动了，我已经得到了父亲颁发的文学奖。至于他如何评价，我是可想而知的。“生活中除了性就没有其他东西了吗？我真搞不懂！”父亲把那叠稿纸扔到了一边，频频摇头，他被我的性恼怒了。“我倒是要问你，你怎么从我的小说中就只看到性呢？”“一个作家应该给人带来一些积极向上的东西，理想、追求、民主、自由等等，等等。”“我说爸爸，你说的这些玩艺，我的性里都有。”③

① 朱文：《我爱美元》，作家出版社 1995 年版，第 406 页。

② 同上书，第 392 页。

③ 朱文：《我爱美元》，作家出版社 1995 年版，第 404 页。

一切现实的现世的欲望都被合理化、合法化，而唯有心灵遭到放逐。“性爱”曾经为人的解放和人性张扬、为文学的突破和发展提供广阔的向度与空间，然而，这里表征出的也只是纵欲的生命。

更进一步，《我爱美元》一反传统意义上“父父子子”的逻辑关系，完全降落到都是“人”的层次。首先是人，然后才是父子。这只是一个男人和另一个男人在一起，应该去干一些男人干的事情。于是，父子两人饶有兴趣地谈论社会问题。“我想，我应该了解父亲需要的是什么。对此，做儿子的有不该推卸的责任。如果是我将来有一天得了个闲，摆脱了上老下小，摆脱了名誉地位，一头蹿出来，去找我的儿子，我就希望看到我的儿子能有些出息，能为他辛劳的父亲找点难得的乐子来，而不是像个白痴那样只知道一脸虔诚而又空洞地尊敬、尊敬。听我说，儿子，尊敬这玩艺太不实惠了。我们都要向钱学习，向浪漫的美元学习，向坚挺的日元学习，向心平气和的瑞士法郎学习，学习它们那种绝不虚伪的实实在在的品质。”[①] 与此相应，原本神圣的写作和作家将成为什么呢？文本对此进行了细致分析：“他渴望金钱，血管里都是金币滚动的声音，他希望他诚实的劳动能够得到诚实的尊重，能被标上越来越高的价码。价码是最诚实的，别的都不是。他相信在千字一万的稿酬标准下比在千字三十的稿酬标准下工作得更好，他看到美元满天飞舞，他就会热血沸腾，就会有源源不断的遏止不住的灵感。与金钱的腐蚀相比，贫穷是更为可怕的。”[②] 商品经济的大潮猛烈冲击着传统意识形态中的许多理性规范，欲望得到前所未有的释放，但由于经济变革过程中文化精神的准备不足，旧有体制下的文化事业与文化人陷入精神与物质的双重困境。“人是文化的动物”，“人只有在创造文化的活动中才成为真正意义上的人，也只有在文化活动中，人才

① 同上书，第382页。

② 朱文：《我爱美元》，作家出版社1995年版，第402页。

能获得真正的‘自由’”。[①] 人文的衰微，不仅是文学创作问题，更是现实问题。对于世俗世界的超越性，恰恰是人文精神灵魂之所在。丹尼尔·贝尔提出，经济所依据的原则是“效益”，而文化所依据的原则是“自我实现”。[②] 这种“自我实现”是与信念、理想、信仰等价值体系相联系的，属于意义的领域。而要把“效益”奉为最高原则，并以之排挤、取代“自我实现”的原则，文化与物质之间也就失去了必要的距离。继而，文化自身的存在也就有了问题。

对于“革命伦理”的反拨，除了“欲望书写”，还有就是所谓的“民间性”立场，这主要是以20世纪50年代出生的“实力派”写作群体为代表。莫言的写作基本上是通过“民间性”的世俗伦理来超越革命伦理及其政治伦理的，也就是通过最为朴素的人性思辨和终极关怀来表达生命的本质存在。《生死疲劳》中热爱劳动、勤俭持家、修桥补路、乐善好施的地主西门闹在“土改”中被残酷镇压，于是不断向阎王鸣冤叫屈，请求转世为人探明缘由、以证清白。当鬼卒为他端出孟婆汤并劝其喝下去以忘记所有的痛苦、烦恼和仇恨时，西门闹坚持的是这样的立场：“我要把一切痛苦烦恼和仇恨牢记在心，否则我重返人间就失去了任何意义。”[③] 这是小说叙事的起点，于是就有了后面关于驴、牛、猪、狗的轮回转世。通过“驴折腾”“牛犟劲”“猪撒欢”和“狗精神”的生命历程，西门闹的仇恨意识渐次消弭。在这个过程中，连阎王都发生了转换。在轮回为狗的阶段即将终结之时，小说是这样写的：

> 大堂上的阎王，是一个陌生的面孔。没待我开口他就说：
>
> “西门闹，你的一切情况，我都知道了，你心中，现在还有仇恨吗？”

---

① ［德］卡西尔：《人论》，甘阳译，上海译文出版社1985年版，“中译本序”第5页。

② 参见［美］丹尼尔·贝尔《资本主义文化矛盾》，赵一凡等译，北京三联书店1992年版，第56页。

③ 莫言：《生死疲劳》，上海文艺出版社2008年版，第4页。

我犹豫了一下，摇了摇头。

“这个世界上，怀有仇恨的人太多太多了，”阎王悲凉地说，“我们不愿意让怀有仇恨的灵魂，再转生为人，但总有那些怀有仇恨的灵魂漏网。”

“我已经没有仇恨了，大王！”

“不，我从你的眼睛里，看得出还有一些仇恨的残渣在闪烁，”阎王说，“我将让你在畜生道里再轮回一次，但这次是灵长类，离人类已经很近了，坦白地说，是一只猴子，时间很短，只有两年。希望你在这两年里，把所有的仇恨发泄干净，然后，便是你重新做人的时辰。”①

在这里，连阎王都对这个世界感到了悲凉，也正是对小说叙事起点的回应：“好了，西门闹，知道你是冤枉的。世界上许多人该死，但却不死；许多人不该死，偏偏死了。这是本殿也无法改变的现实。”② 问题是，阎王明明知道西门闹冤枉，而面对鸣冤时却仍然使其不断轮回而不直接让他转世为人，原因何在？就在于西门闹如果怀着仇恨来到人间，那么人间将会更加不得安宁，复仇式的恶恶循环将会有始无终。轮回与转世，不仅是叙事视角的转换，更是达致终极目标的途径，那就是必须消除仇恨，才能做真正的人。反过来说，既然做人或者已经为人，就要没有仇恨。如果作恶甚至不善的话，也就不配为人，或者说不是人。西门闹从当初的被仇恨所充满，到逐渐消弭仇恨，几度轮回而转世成大头儿蓝千岁，其间的斗争对抗日益减弱，而自由精神愈益彰显，没有了仇恨，才能平静地叙述。这同时是历史的进步和伦理的自觉。再次回应叙事起点：只有抛弃“一切痛苦烦恼和仇恨”，“重返人间”才有意义。人为什么要转世，恰恰是文本的关键问题。一次次的转世，不仅仅为讨回

① 莫言：《生死疲劳》，上海文艺出版社 2008 年版，第 514 页。
② 同上书，第 4 页。

公道（事实是没有也根本无法讨回公道），更是为“向善”的转化。人为善良而转世，为修身成善而转世，尽管小说包含了丰厚的历史和复杂的人性，但“善”却是其内在核心旨意。这是民间伦理的根本精神，也是世俗伦理的最高境界。

面对“革命伦理”，“欲望化”表达和“民间性”立场构成具有问题意识的两种向度，而这样的世俗伦理，才真正是人性之伦理常态。

三　“宗教伦理”：宗教与伦理的同构

刘再复先生曾指出20世纪中国文学的两大倾向：“人一旦扬弃一切缺陷就成为神，讴歌文学与英雄文学走向极端就是否认人的缺陷而变成了造神文学；而谴责文学和暴露文学一旦走向极端则把人的缺陷视为人的绝对，从而变成造鬼文学。”这两种表现往往导致文学无限制地“溢美”与“溢恶”而变得十分浅陋。这种弱点，“固然与20世纪中国的社会氛围和政治环境有很大的关系，但从深处来看，思想资源的枯竭与缺乏则是更内在的病根。在这片土壤上缺乏宽厚博大的人道主义思想资源，也缺乏一种对人性具有深刻见解的思想，作家对人生的理解单薄，缺乏厚实的思想培植，就像先天有缺陷的苗子，终于长不成参天大树”。[①] 与拥有宗教精神的西方文化和文学相比，中国文化和文学较为缺乏宗教思想资源。无论何种文学形态，大都没有超越现实生活的范围，对于内在灵魂的关注和思辨还相当薄弱。几乎与“世俗伦理”的发生和发展同步，“宗教伦理”的写作日益显现出来，北村的“基督徒写作”和史铁生写作的“宗教精神”有代表性地显示出其中的问题、意义和可能性。

以“先锋”姿态步入当代文坛的北村，由于与基督教文化的密切关系而发生创作转型。对基督文化“罪感”的理解与体验，使他

① 刘再复、林岗：《罪与文学》，中信出版社2011年版，第141页。

的创作中充满了苦难与罪孽；对基督文化“爱感”的理解与体验，使他的创作中充满了信仰与救赎。

> 1992年3月10日晚上8时，我蒙神的带领，进入了厦门一个破旧的小阁楼，在那个地方，我见到了一些人，一些活在上界的人。神拣选了我。我在听了不到二十分钟福音后就归入主耶稣基督。三年后的今天我可以见证说，他是宇宙间惟一真活的神，他就是道路、真理和生命。
>
> 这之后我写出了另一批小说《施洗的河》、《张生的婚姻》、《伤逝》、《玛卓的爱情》、《孙权的故事》和《水土不服》等作品。我对这些作品没什么好说，我只是在用一个基督徒的目光打量这个堕落的世界而已。[①]

对于自己的创作转型，北村显得很平淡：“我承认自1992年以来我的小说创作发生了一个连我自己也始料未及的变化，同时我也承认这种变化跟我得着一种信仰具有紧密的关系。其实这是很好理解的，人心里怎样思量，他的行为便怎样，既然我的价值观发生如此巨大的变化，以至于连我的生活细节都随之改变，我的小说发生改变又有什么奇怪呢?”[②]

《施洗的河》开篇引了《马太福音》第4章第17节中的话：“天国近了，你们应当悔改。”刘浪罪孽深重，生存绝望，精神上始终处于“死不了与活不成”的状态，即使躲进墓穴也无以解脱。于是他发出了“天问”般的呼告：“……我作恶太多，你要计算到我身上吗？又为什么不让我死呢？不让我死又从哪里得到安慰呢？你为我预备了坟墓吗？可是它在哪里呢？为什么我看到的我都不相信呢？看不见的又不给我呢？我的日子为什么不结束呢？你拿凭据给

---

① 北村：《我与文学的冲突》，《当代作家评论》1995年第4期。

② 林舟：《苦难的书写与意义的探询——对北村的书面访谈》，《花城》1996年第6期。

我，让我好活下去!”精神恍惚、绝望至极的刘浪，受到一个神奇声音的指引顺水漂流，来到杜村，由传道人启迪而皈依基督。“主已经为我们挂在木头上，他的血赦免了我们的罪，只要信他，就白白地得了救恩，归入他的死，并同他一起复活。”泪流满面的刘浪虔诚地向主祷告：“主呵！我向你悔改，……我是迷羊，走在自己的路上，不想回家，可是你宁可抛下那 99 只羊，来寻我这一只，主呵！我配得你的恩典么？……你为什么这么爱我？……你竟顾念我，主呵！我厌恶自己！从前我风闻有你，今天我亲见你，你明显在我心里，叫我无可推诿！主呵!”施洗后的刘浪脱胎换骨了：“他常常在聚集中唱歌，又拿了椅子坐在会所前的草地上，望着整齐的田亩，心情像被一双手梳洗过一样清晰。他完全如一只温顺的羔羊，手里抱着一本圣经，让阳光临到身上。”他彻底地变了，他可以将丑老太看作自己的母亲施以仁爱，他可以向仇敌马大传教施以宽恕……这只迷途羔羊获得了基督的救赎。如作者本人所言，这篇小说“放弃了一切浮华的技术装饰”，而着眼于人的“精神分析”，表现人如何从“不信”到“信”，从“绝望”到“盼望”，从“恨”到“爱”的精神历程。[1] 也就是，揭示出了人性的从沉沦到救赎的精神过程。

北村笔下的主人公趋向信仰的历程，接近心理学意义上宗教“皈依”的几个阶段。第一阶段是不安、精神危机、道德和世界观的探索时期；第二阶段表现在突然“神秘地醒悟”的感觉之中。觉得自己“见到了神”，神指出获得拯救的唯一道路；第三阶段是“皈依”的完成过程，强烈的感情趋于消逝，留下安宁的、平静的感觉。内心冲突已经消失，代之以建立在宗教信仰基础上的和谐。[2] 虽然基督思想逐渐从信仰资源转化为知识资源和学术资源，并且体

① 参见北村《我的大腿窝被摸了一下》，载北村《施洗的河》，花城出版社 1993 年版。

② 参见［苏］德·莫·乌格里诺维奇《宗教心理学》，沈翼鹏译，社会科学文献出版社 1989 年版，第 193 页。

现为个人的审美感知，然而当代中国文学中却少有真正意义上的基督徒作家。在这样的意义上，尽管北村的小说文本不乏模式化甚至概念化，却潜隐着当代中国的真正的“基督教文学”得以发生的开端性因素，其价值已经超越单纯的文学领域，而具有了文化启示意义。

有论者提出，“汉语文化近百年的现代性运动，在某种程度上就是寻找替代宗教的运动。从上世纪初年王国维的审美代宗教，蔡元培的美育代宗教，到梁漱溟的道德代宗教，宗白华、李泽厚的审美宗教化，刘小枫的宗教信仰化，再到世纪末史铁生的‘文学就是宗教精神的文字体现’，近一个世纪以来，汉语思想家、美学家、文学家，不遗余力、代代相承地不懈寻觅着自己的宗教，找寻着汉语精神的价值根基”①。对史铁生而言，其“文学精神”与“宗教精神”和自身遭际密不可分，但他却从自身出发而超越个体遭遇，真切地感受到全人类的人本困境。他的写作充满悲天悯人的情怀，在对生的意义与死的后果的质询中发现人类的局限，找寻到爱的救赎道路。史铁生充分展现与记录了对于形而上问题的思考，却从未流于说教。他的文字源于时代之殇和身体之痛，达致宗教精神而又未止于此，最终获得超越而进入生命的审美境界。

史铁生从“文化大革命”的时代之殇和“残疾”的个体之痛出发，在独特的“写作之夜”启灵于精神、“求佛问耶”并与“宗教精神”相遇。同虔诚的教徒不同，他走上的是一条自我发掘和自我救赎之路，也是为人类寻求的灵魂归宿之路。

史铁生既非教徒，又非宗教学家，但他所思考的问题却事关宗教根本，具体说就是信仰问题。他不接受任何一套完整的宗教理论体系，而是在各个教派——主要是佛教与基督教——中选择有益的成分，炼就自己的宗教。为了将这一套个人化的宗教观念与传统宗

---

① 唐小林：《看不见的签名：现代汉语诗学与基督教》，中国社会科学出版社、华龄出版社2005年版，第2页。

教和迷信区别，史铁生将其命名为“宗教精神”。他将苦难视为原罪、视为必然，在不断走向真善美的过程中，逐渐确认“自我”的价值，确认“有无”“虚实”的概念，最终超越性别、族群、国家、历史，用“爱”构筑起人生之路。

比起简单的现实主义描摹和并不可靠的历史经验，史铁生更热衷于记录那些经过心灵筛选过的、在印象中被记忆的、有关于人类根本性的问题。史铁生的“宗教精神”有其自身特点，首先，他是从个体生命出发，走上一条自觉自愿自发的信仰之路。他说自己是“昼信基督夜信佛”，白天在基督教中获益，用其“爱的哲学”点燃生活的希望与理想。晚上则相信佛说，以此来参悟生死大事，明确生之困境、死之必然。其次，史铁生用“宗教精神”界定自己的信仰，不断强调要区分宗教与“宗教精神”。他完全从自身的生存体验出发，走向形而上的超越之路，并用写作将“此在”与彼岸联结起来。这一选择，让他的作品闪现出独特的信仰之光。史铁生认为，真正的宗教精神是“人们在‘知不知’时依然葆有的坚定信念……宗教精神并不敌视智性、科学和哲学，而只是在此三者力竭神疲之际，代之以前行”。[①] 在他看来，智性、科学、哲学最终都将指向宗教精神。无论在东方还是西方，“宗教精神”引导人们坚持理想、保存信念，在生存苦难的必然面前也不丧失热情、信心与勇气，这也是人类不断发展进步的动力之源。

史铁生认为，“宗教精神”不是死的教条，而是不断发展的状态，“宗教的生命力之强是一个事实。因为人类面对未知和对未来怀着美好希望与幻想，是永恒的事实。只要人不能尽知穷望，宗教就不会消失。不如说宗教精神吧，以区别于死教条的坏的宗教”。[②] 这种宗教精神是实践中的血肉体悟，在逼仄的现实空间中给人精神的慰藉与生活的勇气。究其实质，“宗教精神”的根本意蕴是终极

① 史铁生：《病隙碎笔》，人民文学出版社 2011 年版，第 198 页。

② 史铁生：《扶轮问路 妄想电影》，人民文学出版社 2011 年版，第 169 页。

关怀，这是人类生命中面临的根本问题。它不按照民族、地域划分界限，“宗教精神天生不属于哪个阶级，哪个政治派别，那些被神化了的个人，它必属于全人类，必关怀全人类，必赞美全人类的团结，必因明了物质目的的局限而崇尚美之精神的历程”。[①] 史铁生在追求终极价值的道路上走向宗教精神，把对苦难的经历与思考汇聚成文字，用宗教精神灌注其中。在他看来，“文学就是宗教精神的文字体现”。[②]

“宗教精神”的获得不仅使史铁生在精神上走出夜的迷障，摆脱死亡的纠缠，更实现了他对个体有限性的超越，进入无限的审美境界。“成为美，进入了欣赏的维度，一切才有了价值和意义。”[③] 在写作中，史铁生构建了自己的以宗教超越为核心的美学理想，从人的困境之路走向审美之路。参透生的真谛后，原本令人窒息的黑夜、无法释怀的苦难、不可解开的心魔幻化成在不断克服困难中获得意义的“过程美学”。无论是宗教还是审美，二者都是对人的生存状态与生命价值的关切，都要突破生命的狭隘，为寻找无限存在和永恒意义而探索。对人生困境的反思与对自我超越的追求，实际上已经进入审美境界。

宗教伦理没有也不可能构成当代中国文学的主流价值，却丰富了中国文学的意义内容和表现形式。文学艺术与宗教诉求之间能够达成一种同构关系，即“二者的根本价值都在于寻求精神对肉身的超越、有限向无限的延伸、必然向自由的趋近；质言之，这正是从‘真实’（reality）对‘终极真实’（ultimate reality）的追求”。[④]

从根本上说，文学最为重要的不是通过人去反映历史的面貌，而是通过历史去表现人的命运，不是还原历史的变迁，而是揭示人性在历史语境中的广度和深度。如果说前者侧重的是“历史主义”，

---

① 史铁生：《病隙碎笔》，人民文学出版社 2011 年版，第 199 页。

② 同上书，第 197 页。

③ 史铁生：《我与地坛》，人民文学出版社 2011 年版，第 276 页。

④ 杨慧林、黄晋凯：《欧洲中世纪文学史》，译林出版社 2001 年版，第 6—7 页。

那么后者侧重的则是“伦理主义”。处于历史主义和伦理主义关系中的作家及其文本，必须具有超越意识才能获得普遍价值。而“伦理”恰恰能够形成对于“历史”的制衡和超越，因为伦理本身即具有穿透历史的力量。

附录二

“神学”视角：作为中西文化对话的一种基础

中西文化对话构成20世纪文化中国存在和发展的显著特征，其间的“中西之争”问题和“后现代主义”文化表现最为明显，伴随而来的，又往往是“全盘西化”与“全盘本土”的交替或者并行。钟情于中国传统文化体系者主张“中体西用”“中国文化拯救人类”，强调文化的内涵式演进；而质疑中国传统文化者则着眼于西方价值体系，主张“西化”，强调文化的外延式发展。至今，这两种模式的分离都未能取得实质性进展，非但无益于达成文化“现代性”反而会加剧文化发展的困境。如何超越“中西之争”，如何面对文化“现代性”和“后现代主义”，或者说，如何重建现代中国文化以及中国文化与世界文化的关系，仍然是文化中国的关键命题。在全球化语境中，基督教文化的“神学”视角不仅有所回应而且提供了解决问题的有效性思路，可以作为中西文化对话的一种基础资源和价值依据。

一 “神学”视角：超越“中西之争”

近代以来，放眼世界、走出国门的中国知识分子不在少数，但大多转向了西方的科技、财贸、政治乃至军事，致力于文化哲学学者相对来说非常之少，而倾向于西方神学者近于绝迹。“向西方学习”的口号已经百年之久，但学界仍然习惯于将西方文化精神传统归结为“理性的分析、自然界的逻辑化以及对精确科学及其方法的追求”。殊不知，“科学理性精神固然是西方文化的一个重要向度，但它显然不足以全面地概括西方文化的素质。……更重要的是，在西方文化的历史发展中，除科学的理性精神外，还有由希腊逻各斯主义与希伯来精神结合而确立起来的基督教文化精神传统。理性与宗教始终是西方文化精神发展所依赖的两个转轮”[①]。然而，宗教文化精神这一“转轮”在中国语境中确实异常薄弱。由此，这就使得所谓的“中西之争”的准确性与有效性让人产生怀疑。因为，我们“拿来”的其实一直是一种片面性的西方文化。明确认识到这一点，将有助于转换思路，摒弃长期的建立在片面理解基础上的无效争论，从而为全面把握中西文化传统，进而为消弭对立、实现融合准备必要的条件和基础。

从历史发展的视野中来看，基督教文化正是逐步克服犹太教文化的民族性之后才得以真正独立、广泛传播并且具有了世界性。而且，20 世纪不断兴起的基督教普世化运动，更强化了其世界性特征。它主张基督真理具有普世性效用，强调其价值体系具有与各种文化有机共存的普遍性。“‘普世教会运动’使基督宗教各个教派在相互关系和彼此理解上获得了明显改善，可以说，20 世纪的教会发展大体表现出从相互诅咒、相互指责到相互对话、相互理解，进而又共同参与、发展合作的进程。‘对话’在这一进程中起了极为关键的作用。”并且，“在‘全球化’浪潮的冲击下，普世主义的对话亦发展出了强烈的全球意识”。[②] 如此看来，中西文化间同样要展开具有实质性意义的相互“对话”，从而走向“全球化”意识。不管是“中国化”还是所谓的“西化”，实则都没有摆脱以局部代替整体、以个别代替普遍的传统认知思维模式。“而基督教的普世性及其强调的上帝拯救之普遍存在，则给人们提供了新的思路

① 刘小枫：《拯救与逍遥》，上海人民出版社 1988 年版，第 2 页。

② 卓新平：《当代西方基督宗教思想研究》，《国外社会科学》（京）2002 年第 1 期。

和选择。”“普世观所揭示的人世存在的相对性和有限性，以及人们寻找、体悟真理之相似、相通和协调一致，乃为各种文化的定位提供了标准和基调。”[①] 由此而言，无论“西方中心论”还是“东方中心论”不仅不现实、不可能，而且只能带来对世界文化多元化的隔离。现代世界中的文化形态都具有相对的独立性和开放性，理应既要继承、弘扬自身传统，又要面向世界、吸收外来文化。中国文化同样如此，应当与世界文化实现融会，自身生命力才能得以久远。这就需要中国文化走出“中西对立”的思维模式，实现二者的有效会通。也只有具备这一基础，全球化语境中的“中西之争”才能获得超越，中国文化也就有了真正走向现代性的可能。

在这样的转换过程中，基督教文化的“神学”视角能够为中西文化的有效沟通和持续对话提供一种可取的思路。在这样的文化视角中，汉语思想则需要超越“中西之争”而回归历史语境中的人与真实的相遇。尤其是在全球化进程中，所谓的“中国问题”其实都是“全球问题”，正如金惠敏所提出的，“中国作为全球性大国，应当为‘全球意识形态’、‘全球知识’作出贡献，而不是仅仅以守持‘中国特色’为满足。强调特色，实际上就是在国际话语体系中的自我边缘化”。[②] “世界”不外于“我们”，“我们”就在“世界”之中。中西二元对立的思维模式，足以让我们再次警醒。

二　“神学”视角：“后现代主义”的建设性

作为中西文化对话和文化“现代性”的重要组成部分，“后现代主义”的发生是当代中国文化历程中颇为引人注目的现象。其最大的特点就是以所谓“非理性”的形式指向了对于旧有文化传统的颠覆与瓦解。而且因为不同于传统文化的思维逻辑、表达方式、寓意系统和审美习惯，也同步带来理解与传播的难以沟通。

---

① 卓新平：《基督宗教论》，社会科学文献出版社 2000 年版，第 217 页。

② 金惠敏：《全球对话主义：21 世纪的文化政治学》，新星出版社 2013 年版，第 3 页。

在曾经的轰动效应逐步冷却之后，“后现代主义”自身的问题也日益显现。企图利用表现形式的突破来传达根本精神的反叛，只能不断地花样翻新，于是西方文化的漫长演变，在本土语境中便迅速地被演练，新的模式与束缚又在所难免。虽然在重新得到陈述的历史中显示出更多的偶然性和悲剧意味，但又在对自我身体的刻意发现中展示出更多的世俗化诉求。“后现代主义”文化思潮的确揭示出现代文明发展中潜存的危机，但其价值内核却明显充满“虚无主义”，也就难以获得价值信念上的根本转变。“一个内心中一无所信的人竟能给世界带来光亮，显然是不可思议的事。我们有理由首先要求诗人进入一个意义世界，否则他不可能展示一个意义世界。”[①] 而且，“把创作方法作为考察诗人活动的坐标点，使得我们的诗学长期纠缠于一系列假问题。……没有价值信念上的转变，所有创作方式上的变更都不过是附庸风雅，最终落到荒唐可笑的境地”。[②] 显而易见，“后现代主义”在质疑已有的文化世界中显示出应有的力量，但其虚无主义的非理性否定方式却又难以提供重建新的文化世界的动力。然而，问题的关键又在于文化的重建意识。那么，“后现代主义”是否存在建设性向度？是否能够提供有意义的文化建构思路？其实，基督教神学家已经较早提出并参与了这样一种“建设性后现代主义”的文化立场。

在美国神学及宗教哲学教授大卫·格里芬主编的《后现代科学——科学魅力的再现》一书中，倡导“建设性后现代主义”的伯姆曾说：“在整个世界秩序四分五裂的状况下，如果我们想通过一种有意义的方式得到拯救的话，就必须进行一场真正有创造力的全新的运动，一种最终在整个社会和全体个人意识中建立一种新秩序的运动。这种秩序将与现代秩序有天壤之别，就如同现代秩序与中世纪秩序有天壤之别一样。我们不可能退回到前现代秩序中去，

---

① 刘小枫：《拯救与逍遥》，上海人民出版社 1988 年版，第 58 页。

② 同上书，第 86 页。

我们必须在现代世界彻底自我毁灭和人们无能为力之前建立起一个后现代世界。”[①] 对此，天主教神学家汉斯·昆认为，“后现代”表明了一种探索，是用来说明一个“新时代”的“探索概念”。[②] 从对“后现代”的乐观态度和积极评价角度而言，神学的“后现代”之探，正显示了神学的“觉醒”。它强调“对现代的内在批判”和“对启蒙的启蒙”，追求的是克服危机、面向未来和步入“新时代”。它以其“开放”“探索”等特征而说明本身正在“寻求方向，制订纲领”。汉斯·昆认为，在后现代，被压抑的、委顿的方面都将获得一种崭新的、令人满足的、丰富的功能。[③] “后现代”社会的精神状况使宗教的作用得以突出，因为人们不仅意识到“存在的危机”，同时感到对“上帝的忘却”使人缺乏面对危机、克服危机所必需的安慰、温情和关切。他借用法兰克福学派批判理论的代表人物霍克海默的信念表达了宗教在“后现代”的意义：“没有‘完全的他者’，没有‘神学’，没有对上帝的信仰，生活中就没有超越纯粹自我持存的精神；没有宗教，在真与伪、爱与恨、助人和唯利是图、道德和非道德之间就不可能有确有依据的区别；没有‘完全的他者’，对完满的正义的追求就不可能实现，对无辜者的屠杀就必定得逞；没有我们称之为上帝的最终的、原初的、最实在的现世——我们‘对安慰的渴求’就依然不能得到满足——在时间和永恒方面。”[④] 显然，这与汉斯·昆的主张是一致的。“不是先有上帝之理性证明再有信赖，进而有一种依靠和保障感，而是在敢于信赖之中完成理性，在面对一切怀疑的否弃时经验到自己的信赖的理

---

① ［美］大卫·格里芬：《后现代科学——科学魅力的再现》，马季方译，中央编译出版社1995年版，第75页。

② 参见［瑞士］汉斯·昆《神学的方向：走上通往“后现代”之路》，载刘小枫主编《基督教文化评论》第1辑，贵州人民出版社1990年版。

③ 同上。

④ ［瑞士］汉斯·昆：《神学的方向：走上通往“后现代”之路》，载刘小枫主编《基督教文化评论》第1辑，贵州人民出版社1990年版。

性，而不是遁入非理性中去。”[1] 至此可以认为，激进的、否定性的“后现代主义”仅仅是一个过渡时代，并且在“辞旧迎新”的转型过程中起着催化与促进作用。而且，正是在这样的时代，倡导“希望神学”的当代基督教神学家莫尔特曼站出来为希望、未来、理想和解放正名。他宣称，在基督神学中只有一个真正的问题：未来的问题，希望而非绝望——绝望即罪——才是属人的美德。[2] 这也就是刘小枫所谓的“十字架上的未来是大地的希望”。美国芝加哥大学神学院教授特雷西亦指出：“宗教的最佳形式乃在其作为一种抗争的力量”，正是基于此种抗争精神，才可指说真正的“希望”。[3]

有学者已经指出，“后现代表达的失败主义和虚无主义情绪对当代基督宗教思想发展并非完全消极的。他们认为，这种悲观绝望的精神氛围实际上已给当代神学发生变革、使之重新成为社会倾听的话语提供了一个极好机会”。而且，当代神学也并不完全认同或跟随后现代的悲观、破坏、解构之路。“与之相对照，应运而生的后现代神学亦旨在改变后现代的纯批判和否定性质，这种变化即从破坏性到建设性，从否定性到肯定性，从悲观性到乐观性的根本过渡。……在重构后现代有机论和整体论的基础上，这种后现代神学形成了其独特的整体有机论体系及方法，它坚持在否定与摧毁的同时亦力争保留和建设，主张消除人与世界、人与自然、思维与存在之间的对立及分离。它否定现代发展所导致的世界和自然之‘祛魅’，希望为世界和人类获得神性‘拯救’而再现神秘，重建神圣。所以，后现代神学力图在现代主义对宗教的批判和后现代主义对一切价值及传统的破坏这两难处境中寻求重立其信仰价值和真理之途，旨在以基督宗教之‘立’来回应后现代思潮之‘破’，并以其‘建设性’来弥补后现代主义‘解构性’的不足，由此超越现

---

① 刘小枫：《走向十字架上的真》，上海三联书店 1995 年版，第 351 页。

② 同上书，第 414 页。

③ 参见［美］特雷西《诠释学·宗教·希望——多元性与含混性》，冯川译，上海三联书店 1998 年版，“中译本导言”第 12 页。

代与后现代。”[1] 面对“后现代主义”的文化状态，其真正使命与建设功能得以更加突出。它使我们不仅意识到存在的危机，而且更加意识到面对危机、解决危机所必需的安慰、温情、关切、爱与希望。它同时使我们意识到，在面对怀疑时感受到自己信赖的理性的重要性，而绝不是一味逃遁到非理性中去。可以说，“神学”对“后现代主义”的积极回应为我们思考“后现代主义”的建设性向度提供了有意义的参照。也可以认为，“后现代主义”正是对现代文化的辞旧迎新和实现根本超越起着转型性作用，这理应构成“后现代主义”的建设价值。

三　“神学”视角：作为有效的“他者”

俄罗斯宗教思想家别尔嘉耶夫认为，“人是宗教的生物，当他否定真正的唯一的上帝时，他便创造了自己恶的上帝、偶像和异教神祇，并崇拜它们”。[2] 瑞士神学家卡尔·巴特也一再告诫：“世界就是世界。上帝就是上帝。”把世俗的作为、世俗的权威、世俗的运动神圣化，恰恰是人世灾难的根源。人永远不会成为上帝，人言永远不会成为圣言，必须把上述二者严加区分，否则后果将是灾难性的。而且，20 世纪的集中营已经给东西方人都上了惨痛的一课，“其教训不妨说有两个方面：其一，许多惨绝人寰的残暴都是以‘神圣’事业的名义干出来的；其二，许许多多热情真诚的人听信所谓‘神圣’的号召，主动热情地献身，结果成了恶魔利用的工具”。[3] 显然，这样的既存事实足以令人不断震惊并需要持续而深入的反思。

当代中国文化一直在经历着“价值循环”的形态，就是不断地从“神”到“人”，再从“人”到“神”。“神而人”被颠倒为

---

① 卓新平：《当代西方基督宗教思想研究》，《国外社会科学》（京）2002 年第 1 期。

② ［俄］别尔嘉耶夫：《俄罗斯思想的宗教阐释》，邱运华、吴学金译，东方出版社 1998 年版，第 158 页。

③ 刘小枫：《走向十字架上的真》，上海三联书店 1995 年版，第 49—50 页。

“人而神”，人间伪神也就不断出现[①]。正是基于对“伪神”的怀疑、幻灭与颠覆，进而兴起“人文主义”大潮。然而，“人文主义”尚未获得充分展开之时，“后现代主义”文化的突起又将“人”强调到世俗平面甚至无意义状态。有鉴于此，中国文化的价值重建也就势在必行。而在这个建构过程中，基督教文化的“神学”视角能够提供出一个有效的“他者”眼光。“中国文化传统中始终潜在着一种动力，即世俗与神圣的合一、理性与信仰的合一、王权与神权的合一、行为规范与精神价值的合一。……而在伦理问题上，也许恰恰需要这几组因素的分离。否则，道德与否的最终判定必然受到现实利益的制约。”[②] 由此观之，重新理解当代中国的文化发展问题与全球化语境，神学伦理学的视角同样能够延伸我们的思考向度。恰如有学者所言，“在苦难中遭到动摇的伦理准则，必须回溯到一个稳定的支点；由此开始的不仅是现世道德秩序的重建，更是一种终极价值的依据。这一点，应当是全部人文学探索的进深之路”[③]。

如果扩而大之，意义同样深远。就20世纪整体来看，基督教之于世俗生活的地位确实表现出一定程度的边缘化。“但是在有关‘价值’的各种人文学思考中，神学的视角越来越显示出无可替代的意义；因为在世俗的领域里追索价值，我们最终只能发现一切‘价值’都充满了相对性。[④] 通过后现代主义批评对于‘辉煌叙事’（grand narrative，或译‘宏大叙事’）的解构，基督教神学实际上

① 宁可不信上帝，也不可信赖种种伪神。瑞士神学家汉斯·昆区分宗教与伪宗教的标准是：宗教不把相对的、有条件的存在或人视为绝对权威，而只把唯一的神视为绝对权威，对这位绝对神的信仰才是真正的信仰。（参见刘小枫《走向十字架上的真》，第357页。）

② 杨慧林：《基督教的底色与文化延伸》，黑龙江人民出版社2002年版，第76页。

③ 杨慧林：《基督教的底色与文化延伸》，黑龙江人民出版社2002年版，第77页。

④ 这样看来，“人文精神讨论”也就失去了应当的根基。参见王晓明《人文精神寻思录》，文汇出版社1996年版。《林语堂自传》中也有这样的话：“深信人文主义是不够的。人类为着自身的生存，需与一种外在的、比人本身伟大的力量相联系。这就是我归回基督教的理由。我愿意回到那由耶稣以简明方法传播出来的上帝之爱和对它的认识中去。”

得到了更大的空间。在一定意义上说，这种空间显示了人文学与神学的深层同构。”而且，就神学解释学的人文学价值而言，“神学本身的诠释学性质及其诠释对象，决定了它必须持守‘真理’与‘方法’之间的张力，必须处理变化的语境对确定性意义的切近，必须找到理解的支点而无法逃向‘空白’，必须在确认人的有限性、语言的有限性和诠释本身的有限性的同时，确认‘奥秘’的真实性。这，应当也是人文学的品格。”①

对于全球化语境中的中国文化而言，上述意义同样重要且适合。百年中国的基本问题，大都是在与西方思想发生关系后引出来的。对于这种历史性的“发生关系”的认识，主流态度大都站在民族主义的立场。而今，是走出这一立场和模式的时候了。理解基督教文化的“神学”视角，最终是要重新理解汉语思想。而且，应当早就自觉意识到的是，“问题并不在于外来文化的涉入是否合理或可能，而是在于涉入的外来文化是否真的有价值。人类文化的不连续性往往是由于被中断的文化本身的某种欠缺造成的，它更多地表达了被中断的文化本身的内在要求”。② 由于历史的、现实的诸多因素，作为“他者”立场的“神学”视角难以成为文化转型的主导选择，但其对于文化更新的价值建构却能提供有效的思想资源。其重要意义，就在于能够为人类文化的存在形态和发展进程提供一种超越性的主体参照。

---

① 杨慧林：《圣言·人言：神学诠释学》，上海译文出版社 2002 年版，第 240 页。

② 刘小枫：《拯救与逍遥》，上海人民出版社 1988 年版，第 29 页。

附录三

“盲人世界”的叙事:从史铁生到毕飞宇

正如毕飞宇在一次对谈中提到的，大量知青作家的作品中经常出现的人物名字往往很有特点，比如“二拐子”“三瞎子”“四呆子”“五哑巴”“六瘫子”。这的确不是知青作家的刻意编造，而是中国社会尤其乡村的普遍现象。[①] 对于残疾人世界的真正表现，当代中国文学长期缺乏具有力度的文本。直到史铁生的出现，其局面才得以改观。而对“盲人世界”的集中叙事，除了史铁生，就是毕飞宇。而且，二者的目光都达至生命的普世价值。

一 史铁生的“盲人叙事”：苦难、希望、过程

当代中国文学中对于盲人的关注和叙写，史铁生是属于比较早的具有自觉意识的。当 1985 年前后的中国文学普遍倾向“洋征”与“古引”之时，史铁生把写作指向了人类的困境，尤其是残缺之人的灵魂。“说‘某些作品’没有文化，大概是指此类文字对人类的困境压根儿没有觉察，更不敢用自己的脑袋作出新鲜的思索，绝不是说它没有洋征古引。”“我们不能指望没有困境，可我们绝不能够不让困境扭曲我们的灵魂。于是有一种具有更博大的胸怀、更深刻的智慧、更广泛的爱心的人类，与天地万物合成一个美妙的运

---

① 参见毕飞宇、张莉《牙齿是检验真理的第二标准——关于社会价值观的对谈》，载毕飞宇《推拿》，人民文学出版社 2008 年版，第 330 页。

动，如同跳着永恒的舞蹈。”[①] 对于其时讨论激烈的“写什么”与“怎么写”的问题，史铁生更相信写作是一种命运，“写什么和怎么写都更像是宿命，与主义和流派无关。一旦早已存在于心中的那些没边没沿、混沌不清的声音要你写下它们，你就几乎没法去想‘应该怎么写和不应该怎么写’这样的问题了……一切都已是定局，你没写它时它已不可改变地都在那儿了，你所能做的只是聆听和跟随。你要是本事大，你就能听到的多一些，跟随的近一些，但不管你有多大本事，你与它们之间都是一个无限的距离。因此，所谓灵感、技巧、聪明和才智，毋宁都归于祈祷，像祈祷上帝给你一次机会（一条道路）那样”[②]。的确如此，面对命运，我们所能做的难道不就只能是“聆听”和“跟随”吗？史铁生的文学思索偏离了文学主潮，却成为空谷足音，其中的《命若琴弦》就是典型文本。

作品中的一老一少两个盲人，在莽莽苍苍的群山间行走，靠弹琴说书为生。他们的生存信念是，一根一根尽心尽力地弹断一定数量的琴弦，就可以在琴槽内取出一张可以让他们重见光明的药方。然而就在弹断预定的琴弦之时，师傅方知晓所谓的药方仅是一张无字的白纸。“七十年中所受的全部辛苦就为了最后能看一眼世界，这值得吗？”“目的虽是虚设的，可非得有不行，不然琴弦怎么拉紧；拉不紧就弹不响。……永远扯紧欢跳的琴弦，不必去看那张无字的白纸……”待到此时，也就顿悟了生命的意义与活着的真谛：存在只是一个过程，追求的也正是这样一个过程。

生命的意义就在于能够创造过程的美好与精彩，生命的价值就在于能够欣赏过程的魅力与悲壮。“只要你最关心的是目的而不是过程你无论怎样都得落入绝境，只要你仍然不从目的转向过程你就别想走出绝境。事实上，你唯一具有的就是过程。……你立于目的

---

① 史铁生：《随想与反省》，《人民文学》1986年第10期。

② 史铁生：《宿命的写作》，《史铁生散文》上卷，中国广播电视出版社1998年版，第284页。

的绝境却实现着、欣赏着、饱尝着过程的精彩，你便把绝境送上了绝境。”从复杂的过程看生命艰巨的处境，以享隆重与壮美。这已经进入一种审美的境地。此时，“才能够永远欣赏到人类的步伐和舞姿，赞美着生命的呼喊与歌唱，从不屈获得骄傲，从苦难提取幸福，从虚无中创造意义，直到死神和天使一起来接你回去，你依然没有玩儿够，但你却不惊慌，你知道过程怎么能有个完呢？过程在到处继续，在人间、在天堂、在地狱，过程都是上帝的巧妙设计”。[①] 师傅说，“干咱们这营生的，一辈子就是走……咱这命就在这几根琴弦上”，“人的命就像这琴弦，拉紧了才能弹好，弹好了就够了”。显然，“瞎子”的生命历程寄托在无尽的信仰中，像耶稣在医治两个瞎子时所说的话“照着你们的信给你们成全了吧”。史铁生说：“《命若琴弦》我是写人的残疾了，所有人都有的这种局限，主要写的不是瞎的问题，而是所有人都可能有的问题，过程和目的的问题，看得见和看不见的问题，可能更多写到人的局限、困境，强调的不是躯体的残疾。”[②] 在长篇小说《务虚笔记》中，他再次重申，残疾人也是正常人，残疾是一个正常人身上的命运。“命运并不是合情合理的，否则不是命运”。残疾的形而上学是：“人的本性倾向福音。但人根本的处境是苦难，或者是残疾。”

苦难、信仰、希望和过程，正是史铁生赋予瞎子、残疾人和人类存在的全部意义。

二 毕飞宇的“盲人叙事”：苦难、尊严、自省

文学进入历史的新世纪，毕飞宇将目光再次投向“盲人世界”，以其长篇小说《推拿》全面展现盲人群体的生存状态、存在境遇，深入探究他们的灵魂的纠结及其可能的世界。文学的使命，总是不

---

① 史铁生:《好运设计》,《史铁生作品集》第3卷,中国社会科学出版社1995年版,第199—200页。

② 胡健:《史铁生访谈录》,见《史铁生散文》下卷,中国广播电视出版社1998年版,第248页。

断地对于人类的存在进行不懈的探索和追问。通过追逐个体和群体的行动与思考，进而让我们审视自身及其世界的存在，否则我们就无法建立对于世界丰富性和多义性的理解，就会发生对于世界和人类认识的简单粗暴。毕飞宇对盲人世界的关注，从社会层面移至人性层面，进而从现世性的时空判断提升到永恒性的普世价值，无疑将这一主题推到一个新的高度。作品以日常存在的推拿行业介入盲人世界，凸显人之生存的卑微与生命的高贵。他们经历着各自的苦难，却始终捍卫着人的尊严，同时又不断地进行着灵魂的自省。通过文本及其主人公，我们深刻理解到底应该如何去体验生命、尊重生命进而敬畏生命。真正的现实主义文学，总是通过表达公共记忆和塑造独特形象来呈现人生的真实、透视人性的复杂，这正是《推拿》的意义所在。

王大夫是最早正式出场的人物，他的苦难自儿时就开始了，主要表现为与家庭的疏远。由于自己眼睛的问题，弟弟得以在计划生育政策下出生。只有那时，他才听得见父母开怀的笑声。从 10 岁上学离家直到专科毕业，然后去深圳打工。恰逢其时其地，热衷中医推拿的香港人，在回归后带动了内地推拿行业的发展；世纪末的全民乃至全球性焦虑情绪导致的疲倦状态，为盲人推拿提供了难得的契机。就这样，王大夫有了自己的积蓄。而且，同时迎来了自己的恋爱生活。也恰恰为了恋爱，为了恋人早日成为“老板娘”，王大夫将钱投入股市。而疯狂的股市却又让王大夫回归原点，回到本不情愿为自己的老同学打工的境遇。王大夫与恋人过着不尽如人意的生活不说，更大的麻烦是面临弟弟赌博欠债而自己无力偿还的紧张处境。弟弟结婚时，王大夫感到了亲情的炎凉，因为“瞎子”会丢脸，但细腻敏感并且尊严受伤的他还是邮寄了“红包”。之所以如此，源于王大夫的自省意识。因为弟弟的出生让父母高兴，也让自己获得彻底解脱，然而，同时的辛酸又无法摆脱内在的嫉妒，甚至怀恨在心，闪过歹毒的念想。就是因为这一闪而过的歹念，使成长起来的王大夫为弟弟所做的一切都心甘情愿。当弟弟因赌博而被上门讨债时，王大夫决定推迟结婚而凑齐欠款为其还债，并且用舌头作出承诺，“再怎么说，一个人的舌头永远都不能瞎。舌头要是瞎了，这个世界就全瞎了”。[①] 但是，强烈的自尊感使王大夫在最后时刻改变方式，决定“以血还债”。原因同样直接：他要面对健全人，他更要自己的尊严。盲人一般不与健全人打交道，因为他们在明处而健全人藏在暗处，使得他们始终胆怯。而这一次，生命意识深处的尊严感在转换着“盲人世界”的存在方式。“你们把钱叫做钱，我们把钱叫做命”，“没钱了，我们就没命了。没有一个人会知道我们瞎子会死在哪里”。“我要把两万五给了你们，我就得去讨饭”，“讨饭我也会”，“可我不能”，“我们有一张脸哪”，“我们要这张脸”，“我们还爱这张脸”，“要不然我们还怎么活?”“我得拿我自己当人”。“钱我就不给你们了”，“可账我也不能赖”，“我就给你们血”。[②] 用生命捍卫尊严的王大夫，旋即陷入莫可名状的自省，因为他本来已经决定要为弟弟偿还赌债。所以，王大夫认为自己的举动和流氓没有区别，属于龌龊的地痞和人渣。而且最为重要的是自己再也不是一个“体面”人了，因为自己的舌头说了一次瞎话。本是为着“体面”和“尊严”，结果却丧失了全部“体面”和全部“尊严”。然而，这样的自省又是怎样的难能可贵。这样的“尊严”和“自省”从来就不是残疾人的，而恰恰就应该是人的。

与王大夫最为亲近的是恋人小孔，也是盲人推拿师。不同的盲人自有不同的辛酸。经历迥异，对待世界的态度也就有别。在两岁的小孔盲眼之后，苦难就开始了。醉酒的父亲，几乎是疯狂地撕扯女儿的眼皮，一心要用粗暴的指头替可怜的女儿“睁开”眼睛。但是，真正的恐惧还是酒醒之后的父亲所进行的悲痛欲绝、伤心至极的忏悔。最终，父亲不仅戒了酒瘾，而且做了绝育手术。对于小孔而言，这是不堪承载的父爱——强烈、极端、畸形、病态，充满牺

---

① 毕飞宇:《推拿》，人民文学出版社 2008 年版，第 234 页。

② 同上书，第 239 页。

牲精神和令人动容的悲剧性。为了这份爱，小孔做到了自强不息。自强不息后的小孔面临更为棘手的问题，就是情感和婚姻。生活是“过”出来的，不是“摸”出来的，这是父母的底线——绝不能嫁给一个“全盲”。盲人的父母就是盲人的父母，他们的付出、担忧、希望和爱非比寻常。而小孔面对的情感对象又正是全盲的王大夫，她所能做的就只能是耐心和善意的哄骗。其实，更是痛苦和折磨。作为盲人推拿师，小孔同样时刻维护着自我尊严——即便直接关系到自己的生存，也不愿通过暗中塞钱而与做前台的健全人处理好如此交易的关系。最让小孔内疚和自省的是她与小马的交往。本是盲人之间的恶作剧，却不经意触动了小马的脆弱、敏感、丰富的情感神经。阴差阳错，小马爱上了处于情感苦闷中的小孔。虽然小马最后的出走并不完全是因为小孔（与爱上失足女孩亦有关系），但小孔还是深深地自责——由于自己的自私而根本没有顾及对方的感受，并且将歉意转化为祝福。对于常人而言都异常艰难的自省意识，在盲人世界中却呈现出如此强烈醒目的姿态。

与小孔关系密切的除了王大夫外，最重要的一个人就是小马。在《推拿》中，小马是让人深刻铭记的具有独特存在意义的人物。9 岁时的一场车祸没有在小马的躯体上留下过多痕迹，却摧毁了他的视觉神经。当清晰地知道复明无望之时，9 岁的小马用冷静的自杀引爆了自己的绝望。同样是盲人，先天和后天有区别。小马是后天的，获救的他便陷入沉默。先天盲人的沉默，与生俱来；后天的盲人则要经过两个世界，这两个世界的连接处就是心灵的炼狱。在炼狱中，首先要把先前的自我杀死，然后重塑一个新的自我。在涅槃中，无须经历童年、少年、青年、中年和老年，而直接抵达沧桑。他的沉默、寂静、淡定都是矫枉过正的，并且上升到信仰的高度。其中仿佛没有具体的内容，其实却容纳了太多的呼天抢地和艰苦卓绝。那稚气未脱的表情全是炎凉的内容，这是活着的全部隐秘。这里，《推拿》用震撼心灵的文字，痛彻肺腑地讲述着人的生活与生命、生存与存在。历经炼狱的小马，自始至终都在坚守着最基本的尊严——乘坐公共汽车本来可以免票，但小马宁可受到大庭广众的侮辱也不愿庄严地宣布自己的瞎子身份；与“嫂子”小孔无意间促成的情感交流乃至由于被引导而与失足女孩小蛮的情爱经历，都在在保留着小马认真、执着的尊严。及至最终的不辞而别，尊严与自省在小马那里达到极致。

作品用细腻生动的神来之笔叙写小马的沉默，他拒绝、恐惧一切与“公共”有关的事物。在接触“嫂子”之前，小马的沉默表现为对时间的玩味。他把时间当成自己的玩具，对时间的判断有着惊人的禀赋。他可以把时间组装、拆解，可以伴随时间升到高空以体验惊险和刺激，当然还可以在冷静与镇定中安全降落。这是英武的冒险，也是艰难的自救。在小马的视野中，时间拥有无限的可能性。他发现了时间最为简单的真相，恰恰是被自己的眼睛所蒙蔽了的真相，那就是眼见不为实。看不见是一种局限，看得见同样是一种局限，人类自以为能够控制时间，其实在时间面前，每一个人都是瞎子。要想看见时间的真面目，只有脱离时间，而这只有盲人才能做到。健全人无时无刻不受控于他们的眼睛，所以永远不能体会时间的真谛。小马的沉默，其实是与时间的如影随形。对于时间的敏感及其神秘性的把握，其实是对于生命和世界的超常规的体验与探究。时间能够创造生命，亦能泯灭一切。叙述时间，就是叙述生命，时间面前，众生平等。人生本身就是局限，与看得见和看不见没有关系。时间是神秘的，像生命一样。面对人的有限性、理性的有限性和语言阐释的有限性，我们必须确认“奥秘”存在的真实性。时间的无限可能，其实正是生命存在的无限可能。在接触“嫂子”之后，小马的沉默已经不再是沉默，而是沉默中的沉默。此时的他没有和时间在一起，而是被时间抛弃了。于是，他学会了关注。他关注“嫂子”的一举一动，甚至一个转身。小马与“嫂子”一起“蝴蝶双双飞”“鱼海两茫茫”，进而“并驾齐驱”。此时的生活状态虽说虚幻，而生命体验却真实无比，虽然隐含羡慕、酸楚和嫉妒，但总有一些温暖。只要怀抱梦想，就会梦想成真，这理应是我们的心愿。

与小马的生命密切相关的还有一个人，那就是推拿中心的边缘人物张一光。张一光不仅是小马与“嫂子”恶作剧的始作俑者，也是致使小马最终出走的潜在引导者。如果说前者是有意调侃的话，那么后者的确是无意的甚至是善意的。作为瓦斯爆炸事故幸存者的张一光，对于世界的感受完全不同于一般的盲人。他失去了双眼，却没有过多地纠缠于此。他用黑色的“眼睛”盯住内心，有幸免于难的庆幸，更有内在无边的属于“后怕”的恐惧。“后怕永远是折磨人的，比失去双眼还要折磨人。从这个意义上说，失去双眼反而是次要的了。因为再也不能看见光，在相当长的时间里，张一光认准了自己还在井下。他的手上永远紧握着一根棍子，当恐惧来临的时候，他就坐在凳子上，用棍子往上捅。这一捅手上就有数了，头上是屋顶，不是在井下。”① 既然活着意味着恐惧，那么恐惧就必然意味着活着。《推拿》将每个人物都描写得独具特色、活灵活现，将每个生命都表现得渗入肌肤、刻骨铭心。面对黑暗的张一光，很快获得了新生。他成功地完成人生大转变，从残疾矿工变成健全的推拿师。而且，他还找寻到了自己独特、极端而又反向的生存价值(在洗头房实现“皇上”的感觉)。对于一个从“光明世界”硬性闯入“盲人世界”者而言，张一光的行为除了让我们震惊和悲悯外，还能有什么呢？这是生命的痛苦和痛苦后的极度反弹。本不属于“这个世界”的张一光，注定了自己的孤独和尴尬。对于因为和“嫂子”的纠葛而发生的小马的心思，张一光从中体会到瓦斯的气息。于是，他开始以自己的方式拯救小马。然而最终事与愿违。小马的离开带来自身强烈的痛苦反省和自责：本来热衷调侃的张一光不再说话了。他的内心隐藏着小马的秘密，充满说不出口的懊恼。“要不是他，小马断然不会离开的。是他害了可怜的小马。他不该把小马带到洗头房去的。有些人天生就不该去那种地方。小马，大

---

① 毕飞宇：《推拿》，人民文学出版社 2008 年版，第 212 页。

哥是让你去嫖的，你爱什么呢？你还不知道你自己么？你就这个命。爱一次，就等于遭一次难。”[①] 清醒、怜爱与悲叹，充溢于张一光对自己生命和小马命运的深沉思索中。

推拿中心的老板沙复明同样是极其复杂的人物，名字本身就寄托了无限的祈盼。他从打工之日起，就不是为着所谓的“自食其力”，而是为着“原始积累”。因为，“自食其力”只不过是所谓的“正常人”对于残疾人的荒谬、傲慢而又自以为是的说法。“自食其力”并不是残疾人的事情，而是属于所有人的事情。然而，沙复明原始积累的过程却惨不忍睹，所伴随的是健康的牺牲。在身体的透支和消耗中，他明白了生活的真相：“不是你为别人生产，就是别人为你生产。就这么简单。”[②] 正是由于先天性的失明，沙复明走上了这样一条特殊的道路。然而，他又能够独辟蹊径，凭借自己的聪明才智和长远规划，凭借自己“在时间之外”的拼命阅读，逐步改变着自己的处境。他坚信通过读书，可以把内心的“眼睛”打开，于是学生时期就熬夜阅读，再加上后来推拿工作的异常不规律的饮食习惯，他的胃病愈益严重，以致最后的“夜宴”险些丧命（当然还有心理因素）。

沙复明的平静生活随着盲人都红的出现而掀起巨大波澜，这又源于他对“美”的感悟、痴迷与追求。前来求职的都红，虽然达不到业务的要求，但以常人都不具备的气势和尊严震撼了作为老板的沙复明。连沙复明本人都难以做到的事情，都红却跨越了心理障碍。“看起来盲人最大的障碍不是视力，而是勇气，是过当的自尊所导致的弱不禁风。沙复明几乎是豁然开朗了，盲人凭什么要比健全人背负过多的尊严？许多东西，其实是盲人自己强加的。这世上只有人类的尊严，从来就没有盲人的尊严。”[③] 沙复明从都红这里感

---

① 毕飞宇：《推拿》，人民文学出版社 2008 年版，第 314 页。

② 同上书，第 31 页。

③ 毕飞宇：《推拿》，人民文学出版社 2008 年版，第 71 页。

受的是普世性的价值，而不是独特性的追求。面对不断的回头客，尤其是剧组导演的高度肯定和无比赞叹，“即使生气也要仪态万方”的都红瞬间成为推拿中心“美”的焦点。沙复明的心绪开始浮动并万分焦急，“美”是什么成为困扰他生活的核心命题。这里，沙复明的“爱情”理想与其说追求的是都红这个人，倒不如说是在追求一种“美”。但不管怎样，关键的问题却是“美”有力量。它拥有无可比拟的凝聚力和驱动力，让人不得不做出反应。意想不到的是，沙复明首先陷入了这样的旋涡。为了都红，他已经放弃了自己的信仰——不再渴望拥有眼睛的爱情，不再思念只有通过眼睛才能进入的“主流社会”。他愿意和没有眼睛的都红一起，过属于自己的本分日子。问题的关键是，爱情不是一相情愿，也不是感恩和回报：另一方都红却并无此意。于是，都红采取了天下无敌的最好的武器——装作无知，假装的无知其实是真正的无知，正像假装睡觉的人是怎么都喊不醒的一样。而且，沙复明的尊严意识让他只能把这一切深藏于内心。这样一来，本就身体脆弱的沙复明，心理亦脆弱无比。及至后来发生的都红被房门挤断拇指事件，让沙复明陷入深深的自责：因为早就有人提醒希望安装门吸，却一直没有上心。即便现在安装了门吸，自己已经是事故的直接责任人。虽然没有人会追究他，但不等于自己不会追究自己。沙复明的自省无比彻底：“你为什么要爱？你为什么要单相思？你为什么要迷恋那该死的‘美’？你的心为什么就放不下那只‘手’？爱是不道德的，在某个特定的时候。”[①] 连最后的一点帮助都无能为力，进而追问：“如果受伤的不是都红呢？——如果受伤的人不是这样‘美’呢？如果受伤的人没有一双天花乱坠的手呢？他沙复明还会这样痛苦吗？”[②] 推及至此，他接近于灵魂出窍。不敢多想，开始吸烟、胃疼、郁积于胸，身体无法支撑。这就是盲人世界的精神之高贵，连常人都无法

① 毕飞宇：《推拿》，人民文学出版社 2008 年版，第 287 页。

② 同上书，第 288 页。

企及。最终，不愿拖累与亏欠他人的都红独自离开，沙复明旧病复发，危在旦夕。这是主人公的苦难、尊严与自省，也是作品的大情怀与大悲悯。正像莫言所说的，“编造一个苦难故事，对于以写作为职业的人来说，不算什么难事，但那种非在苦难中煎熬过的人才可能有的命运感，那种建立在人性无法克服的弱点基础上的悲悯，却不是能够凭借才华编造出来的”。[①]

与性格相对外露的沙复明不同，同样作为推拿中心老板的张宗琪则是极度的内敛。然而，伙食分配不公导致的危机事件却将张宗琪直接推向前台。在一周岁时因为医疗事故而成为盲人的张宗琪，内心最为惧怕的就是人。后妈施加的身体虐待和“毒死”之类的语言恐吓，使他逐渐地由“说”转而为“听”。为了防范和生存，他练就了魔力般的听力；他面对的不是日常生活，而是非同寻常的考验和防毒；最终的结果，就是陷入循环式的“以毒防毒”和“以毒攻毒”。即使对待恋爱的机会，仍然是彻底的怀疑，结果可想而知。做老板后的张宗琪，最重要的决断恐怕就是亲自挑选金大姐作为厨师，其实仍然是在时刻“防毒”。而问题就偏偏出在这里：伙食的分配不公，导致巨大分歧——“金大姐必须走人，沙复明躺在足疗椅子上想。金大姐绝对不可以走，张宗琪躺在推拿床上这样想”。[②] 于是，推拿中心开始分化，及至最后的“夜宴”而达至高潮：“两个人都格外的小心，尽一切可能捕捉对方所提供的信息，同时，尽一切可能隐藏自己的心迹”。[③] 不过，这样的氛围没能持续，由于沙复明的突然发病而急转直下并迅速瓦解。其实在张宗琪的苦难经历和独特人生中，同样闪现出人性深处自省意识的光辉。面对都红的离去而带来的沙复明的愈益凄凉的处境，张宗琪的心态尤为复杂且隐秘：惋惜之余，内心充满怪异的突发性的喜悦，甚至

---

① 莫言:《捍卫长篇小说的尊严》,《生死疲劳》,上海文艺出版社 2008 年版,“代序言”第 3 页。

② 毕飞宇:《推拿》,人民文学出版社 2008 年版,第 205 页。

③ 同上书,第 314 页。

更多的是喜悦。但是文本叙事并未至此，而是更进一步："这个发现吓了张宗琪自己一大跳，都有点瞧不起自己了"。[1] 这里不是人性的批判，而一样是基于人性弱点的悲悯情怀。

《推拿》没有特定的主角，主人公是"盲人世界"。其间，还有两个让人为之动容、感叹并承载着丰富意义的女性角色，就是金嫣和都红。

金嫣的苦难生命是从黄斑病变开始的。从10岁到17岁，她的眼疾越看越重，视力越来越差。面对无可挽回的病情，17岁的她决然放弃治疗，为自己争取到最后的辉煌机会，那就是不停地看。而且，看的主题集中于书本和影视里的爱情与婚礼。对于金嫣而言，爱情和婚礼成为其生存力量的支撑点，也是其生命尊严的实现途径。似乎自然而然，在获知泰来的故事后，金嫣找到了爱情和婚礼的目标。于是奔赴南京，并且通过语言的认同感接近了正处于自卑与苦闷状态的徐泰来（"否极泰来"）。成也方言，败也方言，语言是存在的家园。金嫣坦率直接的情感表露，带给泰来巨大的心理压力，沟通再次成为问题。峰回路转，金嫣等来的是泰来的诚意和谦卑。面对金嫣的尊严底线，泰来说的是"我配不上你"。这不应是盲人的世界，而是人类世界的品质："因为恋爱，她一直是谦卑的，她谦卑的心等来的却是一颗更加卑微的心。谦卑，卑微，多么的不堪。可是，在爱情里头，谦卑与卑微是怎样的动人，它令人沉醉，温暖人心。爱原来是这样的，自己可以一丝不挂，却愿意把所有的羽毛毫无保留地强加到对方的身上。"[2] 在金嫣看来，伴随视力的下降，这个世界逐渐弃她而去，唯一可以相信的是爱情和婚礼。收获爱情后的金嫣，随即展开了对于婚礼的无限可能的想象：中式婚礼、西式婚礼、教堂婚礼、筷子的婚礼、火罐的婚礼、滋味的婚礼、自行车的婚礼、花生的婚礼……这是对于婚礼的渴望，是对于

---

① 毕飞宇：《推拿》，人民文学出版社2008年版，第311页。

② 同上书，第149页。

尊严的坚守，更是对于生命的执着。不过，问题再次出现：在挖苦和讥笑中长大的泰来，内心惧怕婚礼。而且父母早就和他谈妥，不会少花钱，但不举行婚礼，因为不体面。为此，一向果敢的金嫣只能做等待的准备。而都红的意外受伤又改变了事情的发展方向，呈现出金嫣的仁义与担当。她敏感到都红与季婷婷的尴尬关系（都红因为等待即将回家结婚的季婷婷而被挤断拇指），大方地出面予以巧妙地化解；她设身处地、身体力行，打破沉默，带头组织为都红进行募捐。虽然都红最后满含自尊地离开（其实即便没有募捐发生，都红也会离开），但盲人世界的温情与体恤已经展露无遗。作品的结尾，没有主角的“夜宴”将金嫣的情感推至高潮：由沙复明住进医院而使王大夫痛苦彻悟，对小孔发誓要有一个像样的婚礼，但无意中错搂了金嫣，而金嫣则顺势将错就错，哭着说：“泰来，大伙儿可都听见了——你说话要算数。”[①] 情感至此，其实实际的婚礼如何已经变得不再重要，盲人世界的尊严获得极致体现。

作品中再一个揪人身心的人物就是都红，她承载着黑暗与光明两个世界的对照意义：盲人的黑暗世界映射出尊严意识的无比强烈，常人的光明世界暴露出“媚俗”姿态的普遍盛行。

具有超高音乐天赋的都红，正是由于对尊严的坚守和对媚俗的拒绝而远离音乐，走进盲人推拿师的行列。喜欢唱歌的都红，在特殊教育的“威逼利诱”下改弹钢琴。因为这是我们的现实：“特殊教育一定要给自己找麻烦，做自己不能做的事情。比方说，聋哑人唱歌，比方说，肢体残疾的人跳舞，比方说，有智力障碍的人搞发明，这才能体现出学校与教育的神奇。一句话，一个残疾人，只有通过千辛万苦，上刀山、下火海，做——并做好——他不方便、不能做的事情，才具备直指人心、感动时代、震撼社会的力量。你一个盲人，唱歌有什么稀奇？嘴巴一张就来了嘛。可弹钢琴难哪。盲人最困难的是弹、钢、琴——你懂不懂？你多好的条件啊，怎么就

---

① 毕飞宇：《推拿》，人民文学出版社 2008 年版，第 319 页。

不知道珍惜？你这是懒！——把你的家长喊过来！”[①] 对待特殊群体，我们总在做创造神奇的事，而从不考虑回归日常的人性。即便如此，都红还是再次创造了奇迹。然而，一次向残疾人“献爱心”的慈善演出彻底让都红远离了常人世界。由于紧张又追求唯美而演奏失败的都红，竟意想不到地获得了特别热烈和经久不息的掌声，甚至被主持人形容为完美无缺。想哭的心思刹那间变为痛彻的苍凉：“都红知道了，她到底是一个盲人，永远是一个盲人。她这样的人来到这个世界只为了一件事，供健全人宽容，供健全人同情。她这样的人能把钢琴弹出声音来就已经很了不起了。”[②] 接下来是更为可怕的俗套问题：“现在高兴么？”“为什么高兴？”主持人的自问自答催人泪下：“可怜的都红”为了报答“全社会的关爱”而“鼓起了活下去的勇气”。伴随着挽歌般的哀痛欲绝的小提琴的旋律，都红被强制地爱着搀下了舞台。“她知道了，她来到这里和音乐无关，是为了烘托别人的爱，是为了还债。……都红的手都颤抖了，女主持人让她恶心。音乐也让她恶心。”[③] 这次经历，成为都红内心终生的耻辱，她拒绝了所有的演出。“‘慈善演出’是什么，‘爱心行动’是什么，她算是明白了。说到底，就是把残疾人拉出来让身体健全的人感动。人们热爱感动，‘全社会’都需要感动。感动吧，流泪吧，那很有快感。”[④] 毕飞宇的文本在深藏不露中揭示出现代社会的“文明病”：“媚俗”。在《生命中不能承受之轻》中，米兰·昆德拉用怀疑的目光对东西方人世百态一一扫射，于是，他让萨宾娜冲着德国反共青年们愤怒地喊出：“我不是反对共产主义，我是反对媚俗！”昆德拉后来在多次演讲中都引用这个词语，他指出“这是以作态取悦大众的行为，是侵蚀人类心灵的普遍

---

① 毕飞宇：《推拿》，人民文学出版社 2008 年版，第 61 页。

② 同上书，第 63 页。

③ 同上书，第 65 页。

④ 同上书，第 66 页。

弱点，是一种文明病”。[1] 在媚俗的王国里，所有答案都是预先给定的，对任何问题都有效。“媚俗”描述出不择手段地去讨好大多数的心态，用动人的语言和感情去打扮既定模式的愚昧，甚至连自己都会为这种平庸的思想和情感洒泪。困难在于，媚俗是敌手也是我们自己。“只要有公众存在，只要留心公众存在，就免不了媚俗。不管我们承认与否，媚俗是人类境况的一个组成部分，很少有人能逃脱。”[2] 毕飞宇笔下的“盲人世界”不仅承受着自身的境况，还承受着人类的境况。这种充满温情的基于人类普遍局限性的批判，不是更有绝对性的批判力量吗?

别无选择的都红，最终选择了中医推拿，虽说并不专业，她却以如虹的气势获得沙复明老板的初步认可，进而以其独特之美引发沙复明的追求。受伤之前，一直回避沙复明的情感；受伤之后，更是不想亏欠任何他人。王大夫和沙复明已经商定了都红的未来出路，就是保密并且让出足疗的生意。而且，金嫣和小孔也为其组织募捐。这一切虽让人温暖断肠，但不能弥合都红成长时期就已经受到的“媚俗”的致命伤害：不欠债也不还债。“她只想活着。她不想感激。”“不能欠别人的。谁的都不能欠。再好的兄弟姐妹都不能欠。欠下了就必须还。如果不能还，那就更不能欠。欠了总是要报答的，都红不想报答。都红对报答有一种深入骨髓的恐惧。她只希望自己赤条条的，来了，走了。”[3] 更进一步，实际是强烈的尊严意识决定了都红的选择。痛定思痛，她陷入了自伤。如果接受王大夫、沙复明、金嫣、小孔的安排，便丧失掉自我和尊严。最终，都红选择离开，实现了对于媚俗的彻底拒绝和对于尊严的根本坚守。

苦难、尊严、自省和抗争，正是毕飞宇赋予“盲人世界”的常识要素和全部意义，也是人类社会本应具有的普遍价值。

---

① ［捷克］米兰·昆德拉：《生命中不能承受之轻》，韩少功、韩刚译，作家出版社 1995 年版，第 6 页。

② 同上书，第 7 页。

③ 毕飞宇：《推拿》，人民文学出版社 2008 年版，第 303 页。

三　“盲人叙事”：生命的普世价值

从史铁生到毕飞宇，“盲人世界”的生命叙事得以承接。

《推拿》的“引言”部分，淮阴司机一觉醒来神清气爽，做完代表舒服的动作后说：“还是你们瞎子按摩得好！”“瞎子”二字极为刺耳，但沙复明回应的重点却是“按摩”二字：“我们这个不叫按摩。我们这个叫推拿。不一样的。欢迎老板下次再来。”[①] 这是不同于按摩的“推拿”，由“定义”推拿而引出文本叙事，同时为“盲人世界”推拿师的“尊严”定下基调。作品以人物划分章节，对待每一个人物都一视同仁，没有主次之分。不同的人物有着不同的命运，但核心因素是“尊严”，同时又联结着“苦难”和“自省”。苦难、尊严、自省，并非盲人世界的属性，理应归属全人类的普世价值。“这个世界上并没有一个独立的、区别于健全人世界的盲人世界。盲人的世界里始终闪烁着健全人浩瀚的目光。”[②] 正像毕飞宇自己所讲的，“有时候，还原一种常识比给出一种‘新世界’更有价值、更具魅力”。[③]《推拿》正是还原了“盲人世界”的生命常识，而生命常识恰恰承载着普世价值的精神。问题的关键是，我们长期生活于“核心价值”中而对“普世价值”视而不见甚至刻意回避，这正是毕飞宇的叙事提供的文本延伸与文化反思。

面对人之永恒的残缺而何以存在，靠的是“爱”。重视人的不幸处境，恰恰构成对不幸的否定。“爱”就是对于不幸的否定，这正是文学的本质和使命。《推拿》在个体生命与社会理性的悖论中显露出对人的生存本性的价值关怀，渗透着对人的真实存在状态的深厚体察。从这个意义上也可以说，《推拿》是一部“爱”的文本。

---

① 毕飞宇：《推拿》，人民文学出版社2008年版，第4页。

② 同上书，第253页。

③ 同上书，第333页。

附录四

论“全球对话主义”的理论内涵、问题和方法

自20世纪90年代以来，“全球化”已经成为国际学界最显著的话题，有关全球化的研究和言论在汉语学界同样炙热。根据旅美学者刘康的观点，全球化是指冷战结束后跨国资本建立的所谓“世界新秩序”或“世界系统”，同时也指通信技术以及“信息高速公路”所带来的文化全球化传播。[①] 更进一步，可以从政治、经济、社会和文化四个层面把握其内涵。从政治上说，“全球化”是指后冷战时代政治格局的重组和世界系统的建立。经济的全球化是指现代化生产方式的重大变化，即20世纪60年代以来原有的大规模工业生产和高度集中转变为分散的、零散和多国的生产与管理，也就是跨国公司的运作方式。全球化的社会意义，主要是指全球性的社会变迁和整合，尤其是带来的社会结构的解体和社会阶层的分化。在文化上，全球化也形成了特定的逻辑，就是文化生产和商品生产的关系日益密切，大众传媒成为重要渠道。全球化造成了文化的巨大悖论，一方面是文化日益一体化的趋向，“市场万能”的神话逐渐成为“普遍真理”；另一方面是文化的多极化、多元化以及分裂分离的趋向，主要表现为民族文化的新崛起。尽管刘康特别提醒不要忽略全球化的文化内涵和意识形态内涵，但在全球化的研究理路

① 参见刘康《文化·传媒·全球化》，南京大学出版社2006年版，第3页。

和具体操作层面却仍然没有跳出“全球化”与“民族化”的逻辑框架及相互界定的格局。于是，“全球化”不仅难以推进，甚至会重回老路。适逢其时，金惠敏的研究另辟蹊径，首先找寻出问题的症结在于“全球化研究一直就缺乏哲学的介入”，进而试图在“全球化”与“哲学”之间打开一条研究理路，然后明确提出“全球对话主义”的理论建构，这在其近期的著作《全球对话主义：21世纪的文化政治学》中得以自觉而集中地表达。说到底，“全球对话主义”是“全球化”在哲学意义上的逻辑展开，或者直接说，“全球化”的本质理应就是“全球对话主义”。这一理论不仅充满问题意识，同时具有方法论意义，是对全球化的意识形态内涵的切实回应和有效建构。

一　“自我”和“他者”

“全球对话主义”理论的核心就是解决“自我”与“他者”的关系问题，而要解决这一问题，就必须首先清理“现代性”和“后现代性”的关系。大致而言，现代性主要是以“自我”为中心，而后现代性如果说为了表述方便也有一个中心存在的话，那就是始终以“他者”为中心。

对于现代性和后现代性而言，是否坚持主体性立场是关键所在。现代性是相对于传统的主体性缺失而展开的，追问的是“主体是否存在”，属于主体内部的问题；后现代性是相对于现代性的主体性唯一而展开的，追问的是“主体如何存在”，属于主体外部的问题。在金惠敏看来，现代性与后现代性视角的一个原则区别是：“现代性着眼于纵的坐标，其优点是在此易于显出资本主义的本性及其历史发展轨迹；而后现代性视角则是横的坐标，它被用于确定资本主义的影响及后果，即在其历史的发展中对他者的作用和与他者的相互作用。”[①] 更进一步，不管是否采用“后现代性”一语，

① 金惠敏：《全球对话主义：21世纪的文化政治学》，新星出版社2013年版，第38页。

“凡是对现代性主体哲学的批判，都可以视为一种超越了现代性的‘后现代性’意识。……因而，后现代性就是一种穿越了现代性迷雾的新的认识论和新的反思性”。[①] 针对现代性和后现代性的“相互诘难”，金惠敏认为“全球化”是对二者的综合和超越。作为一种新的哲学，“既坚持现代性的主体、理性、普遍、终极，同时也将这一切置于与他者、身体、特殊、过程的质疑之中”。“全球化”恰恰是站在二者之间“无穷无尽的矛盾、对抗之上，一个永不确定的表接（articulation）之上”。[②]

承前思考，金惠敏从历时性和共时性两个维度展开对于“全球化”的定位：全球化如果从纵的坐标上寻找，它是对西方世界文化传统的现代化，而从横的坐标看，它则是对非西方世界的西方化。前者涉及的是“现代性”“自我”中的“旧我”和“新我”的关系，后者涉及的是“后现代性”中的“自我”（前者的“现代性”“自我”）和“他者”的关系。在这里，“自我”与“他者”是平等关系，是制衡关系，甚至是“二合一”的关系，唯独不是通常理解的对照关系。否则，必将是理论和现实的灾难。“启蒙运动以来的现代性西方思想在后果上最严重的失误就是对二者的混淆，确切地说，就是将传统与现代、新与旧之线性进步观平移到并不在此时空序列的其他文化。依照这种观点，只有一种世界史，一种不断进步的历史；只有一种文明，一种从低级走向高级的文明；只有一种知识，一种真理战胜了谬误的知识。以这一现代性思想为基础，殖民主义者或帝国主义建立起对于其他历史、文明和知识的优越感从而予以驯化和征服或美其名曰‘解放’和‘启蒙’的特权，因为相对于他们自身的发达状况，他者无非就是原始、史前、野蛮、愚昧和无意识的‘活化石’。”[③] 这就令人警醒地指出了理论偏颇所带

① 金惠敏：《全球对话主义：21世纪的文化政治学》，新星出版社2013年版，第4页。

② 同上书，第5页。

③ 金惠敏：《全球对话主义：21世纪的文化政治学》，新星出版社2013年版，第66—67页。

来的巨大的现实陷阱，根源恰在于“不将他者作为他者”。“不将他者作为他者”的实质在于借助“自我”否定“他者”，最终将无以“自我”。面对“全球化”已经被帝国主义霸权所利用而习焉不察的事实，金惠敏还是主张将其哲学化而不能等同于任何具体性。美国学者罗伯逊把全球化看成“普遍的特殊化”和“特殊的普遍化”，其实就是“具体化”的具体表现。针对这一“双向过程”，金惠敏认为“全球化运动中，根本不存在普遍性与特殊性的对立，所有的只是特殊性对特殊性。全球化是一种地方性对另一种地方性，强势的一方被错误地称作全球性或者普遍性。真正的全球性超越了所有的地方性包括强势的地方性，是各种地方性的可交流性。……全球性不能与地方性并置，而只能置于其上”。[①] 回到前述的“全球化”与“民族化”的关系问题，由此观之，“全球化”不能与“民族化”相提并论，而只能置于其上。表面看来，这仍然是理论的实用化，但其实质则是方法论的转型和思维模式的转换。

二　“与谁对话”和“如何对话”

毫无疑问，“全球化”并非放逐“主体”，而是极为强调“主体”存在本质的“主体间性”（或者直接说，“主体”本就是“主体间性”）。也就是说，一主体同时为其他主体所介入、所构成，否则就无所谓“主体”。鉴于“不将他者作为他者”的常规状态和负面效应，必须意识到任何主体都是有限性的存在，所以不仅将他者作为他者，也要将自我作为他者，从而将“主体间性”推进为“他者间性”。这样，“对话”也就自然而然地被提出来。其间，又顺理成章地涵盖“与谁对话”和“如何对话”两个基本问题。

关于“与谁对话”，金惠敏通过伽达默尔的哲学解释学所架构的对话本体论来说明，其一是与传统对话，其二是与他者对话。对前者来说，对传统的理解就是一种自我理解。对后者来说，“他者”

---

① 金惠敏：《全球对话主义：21世纪的文化政治学》，新星出版社2013年版，第24页。

既是“真理”也是“方法”，因为一方面“他者”不可穷尽，另一方面与“他者”相遇才使“自我”被认识、被扩大、被更新。对话不仅是发生在传统内部的古今对话（历时性的、纵向的），也是与异己文化的对话（共时性的、横向的）。伽达默尔对“翻译”的论述从反面点中“对话”问题的实质：“文本的可翻译性，即翻译所容易传达的东西，常常就是我们自己的文化编码系统，而其不可翻译性则是起于那不接受此编码的他者文化的他者性。翻译会聚因而也凸显了文化间的差异、距离和冲突，使我们清晰地意识到我们自己的文化局限，于是一个文化间的对话成为必要，为着认识我们自己的必要，否则我们就只能在我们的内部做自体循环了。”[①] 长期以来所谓的“不可翻译性”往往归结于“他者”文化的局限，殊不知这反而恰恰表明了“自我”文化的局限。归因于“他者”局限，“对话”便自行消解，至多陷入“自我”循环；而归因于“自我”局限，“对话”则主动介入，也就具有达成有效性的可能。从这个意义上说，“全球化”凸显了“我们”与“他者”的相遇，各种文化形式间的相遇，在此强调的正是“他者”的根本位置。反过来，“如果我们固守于自我，自我的时间、历史，以及在此基础上的进步观，那么不可避免的全球化必将成为人类不可避免的世界末日”[②]。究其实质，这又绝非危言耸听。

关于“如何对话”，涉及的核心问题是“能否进行没有前提的对话”。对此，金惠敏的回答思辨有力：“只要个体不能被彻底地象征化（拉康）、意识形态化（阿尔都塞）、殖民化（斯皮瓦克），我们就只能承认无前提的对话。在当代理论中，这种观点几乎不可思议，但在2500多年前的孔夫子早已是一个人际交往的基本原则了。孔夫子不想什么‘宏大’前提，他只想虚席以待他者的出现。”[③]

---

① 金惠敏：《全球对话主义：21世纪的文化政治学》，新星出版社2013年版，第24页。

② 同上书，第70页。

③ 同上书，第20页。

如果说非要有什么对话的“前提”的话，那显然就是“虚席以待”“他者”。具体而言，就是对“自我”存在的反思和对“他者”身份的尊重，否则无以达成真正的“对话”。金惠敏再次敏锐地关注到伽达默尔的对话本体论，其中充分阐释了对话“无前提”的本质：“虽然我们能够说我们‘举行’一场谈话，但是越是一场真正的谈话，它就越是不怎么按着一方或另一方对谈者的意愿举行。因此，真正的谈话从来就不是那种我们意愿举行的那种。总体观之，更正确一些的说法是，我们陷进了一场谈话，如果不是这样那也可以说，我们被牵扯进了一场谈话。在那儿一个词如何给出另一个词，谈话如何转折，如何继续进行和结束，这当然完全可以有一种举行的方式，但是在此举行中对谈参与者与其说是举行者，毋宁说更是被举行者。在一场谈话中没有谁能够事先就知道将会‘出现’什么样的结果。”[①] 相对于习以为常的外部力量的“决定性”，“对话”更具有自身内在的“自足性”。我们无法“举行”对话，如金惠敏所言，“与他者的对话不是我们主观上情愿与否的问题，而是我们根本上就处在对话之中”。[②] 作为整体的世界，是一个对话者的世界，每个“主体”都互为对话者。“全球化”初始往往呈现为单向度的“主体”进程，但最终总是演变为“主体间性”的“对话”过程。

回到哲学视角，“全球化”内在地就是“现代性”和“后现代性”，同时又实现对二者的超越。而“对话”，本就是其题中应有之义。至此，“全球对话主义”明晰起来：“第一，作为‘他者’的对话参与者是其根本；第二，‘全球’不是对话的前提，甚至也不是目的，它是对话之可期待也无法期待的结果，因为，这样的‘全球’以他者为根基，是‘他者间性’之进入‘主体间性’，是他者之间的主体间性的相互探险和协商，没有任何先于对话过程的

---

① 金惠敏：《全球对话主义：21 世纪的文化政治学》，新星出版社 2013 年版，第 25 页。

② 同上书，第 25 页。

可由某一方单独设计的前提；第三，‘他者’一旦进入对话，就已经不再是‘绝对的他者’了，对话赋予‘绝对的他者’以主体性的维度。”[1] 这样，“主体”之间得以相互改变的承认。如果说“全球化”是“对话”的话，那么这个“对话”没有终点，而是形成“对话”的良性循环。

三 “问题”和“方法”

长期以来，汉语学界和西方学界在讨论中国问题时常常强调“中国特殊论”，甚至已经成为某种普遍性的立论前提。然而如果从作为方法论的“全球对话主义”立场来考察，这种论调值得怀疑并应当警惕。因为在一个“全球化”时代，可能根本就不存在什么单纯的所谓“中国问题”，一切“中国问题”都是“全球问题”。因此，金惠敏提出，中国作为全球性大国，应当为“全球意识形态”和“全球知识”作出贡献，而不是仅仅以守持“中国特色”为满足。强调特色，实际上就是在国际话语体系中的自我边缘化。“世界”不外于“我们”，“我们”就在“世界”之中，否则，我们对“世界”没有意义，因为我们仅仅是“民族”的。他进而援引阿根廷汉学家石保罗的描述：“过于强调中国的特殊性，也会对中国研究本身产生某种伤害。在我开始中国研究时，我也把中国看作‘特例’：这么遥远的国家，如此迥然不同的语言，那里发生的事情对我而言肯定是陌生的。事实也的确如此，这是一个超出我想象的国度。然而，这真的意味着中国是个特例？中国的经验会不会也是人类经验的一个方面？”“这种‘特例观’中含有如下危险倾向：中国历史仅仅被当作‘民族’的，而不是全人类的历史经验。当我在阿根廷介绍中国时，听众的预期便是听到某种‘特例’，鲜有人会与自身经验或自己的研究对象联系起来。对他们而言，学欧洲历史是必不可少的、理所当然的，而学习中国历史仅仅是出于好奇而

---

① 金惠敏：《全球对话主义：21 世纪的文化政治学》，新星出版社 2013 年版，第 20 页。

已。然而，中国历史对于一个拉丁美洲人来说真的只能是猎奇的对象？除此之外，他从中什么也学不到？”① 中西二元对立的思维模式，在这里足以让我们再次觉醒。延伸开来，“全球对话主义”至少在面对和解决诸如“文化帝国主义”这样的全球时代文化研究的重大问题时提供出可行性思路。同时也使中国学者在面对“中国问题”和“全球问题”时，理应具有“全球化”的哲学观念。直而言之，成为全球性大国需要“全球对话主义”。

“全球对话主义”也是对亨廷顿“文明的冲突”理论的有效回应。亨廷顿用“文明的冲突模式”取代了此前的“冷战模式”，强调全球政治是“文明”的政治。他用“西方”与“非西方”作为观察问题的基点，将西方以外的所有文明统称为“非西方”，并视其为西方的对立面。随着西方文明影响力的日益降低，非西方文明不断寻求自己的文化价值。亨廷顿尤其把儒家文明圈看作西方文明的挑战者，突出中国与西方对抗的可能性，提醒西方警惕中国。的确，非西方国家在开始现代化之时，存在对西方文明挑战的应战，同时又不断学习对方，从而缩小了差异。同时，伴随自身实力的提升，文化身份的重新确认和建构自然提上议事日程。然而，在信息时代和全球化语境中，认为现代化就是西化的文化霸权思想已经过时。亨廷顿的文化理论，究其实质仍然是“西方中心主义”和西方的“本土化”。而在“全球对话主义”看来，全球化本应是地方性对地方性，进而超越所有的地方性，实现各种地方性的可交流性。本土化与全球化从来都是相辅相成、彼此依存的，“文明的冲突”和“文明的融合”本就具有普遍性与动态的平衡性。相对而言，前者强调的是文明的差异和本土化，后者强调的是文明的相容和全球化。而从“对话”的维度看，二者之间恰恰能够获得一种良性的互动。任何文明都会以自己的方式文明化，以“自我”文明为中心而对“他者”文明作出价值判断，都有导致文明冲突的可能。而

① 金惠敏：《全球对话主义：21 世纪的文化政治学》，新星出版社 2013 年版，第 91 页。

“全球对话主义”所主张的“互为主体”“互为他者”及其“他者间性”，理应会为全球文明发展提供一种有效的参照。同时，也会为在全球文明和中华文明的张力结构中如何把握当代中国文化身份问题提供切实的思路。

从“话语”和“本体”的层面来看，“全球对话主义”也有别于巴赫金的“对话理论”。巴赫金把人的主体存在看作特殊的和未完成的状态，只有在与其他个体感性存在的对话交往中才能实现主体自身的进程。于是，为了完成自我，必须创造一个他者。其“复调小说”理论，就是通过作者对于主角的创造及其与主角的多元对话而确立自身的主体性。之所以发生如此的关系，是因为面对历史和文化的断裂与转型。或者说，在中心话语解体后如何争夺和确立新的话语权。所以，巴赫金“对话理论”的着眼点在于如何通过语言和话语的变化来考察文化转型的历史实质。他将文化转型时期的基本特征概括为语言杂多和话语喧哗，这也是其对话主义思想的集中表征，并且各种语言和话语相互对话、共存共生。巴赫金进一步发掘出“狂欢节”的历史意义和“狂欢化”的文化现象，并将其纳入自己的研究视野，视为文化转型期语言杂多的具体体现。“语言杂多是各种社会利益集团、价值体系的话语所形成的离心力量，对语言单一的中心神话、中心意识形态的向心力量提出强有力的挑战。……只有在语言杂多的局面中，各种话语才能最深刻地意识到其自我的价值和他者的价值，从而把中心话语霸权所掩饰的文化冲突与紧张的本质予以还原，在话语与话语的互相对话、交流中，化解矛盾与冲突。”① 巴赫金的“对话理论”，概括出转型期的文化思想。相对于文化定型期的“独白话语”，文化转型期则表现为“话语杂多”，其间的多重对话构成文化的存在方式。在某种意义上可以说，巴赫金的“对话”思想侧重的是“话语”和“话语权”。而“全球对话主义”从一开始就在哲学层面予以探究，并且基于“全

① 刘康：《全球化·民族化》，天津人民出版社2002年版，第122页。

球化”的历史时空和文化语境，“对话”乃是其题中应有之义，“全球化”和“对话”实为一体，这就从“本体论”上廓清了这一理念的实质。

再次回到金惠敏的问题原点，在全球化和哲学之间作双向的观察与研究，结果就是“全球对话主义”理论的提出。“全球对话主义”并非“全球”“之间”的“对话”，若此，显然没有意义。金惠敏特别强调，“全球对话主义”是对“全球化”哲学的进一步展开和表述。“‘全球化’是一种新的哲学，如果需要再给它一个名字的话，‘全球对话主义’将是一个选择。”① 或者直截了当地说，“全球化就是对话”。

① 金惠敏：《全球对话主义：21世纪的文化政治学》，新星出版社2013年版，第20页。

后　记

在本书即将成形之际，适逢“全球化语境中的差异与对话”国际研讨会暨第五届国际东西方研究论坛在中国社会科学院举行。在会议发言中，我从“神学”视角切入“差异”与“对话”。全球化语境中的“差异”与“对话”包含巨大的学术空间，其实也是一个社会实践话语。习近平总书记在建党95周年大会上的讲话中再次提及“人类命运共同体”和“利益共同体”的构建，并且突出讲到为人类世界提供“中国方案”的重要性和坚定信心，“中国将积极参与全球治理体系建设，努力为完善全球治理贡献中国智慧”。“人类命运共同体”具有超越性，与“中国方案”和“中国智慧”相提并论，这是治国理政新理念、新思想、新战略，也是关系文化自信和深层对话的关键问题。因为，要坚定中国特色社会主义道路自信、理论自信、制度自信，说到底是要坚定文化自信。这些年，我们的主流意识形态也在不断地讲中国国家形象的国际传播问题，不断地讲融入世界体系，对世界作出中国的贡献。在以“差异”和“对话”为主要特征的全球化语境中，“中国特色”和“人类命运共同体”完全可以互为基础、协同共进。而且，中国文化主张“和而不同”“求同存异”，我想这不仅仅是政治话语，其实也正是人文学话语。我们在社会理论、文化理论、政治理论、文艺理论乃至于文学研究和批评中讲“差异”与“对话”，其实“神学”的发展从一开始就已经在讲这一问题。比如，在基督教的福音传播中，早期的传教士就已经意识到外来文化的“本土化”“本色化”“处境化”问题，乃至形成后续的运动形式（当然也时有“非基”的运动形式）。所以，从“神学”的视角来认识全球化语境中的“差异”与“对话”，可以提供一些有启发性的思路。比如“神学”的普遍价值理念可以让我们思考如何超越“中西之争”的问题；“神学”对于后现代主义文化的建设性价值的“意义”回应可以让我们思考中国文化发展中“后现代主义”的价值虚无主义、历史虚无主义乃至人生虚无主义的问题，因为“意义”的缺失的确是当代社会的显著问题。然而，神学也好，人文学也好，从根本上说都是在寻求“意义”。同时，“神学”的理路不仅提供了而且本身就是一个有效的“他者”视角。大卫·福特在《基督教智慧》一书中针对“跨信仰的智慧”表达了“经文辩读”的一个基本命题：“相似的至善可以得到不同显现。”说到底，任何一种文化都不是绝对可靠的，哪怕不同文化精神具有高度的共同性，也往往具有不同的显现方式，有时甚至是完全对立性的，这都需要“对话”。“对话”不能从根本上消除“差异”，却能够有效地消解“独白”。关于“差异”和“对话”，其实始终处于一个不断地动态平衡的过程。不恰当地具体来说，在“对话”消除一个“差异”的同时，新的“差异”随即产生，又需要新的“对话”。如此而言，我们就可以思考建立一个“差异”和“对话”的良性循环的动态模型，进而构建二者的平衡/制衡模式。或许，这将是“全球化理论”的最大延伸。“差异”与“对话”既是全球化的特征，同时也是全球化的本质。正如会议发起人金惠敏先生所建构的“全球化理论”所主张的核心命意，全球化本义就是“全球对话主义”。

让我没有想到的是，从“神学”视角介入“全球化”，引起了与会学者的特别关注。尤其是美国加州州立科技大学的丁子江教授提出“神学”与“科学”的“对立的”“对话的”“分离的”“合流的”四种观念倾向的探讨，引发了与会学者的激烈争论。在当时的现场，我的回应意见是，“神学”与“科学”都是解释世界的方式，二者殊途同归，在这个意义上，“合流的”走向是最终的选择和根本的结果。至今我仍然认同这样的意见，只不过由于人生的局限性和生命的有限性，我们或许看不到这样的结果，但不会影响这样的走向。延伸开来，其实“争论”本身就是“对话”，只不过我们常常会陷入自我执念中而遮蔽了或许更为重要的“他者”“价值”。杨慧林先生在其著作《意义：当代神学的公共性问题》中的提醒不无惊醒“意义”：“在不同的文化传统和信仰传统中，相似甚至共同的价值资源似乎并不缺乏，但是关于‘价值’的认信、执着和自说自话，往往使‘价值’本身被取代；乃至不同的‘信念’愈益狂热，‘共同的价值’愈益无从谈起。”（北京大学出版社2013年版，第82页）或者如刘小枫先生在评述瑞士神学家汉斯·昆的“世界伦理构想”时所提出的，“现代的世界性共同体不需要一种统一的宗教和思想，却需要一些相互关联、有约束力的价值准则、理念和目标，否则，世界性共同体的生活基础会极其脆弱”。（［瑞士］汉斯·昆著《世界伦理构想》，周艺译，北京三联书店2002年版，刘小枫“中译本前言”）或者如韦伯所言，终极信念之域，始终只会有诸神之争。“诸神之争不可能消除，但必须限定其发生的领域。”（同上）从这个意义上说，“对话”即某种“限定”。或者说，“限定”也是“差异”和“对话”的题中应有之义。

对我而言的文学与宗教的关系或者对话研究，不仅是学科专业选择，更是学术志趣使然。在“天地人神”的世界四维结构中，人是最为渺小不堪的，甚至可以忽略不计。人是什么，人是海边沙滩之脚印。人本身没有意义，正是在四维世界结构关系中，人被赋予了关系性的意义，成为“神”的呼应对象。作为“神”的对应性存在，“人”也就获得了主体性；作为“神性”的对应性存在，“人性”也就具有了相应的价值。因此，从文学是“人学”与“人性”的意义上说，文学也是具有“神学”和“神性”的特征。其实，“人”有“三性”：“兽性”“人性”“神性”。文学关注“人”，就要关注人的“三性”，就是要从“兽性”中掘取“人性”，从“人性”中汲取“神性”。从这个意义上说，“人性”仅仅是过渡阶段，是从“兽性”到“神性”的中间环节。如果没有“神性”的尺度，不用说达到“神性”的境界，恐怕就连“人性”的目标也难以实现，甚至会一直停留于“兽性”的层面。所以说，设置“神性”的标准，不是为了达到“神性”，而是为了获得“人性”，总不至于始终沦落于“兽性”。从这个意义上说，文学表现“人性”，总是不能离开“神性”的立场；文学是“人学”，总是要有“神学”的参照。这是文学的永恒魅力之所在，也是我无法割舍对于文学与宗教关系努力探寻的动力，即便无以建树甚至难以为继仍然心向往之。2015 年 10 月，我受邀参加由上海师范大学和加拿大文化更新研究中心举办的“基督教文化与中国当代文学高峰论坛”。我从“宗教精神”角度提出超越于“启蒙”“革命”“批判”“生存”等方式的“博爱现实主义”文学形态，引起讨论和回应，而且提交的会议论文被刊发于 2016 年第 3 期的《澳门理工学报》。会议发起人杨剑龙教授倾心提携晚辈，不仅费心费时地联系我，而且不吝溢美之词，在其为会议所作的长篇学术史综论中对我此前的相关研究多有提及，让我感念不已。杨先生是学界前辈，也是这个研究领域的开拓者和权威，没有嫌弃我的浅陋之作，更加坚定了我十几年来一直进行着的课题选择及其学术信念。2016 年8 月,加拿大文化更新研究中心在温哥华不列颠哥伦比亚大学（UBC）举行“文化中国学术年会”。我受邀参加并发表演讲，从“宗教伦理”角度分析当代中国文学的伦理形态，突出“宗教伦理”和“世俗伦理”的相互对应性与不可分割性，进而延伸到文化对话和文化转向中的中国与世界关系问题，也得到与会者的积极认同和回应。学术研究说到底是纯粹的个体范围和心性领域的事件，但在追求之路上确也需要外在环境和学界同人的相互砥砺与“抱团取暖”。学术研究的道路极其艰难，学术命题的选择极为重要，学术领域的确立是作为学人的立身之本，价值和兴趣又是必不可少的两极。路漫漫其修远兮，虽然先天不足和后天惰性，我还是要沿着这条既定的学术之路走下去，争取做得好一些。

需要特别说明的是，本书中的第二、三、四、五章分别由我指导的研究生赵海林、蒋博、杨念泽、王乐文写出初稿。我提出了选题设想和写作思路，从章节命名到资料准备，从基本观点到文字表述，我都作了数次的推敲和修改。在此基础上，他们逐步接近并最终完成了各自的硕士学位论文。在形成本书之时，考虑到逻辑性和整体性，我重新又对上述内容进行了选择，并对有关章节再次修订，有的作了必要的补充，有的重新进行了改写。我的想法很简单，研究生三年中真正用于学位论文写作的时间并不长，选题恰当与否直接影响到写作的进度和效果，最好有明确意识性和研究持续性。所以当学生们自己选不出更好的题目时，我就建议或指定他们去做我所关注的学术命题，于是文学与宗教关系的研究也就常常被触及。这样的做法并非完全出于个人兴趣的自私，实在由于这一课题还有巨大的学术空间，而且对文学之外的个体心性与社会人生亦不无裨益。尽管获得学位后的学生们另谋高就，迄今为止还没有继续原先学业的，我也常常为此而心存遗憾，但仍然“不忘初心”。其实这也是我理解的教育品质，尽管知道结果，仍然努力过程。感谢我的学生们，成全了我作为教师的好为人师的感觉。

此外，文稿中的四篇附录多少与本论题有些关系，一并罗列于此，敬请方家批评。本书的出版，还得益于中国博士后科学基金面上资助的支持，也在此特别说明。

从新强